新潮文庫

黄色い目の魚

佐藤多佳子著

黄色い目の魚

目次

黄色い目の魚

りんごの顔

——一九九三年、十二月——

1

テッセイに会うことになった。

びっくりした。

考えたこともなかったから。

テッセイは俺の父親だ。

会ったことはない。まちがい。赤ん坊だったから覚えてない。

俺はずっとテッセイの悪口を聞いて育ってきた。きっと、いっしょに暮らしていても、俺はテッセイのことをこんなにキョーレツに知らなかったかもしれない。

テッセイは、ロクデナシだ。なまけものだ。よっぱらいだ。背骨のないクラゲ男だ。

世の中の悪いことは、みんなテッセイのせいだ。すごいでしょ。

玲美《れみ》はいっしょに行かないって言うんだ。いつもメッチャ生意気なくせに、いざとなるといくじなしなんだよな。母さんも玲美は行かないほうがいいって言うし、ほんとは俺も行かないほうがいいって思ってるのはわかってんだよ。

電話でしゃべった。

「好きなもの何？」

テッセイの声。ふにゃふにゃしたやわらかい声。俺は背筋がふるえる。これが、ロクデナシというものの声なんだぜ。

「テレビとか何見る？　アニメ？　野球？」

「サッカー」

俺はぞくぞくしながら答える。

「サッカー？」

相手はなんか、うっとうしそうに繰り返した。

「Jリーグ？」

「そう」

「ヴェルディか？」

「まあね」

「じゃ、なんか、旗とか、かついでくワ」

とテッセイはだるそうに言った。

「新宿のアルタの前な。おまえ、俺、探せよ」

旗？　何それ？　ヴェルディのフラッグ持ってくるの？　なんで？　もし、俺がジャイアンツのファンだったら野球帽をかぶってくるの？

ヘンな奴《やつ》。


俺だって、こわくないわけじゃないんだ。母さんと離婚してから七年と八ヶ月の間、どこにいるかもわからなかったテッセイがいきなり電話をかけてきて「子供に会わして」なんて言ったら、やっぱりこわい。まさか、あのバカはお金に困ってて、あんたらをさらって、あたしをゆすって、なけなしの生活費をかすめとろうとするんじゃないだろうね、ウチがビンボーなのはたいがいわかってるはずだけどね、なんて母さんは言うしね。まあ、母さんは、いつだって、テッセイのことは、そんなふうに言うんだけど。玲美はマジに信じちゃうけど、俺はテッセイはそういうタイプの悪党じゃないと思ってるんだ。だいたい、母さんをゆするほど根性があれば、金に困ったりしないよ、絶対。

テッセイは、なんで子供に会いたくなったのか、母さんに白状しなかったらしくて、あいつ、自分に子供がいることを、七年八ヶ月ぶりに急にぽっと思い出したんだわ！と母さんはぶんぶん怒りながら結論を出してた。

母さんの今の怒りは震度6。まず、俺がテッセイに会いにいくことで震度3、待ち合わせ場所が気にいらないって震度4、俺がテッセイの顔を知りたいから写真を見せろと頼んだことで震度6。

「写真なんか！」

母さんはデカい目をむいて、眉《まゆ》をおでこにめりこむぐらいつりあげて、後ろでしばってる長い髪の毛が肩にぶつかるほど乱暴に首をふりまわして……、ナイ、ナイ、ナイって、もう身体《からだ》中で絶叫してたんだけど。

急に思い出したのか。気が変わったのか。寝室の鏡台のところに目をむいたまま歩いていって、引き出しの奥から、香水みたいなにおいのする汚れた白い封筒を出してきて俺に突きつけた。ウソ！　何それ？　ヤバイんじゃない？　サッカー・スクールの金田が兄貴の部屋からかすめてきたヤらしい雑誌を公園の便所で隠れて見た時より、絶対ヤバイ感じしたよ。

　中には一枚だけ写真が入っていた。

　まいったァ。

　だって、母さん、テッセイにぴったりくっついて肩抱かれたりなんかしてるんだぜ。

　どっかの湖のほとり。看板しょってさ。すげえよ。マジに恋人じゃん。

　俺、なんで、こんなヤバイもの出しちゃうんだろうって、ほんと、そーっと、ちらーっと母さんのほう見たんだよ。母さん、なんか歯をくいしばってるみたいにあごに力入れて、ザァとらしく横向いてて、ほほ赤いしさ。わかるけど。これ、恥ずかしいもん。俺もドキドキしちゃうよ。

　母さん、あんまり顔変わってないんだね。

　テッセイは……。テッセイは、これ、いくつン時？　俺ら生まれる前でしょ。十年以上前だよね。ぶかっとした短パンはいて、色の落ちた紺のポロシャツの襟を全開で、こんなデカい黒いグラサンしてたら、顔なんかわかんないよ。髪は半端《はんぱ》なサーファーみたいでさ。どこにでもいるニイチャンじゃん。

　俺、なんか、ため息出ちゃった。

　俺、明日、テッセイのこと探せるかな？

ヴェルディの旗だけでわかるかな？

俺、明日、名札つけて行こうかな。学校から持って帰ってきて。五年二組木島悟《さとる》ってやつ。でも、テッセイ、俺の名前、覚えてるかなあ。こないだの電話で、俺、名前呼ばれたっけ？

そんなこと考えてボケーッとしてたら、母さんが俺の手から写真をひったくって、すごいシャープな音をたててシュッシュッて四つに破いた。その破いたヤツを両手で握り締めて、俺の目をにらむようにじっと見た。

やめてよ。俺、テッセイじゃないんだからさァ。

家を出る前に玲美がぐずぐず泣いてたりしたから、俺は連続強盗殺人犯人に会いにいくんじゃないってことをわからせなきゃいけなかった。妹なんて、ほんとにバカだぜ。

でも、行ってきますって、母さんと玲美に背中向けた時、心臓がキンと固まる感じしたね。やっぱりヤバイんじゃないかって。マジでとんでもない目にあうんじゃないかって。

こわいものみたさってのもあるけどね。でも、俺、信じちゃってるんだよ。本当にヤバイと思ったら、母さん、俺のこと、ハッたおしてもウチから外に出さないってさ。

テッセイは、漢字で書くと『哲生』。これをテツオと読まないところがあの男の悲劇の始まりだと母さんはよく言ってた。テツオだともっと普通の感じのお父さんになれるのに、テッセイだとカッコよくならなきゃウソだってつっぱってバーストしちゃったんだって。ぜんぜん、わかんない。普通のお父さんになりそこなって爆発すると、四十三歳のオジサンはどうなっちゃうわけ？　だって、テッセイって、ホームレスじゃないし、フリーターでもなくて、ちゃんと会社行ってる人らしいよ。印刷屋さんだって。

土曜日の午後六時、アルタの前の人込みは半端じゃなかった。知ってる人間を探すのだってむずかしいのに、知らない人間を探すなんて冗談みたい。もう最後の手段は叫んじゃおうかなって考えたよ。テッセイーッ、テッセイーッて絶叫する。この場合、テツオよりわかりやすい名前じゃん？　でも、俺、こんなところで迷子みたいに叫ぶのイヤだな。

待ち合わせの六時まで、まだ七分ある。十二月になったばっかで寒いし、もうマジで暗い。テッセイは時間前には来るようなヤツじゃないと思ったけど、それでも、一応探してウロウロする。身長一七〇センチぐらい、わりと普通の顔、ヴェルディの旗……。服はどんなの着てるんだろ。背広とかじゃない気がする。くたびれたカジュアル系？

なんか大人ばっかりだな。あたりまえか。俺、香水のにおいって嫌い。男のコロンはもっと嫌い。プンプンにおうヤツは、女でも男でも絶対信用しない。母さんは香水をつけない。町の薬局で働く薬剤師だから、いつも、なんとなく薬っぽいにおいがする。きびしい感じのにおいがする。りりしいにおいだって俺は思う。テッセイがコロンやムースで臭くしてたら、俺、おもいっきり笑ってやる。

六時になった。本格的に夜だ。アルタの大画面がもっとギラギラしてきて、人もどんどん多くなってきて、こいつら、みんな誰か待ってるんだなって思うと、なんかイヤだ。母さんも、ずっと昔は、こんなふうにどっかでテッセイを待ってたんだなって急に思いついて、あの写真を思い出して、胸がぎゅっと痛いみたいになった。

俺、四年の時のクラスの石川舞と一日中小金井公園をぶらぶらして、夕方に唇にキスしたことあるけど、でも、恋とかって、ぜんぜんわかんないよ。

六時五分。テッセイ、ほんとに来るのかな。来る気あんのかな。

六時十分。寒いなあ。もっと厚着してくればよかったな。『小金井キッズ』のチーム・ジャンパーじゃなくてスキー用のダウンにすりゃよかった。

寒いなあ。なんか迷子になった気がする。っていうか、捨て猫みたいな気分。家に帰れば、母さんも玲美もちゃんといるのに、なんか世界に知ってる奴が一人もいないような気がしてくるよ。

六時十五分。

六時二十分。

最初から、六時半ぐらいに来ればよかったよ。三十分ぐらい待たしてやればよかった。

母さん、なんで行くなって言わなかったのかな。なんで、あんな写真見せてくれたのかな。なんで、あんな写真ずっと隠して持ってたのかな。母さん、テッセイと別れてから、好きな男の人って、ぜんぜんいないのかな。母さんが男の人を好きになるなんて奇跡だって——奇跡っていうよりサギか冗談だって、あの写真見るまで、ずっとそう思ってたよ。

帰るぞ！

六時三十分。

俺、帰るぞ！

もうちょっとで泣くところだった。

泣くくらいなら死んだほうがマシだ。

目の前で、ちょろちょろ揺れる緑色の小さな旗。黄色いコンドルのエンブレム。顔――こっちを見てる。オジサンの顔。四十三でOKの顔。そう悪くはない顔。目――笑ってるような、困ってるような、疲れてるような、そう、やっぱ、すごい困ってる目。

タートルのセーターの上にごわごわした感じのチェックのジャケット、下はジーンズにつぶれたような革靴。

コロンじゃなくて煙草《たばこ》のにおい。それと、何だろう、ヘンなにおい。ちょっとだけするにおい。わかんない。そうだ、ベンジンみたいなにおい。印刷屋さんって、こんなにおいがするのかな。

「テッセイ？」

俺は聞いた。自分の声だってわからないくらい、かすれたような弱々しいささやきになった。目の前の男は、下唇をつきだし、あごをつきだし、ゆっくりとうなずいた。

「これ売ってるとこ、わかんなくてさ」

グリーンのフラッグを振りながら、遅れた言い訳みたいにぐじゅぐじゅっと言った。

「結局、知り合いに借りたんだけどさ」

とたんに俺の頭の中に、母さんの悪口の一つがパッとひらめいた。

——カッコつけようとして失敗してばっかり。

こいつ、ほんとにテッセイなんだ！

2

何食いたいって聞くから、いつもテッセイが食ってるもんがいいって答えた。ラーメンなんか食いたくねえやってテッセイがうんざりしたようにつぶやくから、毎日毎日ラーメンばっかり食って暮らしてんのか、そんなに好きなら今日も別にラーメンでもいいじゃんかって思って黙ってた。そしたら、テッセイは考えるのをやめたような顔になって、少し足を速めてアルタの建物から階段を降りて地下に入っていく。すごい混雑の地下通路を抜けてJRの乗り場に向かう。切符はテッセイが買った。渡してくれた百五十円の大人の切符を見て、こいつは俺の父親かもしんないけど、こいつにはガキがいないんだって思った。なんか、すごい重い感じでズシンと思った。池袋で降りて、西武池袋線に乗り替えた。山手線では並んで立ってて、西武池袋線では並んで座ったけど、ぜんぜん、しゃべってない。俺はテッセイが握っている丸めた旗ばかり見てた。五歳くらいになったような気がする。母さんを死ぬほど怒らせて、もう二度と口きいてくれないんじゃないかと恐怖にふるえたりした頃だ。別にテッセイは怒ってないと思うけど。でも、しゃべんないと、だんだん緊張してくる。テッセイに少しだけくっついてる肩のへんが熱い感じがする。なんで、しゃべんないのかな？　これから、ずっといっしょにいて、ずっとしゃべんないのかな。俺のほうから、何か聞いたりしなきゃいけないのかな。

「江古田《えこだ》に住んでるんだ」

テッセイはぼそりと言った。それは、母さんに聞いて知っていた。俺はうなずいた。声を聞くと、ほっとする。

「行ったことあるか？」

「ない」

俺はぎゅっと握っていた右手を開いて、切符を見た。大人の切符。今度は二十五歳くらいになったような気がする。横を向いて、テッセイの顔を見た。目のまわりにしわがいっぱいある。けっこう色が黒い。日焼け色じゃない黒。もっと不健康な感じの黒。白髪も、けっこうある。母さんにはないのに。母さんのほうが五歳若いんだけど。

「好き？」

と俺は聞いた。

「住んでるとこ」

すると、テッセイはひょいとこっちを見た。

「まあねえ」

なんだか笑いたそうな声で答える。

「学生が多いから、まいるよ」

俺はうなずいた。なんで、こんなに真面目《まじめ》にうなずいたりなんかしちゃうんだろう。きっと十歳で生まれてはじめて父親に会ったりすると、呼吸の合わないパスみたいにズレた会話をしなきゃならないんだ。あ、生まれてはじめて会うんじゃないんだっけ。なんでニンゲンって赤ん坊の時のことって、覚えてないんだよ。腹立つ。テッセイ、赤ん坊の俺をダッコしたりしたのかな。聞いてみようかな。聞いたら、死ぬな、俺。

江古田の駅から、商店街の細い道をしばらく歩いて、シケた洋服屋とシケた薬屋の間にあるシケた飲み屋みたいな店に入った。

薄暗い感じの店。おしょうゆと油と魚みたいなにおいがする。カウンターの中に店のおじさんがいて、テッセイを見ると、

「いらっしゃい」

とたいくつそうな声で言う。テッセイは何も言わずに、でも、なんとなく目で挨拶《あいさつ》するようにして、カウンターの真ん中へんの席にすとんと座る。ぜんぜん俺なんかいないみたい。てめえのガキなんだから、もうちょっと大事にあつかえよって思ったけど、期待するだけムダかなあ。少しいじけた気分で隣の椅子《いす》に座る。足が下につかなくて、なんか悔しい。

「食えないもん、ある？」

テッセイはお酒だけさっさと注文して、それから、ちろっとこっちを見て聞いた。

「レンコン」

俺が答えると、テッセイは、え？　と声をあげ、なんで？　と聞いてきた。

「穴がいやだ」

「まじめに言ってる？」

俺はうなずいた。

「馬鹿《ばか》にされてるような気がする」

「レンコンの穴に？」

俺はまたうなずいた。

テッセイは、俺の顔を横目でにらむようにじっくりと見た。それから、聞いた。

「歩美《あゆみ》ちゃん、怒んないか？　そういうミョーなことを言うとさ」

アユミちゃんというのが誰のことだか、俺には最初ぜんぜんわからなかった。母さんだって気づくと、椅子から転げ落ちそうになった。やめてよ、そういうの。

レンコンとアユミちゃんの対決は、だんぜんアユミちゃんの勝ちだと思うけど、テッセイはそんなのぜんぜんわかってないみたいだから、俺はしょうがなくて説明をした。ウチじゃレンコンなんてメニューに出てこないから、母さんは俺が嫌いだって知らないってこと、友達んチでテンプラをごちそうになった時、レンコンも出てきて、見た目にも口の中でもメッチャ気色悪かったこと。

「ジュース飲む？」

テッセイは俺の話には感想を言わずに、またすぐに聞いた。俺はきっぱりと断った。

甘ったるいオレンジ・ジュースが出てくるに決まってるもん。飲み屋は知らないけど。でも、ほら、ソバ屋なんて、そうでしょ。

「かたくなに育ってるんだね」

テッセイはぼそりとつぶやいた。

「かたくなって何？」

俺が聞くと、テッセイは悩んだ。

「ガンコ？」

しばらくして、答えをはじきだした。

俺は自分でよく考えてみて、わからなかったから、そう言った。そして、

「母さんはガンコだけど」

と一言、つけくわえた。テッセイはうなずいた。

「すごくこわいんじゃない？」

テッセイの言葉に俺がうなずいた。

なんか、これじゃ〝うなずき合戦〟だよ。

でも、俺たちの共通点って、やっぱ母さんだから、母さんのことをあれこれしゃべってウンウンってうなずいてるのって、わかりやすいよ。

「すっげえこわい！」

だから、俺はめいっぱい力をこめて賛成してやった。ついでに、前から知りたかったことを聞いた。

「結婚するのこわくなかった？」

テッセイは風船に穴があいて空気がもれるような変な音をたてて笑い出した。

「だけど、俺は歩美ちゃんの怒りのエネルギーみたいなのが好きだったから。それに、あの人は万人に公平にこわかったから。エライ奴《やつ》でも、ガキンチョでも差別しないで怒った」

母さんのそういう感じはよくわかる。

「人の悪口ばっかり言ってる。でも、誰かだけやっつけない。みんな、やっつける」

俺は言った。

「そうそう」

とテッセイは言った。

「でも」

と俺は少し迷いながら言った。

「テッセイの悪口が一番スゴイ」

「俺？」

テッセイはなんだか恥ずかしそうに聞き返した。

「だって、もう、昔のことじゃない」

俺はかぶりをふる。

「ちがうよ。そうなんだけど、ちがうよ。お話みたいな感じ。テッセイって悪いヤツの出てくるお話。俺、テッセイがほんとにいるって、なんか変な気がするもん」

テッセイはかなり困った顔をしてる。

「だってさ、玲美なんて、こわいから来ないって言うんだよ。玲美って妹」

俺が言うと、テッセイは苦笑した。うん、つまり、ああいうのを苦笑っていうんだろうと俺は思ったんだけど。母さんは苦笑なんてしない。笑うか怒るかどっちかだ。

「おまえは、こわくなかったのか？」

テッセイに聞かれて、俺はかぶりをふった。少しウソだけど。

「そんなにすごい悪口聞かされてたら、俺のこと、すごいイヤな奴だと思ってるだろ？」

よくわかんなくて、首を傾《かし》げてしまった。そうなんだけど。本当にそうなんだけど。でも、それだけじゃなくて。母さんの悪口って不思議なもので、いくらゲキカラでもマズくならない料理みたいで。

「俺に会うの、イヤじゃなかったのか？」

「イヤだったら来ない」

それだけは、はっきりと答えられた。すると、テッセイは、なぜかニヤリと笑った。ニヤリと笑いながら、カウンターに出ていた徳利からおちょこに酒をついだ。おちょこを持つ指をひねるようにして一口で簡単に飲んだ。そうだ。テッセイは酒飲みなんだ。テッセイが酔っぱらってやらかした色々なことを俺は聞いている。今日やられたら、絶対にイヤだってことも、色々、色々……。

テッセイが店のおじさんに食べ物を頼んでいる。酒って、どんな味がするんだろう。

「おいしいの？」

って聞くと、飲んでみるか？　と簡単に言われて、俺は飲んでみることにした。テッセイは自分のおちょこをそのまま俺のほうに押してよこした。俺はテッセイのまねをして、ぐいって飲もうとしたんだけど、鼻につんとくるにおいでヤバイと思って、とりあえず、そっとなめてみた。からい。あまい。まずい。これが酒？　ぜんぜんおいしくないけど、もらったからにはと思って俺はがんばって飲んでしまった。のどがひりひりする。

3

俺、なんか、すごくいっぱいしゃべったと思うな。学校やサッカーや、そういう、どうでもいいような話さ。あ、俺、しゃべってるなーと思うんだけど、別の奴が俺の口を使って勝手にしゃべってるみたいでさ、やめろよと思うんだけど、やめないんだよね。

テッセイは、ただ聞いてたね。つまんなそうでもないし、すごく面白いって感じでもない。でも、俺、テッセイの顔とか、よく見てなかったな。顔がぼやーっとデカくなったり、縮んだりするんだよ。なんかヘンなんだよ。料理は食べたよ。肉じゃがと鶏のからあげと焼き魚、ほかにももっと食べたと思うんだけど、よくわかんない。テッセイはあんまり食べてなかった。酒ばっかり飲んでた。店のおじさんに、まだ飲むの？　もうやめなよって言われてたけど、なんで飲み屋のおじさんが酒を注文されて「やめなよ」なんて言うんだろうね。テッセイ、へらへら笑ってたけど。

帰る時、店の椅子から降りたら、体がグラグラする。うまく歩けねえの。それで、俺、酔っぱらってるって、はじめてわかったんだけど、すげえって思ったよね。テッセイの腕につかまって、道を歩いた。風が寒くて気持ち良かった。酔っぱらいにならなかったら、絶対、テッセイの腕につかまったりしなかっただろうな。酒って、すごいな。

「なんで、電話かけてきたの？」

俺は聞いた。酔っぱらってると、そういう話だって簡単にできちゃう。

「うーん」

でも、テッセイは、なんだか、ベンピの時のトイレみたいに長いことうなってた。

「まあ、東京に帰ってきたからね」

よくわからない返事をした。

「ずーっといなかったの？」

わからないから、俺はまた聞いた。

「うーん。転勤、リストラ、病気、色々あって……。東京にはずっといなかったな。西のほうにいたよ。博多とか熊本とか広島とか」

広島はテッセイの生まれたところだけど、親はもう死んじゃってるんだ。母さんのお母さんも早くに死んだし、母さんはお父さんと若い時に喧嘩《けんか》してずっと会ってないから、俺と玲美には祖父母って人が最初からぜんぜんいないんだ。

「病気って？」

俺は聞いた。

「肝臓、悪くて」

テッセイは簡単に答えた。

そう言えば、酒の飲み過ぎで身体《からだ》をこわして血を吐いたって、母さんは話してた。

「今は？」

って俺は聞いたよ。だって、イヤだよ、病気なんてさ。血を吐くなんてさ。

「まあまあだね」

テッセイの返事は、どれもこれも、いいかげんんだ。ほんとにクラゲみたいに骨がない感じ。

「テッセイのウチって、どんなとこ？」

とにかく、何でもいいから、骨のある話がしたくて、そんなことを聞いた。つまり、「まあまあ」とか「うーん」とかクラゲ返事をされない話をさ。

「アパート？　部屋いくつある？」

「なんで、そんなこと知りたいんだよ」

テッセイは、俺が早くもなじみになりつつある〝苦笑〟をして、ジャケットのポケットから、煙草《たばこ》を取り出して火をつけた。

「何にも知らないからだよ」

と俺は答えた。テッセイのこと。母さんの悪口以外に何も知らないテッセイのこと。

「ウチ来る？　すぐだから」

とテッセイは言った。

煙草の火が闇《やみ》の中で、ぽっと赤く燃えた。その小さな明かりが何かとてもきれいなもののように感じた。うんと答えて、うなずいて、めちゃくちゃうれしかった。やっぱり、俺、テッセイに優しくしてほしいんだな。優しくされると、うれしいんだな。

俺、何を期待して来たのかな？

何を知りたくて来たのかな？

本物のテッセイ。

母さんの話の外でちゃんと生きてるテッセイ。

テッセイんチは、細い路地のわきのアパートの二階だった。六戸くらいしかない古そうなボロそうな建物だ。ウチと一緒。外階段で足音がやたらガンガン響くのも一緒。

でも、ここは部屋の外に洗濯機が出てないね。

テッセイが部屋の明かりをつけると、
びっくりした！

びっくりしたんだよ。ほんとに。

知らないで見ると、ほんとに驚くよ。

絵ばっかり。油絵のキャンバスばっかり。絵でできてる部屋みたい。壁には、もうほとんど隙間《すきま》もないくらい、ぎっしり飾ってあって、床にもいっぱい積み上げてある。

俺はなんだかこわくなって、絵のないところを探してキョロキョロした。だってさ、ソファーの上にもテーブルの上にも本棚の上にも絵はのってるんだよ。小さな冷蔵庫の上にも！　流しとガス台の上にはなかったけど……。

部屋は二つ。入ってすぐが台所、テーブルと椅子《いす》があって、そこにも絵が置いてある。続きの部屋はビニールみたいな緑のカーペットじきで、古ぼけた灰色の布のソファーと本棚と押し入れがある。窓のそばに、油絵の道具がまとめて置いてあった。

家中に鼻につんとくるにおいがこもっていた。アルタの前にテッセイが来た時、ちょっとだけしていたにおいだ。ベンジンみたいって思ったけど、なんだろう？　絵のにおい？

絵の話は色々聞いてる。

テッセイが絵を描く話。

絵ばっかり描いている話。

テッセイは、もちろん画家じゃない。画家になろうともしなかったって、母さんは怒っていたよ。先生に教わったり、描いた絵をコンクールに応募したり、仲間を作って一緒に展覧会をやったり、そういうことはぜんぜんやらなかったって。テッセイは、ただ一人で勝手に絵を描いてた。暇さえあれば、絵を描いてた。絵を描くテッセイが、母さんはイヤだったみたいなんだな。

絵は、みんな、外の景色やモノ——果物や花やビンみたいな——だった。人間の絵がないのに、俺はちょっとがっかりした。俺、人間の絵が好きなの。テッセイの描いた母さんの絵なんてあったらよかったのに。

絵がうまいかへたかなんてわかんないけど、でも、うまいんじゃないかなあ。りんごがちゃんとりんごだもん。マジにりんごだもん。ビンなんて本当に透き通って緑に光ってるよ。正確っていうの？　どの絵もきっちり描いてある感じ。すごく細かいところまでピントが合ってる。でも、写真みたいには見えない。景色もそう。海、川、林、街、色々あるけど、ああ、こういうとこ知ってるなって思う。ウソっぽくない。ほら、サッカーでさ、リフティングなんかすごいうまいヤツの、足元にピタッとくるパスみたいなんだよ。気持ちいいよ。でも、そいつ、試合じゃ絶対にシュート決まんないの。あ、そういう感じかもしれない。点入らないって感じがするね、ここの絵は、どれもこれも。なんかね。

いいけど。絵なんだから。

俺、この中で、どれが好きって聞かれたら、困るな。そんなこと聞かれなきゃいいなと思ってテッセイのほうを見ると、なんだか、悪事がバレたような顔をしてる。まずいなあって顔。目があって、二人でかたまっちまったよ。

ここは、テッセイの秘密のド真ん中で、でも、テッセイが俺をここに連れてきたんだから、俺は秘密を知ってもいいわけなんだ。

テッセイ、へたくそでもいいから、もっと面白い絵を描いてくれたらいいのに。そしたら、俺、これとそれとあれが好きって、ちゃんと言えたのに。

テッセイがほうじ茶をいれてくれたから、台所のテーブルで飲んだ。お茶はおいしかったけど、俺は、テッセイの描いたたくさんのたくさんの絵に押しつぶされそうな気がしてた。

この部屋にいると、絵のこと以外は考えられないのに、絵の話ができないんだ。描くの好きなんだね、なんて言ったら本物のバカだし、なんで描くの？　なんて聞いたら、もっとバカだし。

「なんで描くのって、歩美ちゃんは聞くんだよねえ……」

テッセイは自分の湯飲みの中をのぞきながら、俺の頭の中をのぞいたように言う。

ぎょっとした。

「ほんとに好きで描いてるんじゃないでしょって、アタシから逃げたいから描くんでしょって、そういうことを言うわけよ」

大人が子供に言うような話じゃないけど、母さんはいつも〝そういうこと〟ばっかり言う人だから、俺は慣れていた。

「母さんを描けばよかったんだよ」

俺はずっと考えてたことを言った。

「苦手なんだよ。人物」

テッセイは言った。

「人の顔ってさ、俺、なんかこわいんだよ」

「人間がこわいの？」

「そらまあ、人間はこわいよ」

テッセイは、また苦笑した。それから、ちょっと真面目《まじめ》な顔になった。

「そういうんじゃなくて。人と会ったり、しゃべったり、さわったり、そういうのは普通にやれるよ。でもね、顔をじーっと見てるのが、見られるのもね、ダメだな、俺は。描くなんてのはね……」

俺は思わずテッセイの顔をじーっと見つめてしまった。テッセイは鼻で笑った。ふんって感じで。

「見ちゃダメ？」

俺は聞いた。そしたら、テッセイはガキはイヤだって顔をした。あれをバージョン・アップしたら、女はイヤだって顔になるんじゃないかな、母さんがよく言うんだけど。

「テッセイのこと、描いちゃダメ？」

俺は自分でもびっくりするようなことを言っていた。

「そんなに長いこと見ないよ。五分くらいで描ける。マンガみたいな絵だから」

「絵を描くの？」

テッセイはすごく不思議そうな声で聞いた。俺はうなずいた。今描くのと聞かれているのか、いつも描いているのと聞かれているのか、わからなかったけど、どっちでも、イエスだから。

「そういうの好きなの？」

テッセイがまた聞いて、いつものことが知りたいんだってわかったから、俺は答えた。

「俺、落書き屋なの」

ニヤッと笑ってみせた。

「教科書なんてさ、落書きの海と山」

すると、テッセイの目が、俺の笑いを反射したみたいに、チカッと光るみたいに笑って見えた。会ってから初めて、そんなふうに見えた。

「何描くわけ？『キャプテン翼』とか？」

また古い漫画が出てきたもんだ。もちろん、俺、読んでるけど。けっこう好きだけど。

「人の顔」

俺は答えた。なんか、テッセイにケンカでも売ってるみたいだ。でも本当だった。

「友達や先生とか。カズやラモス、ゴン、キヨハラ、りえちゃんとか。色々」

誰かを描くと、だいたい似てるって言ってもらえる。ひどいってよく言われるけど。かわいくも、かっこよくも描けないから。ヘンなふうに似るんだよ。

「俺、クラスの似顔絵屋でもあるから」

テッセイは、ずいぶん長いこと、黙って、俺の顔をじろじろ見ていた。人の顔を見るのきらいじゃなかったっけ、と言いたくなるくらい、じろじろじろじろと。それから、ふいに立ち上がると絵の道具のところまでいって、リュックサックを開けてスケッチブックを取り出し、ベリベリと大きな音をたてて一枚破った。真っ白でぶあつくてりっぱな紙をもらって、俺は困った。メモ用紙とか広告の裏とか、そんなのがいいんだけどなあ。しょうがない。このでっかい画用紙にちょこまかした落書きをするのもいやだと思って、俺は思い切ってぐいぐい鉛筆を動かしたよ。４Ｂの鉛筆。やわらかくて濃い線が引ける。

テッセイは灰皿を持ってきて、煙草に火をつけて、俺に横顔を向けて、おとなしく座っていた。くわえ煙草でぼーっとした顔をして煙をはいていた。ため息みたいにふうと音をたてて煙をはいて、その煙が顔をかくしてくれたらいいなと願っているみたい……。

すっげえ、いやがってるよ! なんか、わかっちまうんだよ。口では言わないけど。そんなにはっきりとイヤな顔しないけど。俺、そういうの、わりとわかるんだよ。特に描こうとして相手の顔見てると、そいつの気分みたいなの、なんか伝わってきちゃうの。だから、テッセイのいやァな気分がモロに伝わってきて、俺、すげえ暗い気持ちになっちまった。

なんで、イヤなのかなあ……。

俺は暗い気持ちでのろのろと鉛筆を走らせた。顔の輪郭をとって首と肩の線を引いて、髪をおおざっぱにつけて、目や鼻にいく。あんまり、迷ったり、やり直したりしないで、ざざっと描いてしまう——いつもなら、そうなんだけど、ざざっと軽く描けなかった。

なんだか、俺、鉛筆で紙に描いてるんじゃなくて、テッセイにチョクにさわってるような気がする。皮膚や目や髪やそんなの全部。で、俺が鉛筆で描いて形ができていくと、線で描かれた目や口や肩が緊張してビクッとふるえるんだよ——つまり、そんな感じする。

すぐ、そこにテッセイがいて、テッセイの絵を描いてテッセイにさわってるみたいな気持ちがしてるのに、でも、本物のテッセイはぼーっとした顔で、ひっそりと暗い影みたいに、幽霊みたいに、いないみたいに見える。

わかるかな？　身体《からだ》だけそこにあるわけ。身体は描かれるのをイヤだって言ってる。気持ちはそこにいないの。絵のことなんて何も知らないでいるの。

そんなのイヤだ。

すげえイヤだ。

「描けない」

と俺は言った。途中でやめた絵は、顔の中が鼻しかなくて、化け物みたいだ。テッセイは画用紙をのぞいて、ちょっと笑った。その顔は大人で――あたりまえだけど大人で、俺のぜんぜん知らない人だった。

さびしくなった。

何しにきたんだろうと思った。

会わなければよかった。

「歩美ちゃんを描いてよ」

テッセイは何気ない感じで、そんなことを言う。俺はかぶりをふった。今、ここにいるのは母さんじゃなくて、テッセイだから。

テッセイは、またため息みたいに煙を大きく吐き出すと、煙草の火を灰皿でもみ消

した。そして、

「おまえ、歩美ちゃんに似てるね」

とつぶやいた。

俺はなんだかフェイントかけられたみたいな気がして驚いてテッセイの顔を見る。

「とても、すねるんだよね。なぜかね」

テッセイは口をへの字に曲げて笑った。そんな笑い方があるなんて初めて知った。

4

帰る時間だった。

でも、俺は帰りたくなかった。

テッセイの顔が描けなくてくやしかった。そこらへんにある油絵を全部ぶん投げてやりたいほど、くやしかった。

だから、俺はまだ描くと言ったんだ。

テッセイの顔じゃなくて、母さんの顔でもなくて、りんごを描くって言ったんだ。

俺はりんごなんて、ぜんぜん描きたくないけど、でも、テッセイはそういうのが好きなんだろうと思って、言ったんだ。

そしたら、テッセイ、冷蔵庫をのぞきにいって、まだ、あったって、つぶやいて、三つ持ってきてテーブルに置いた。なんだか赤黒くて、つやがなくて、少ししわがよってて、まずそうなりんごだった。一ヶ月くらい冷蔵庫で忘れられていたようなりんごだ。俺はりんごを見て、なんだか緊張した。敵だなと思った。やっつけなきゃいけない敵だ。こいつは、ちゃんと描かなくちゃな。

テッセイは、りんごと俺の顔をかわるがわる見ていて、どっちかっていうと、りんごに向かって描いてもいいですかとこっそり聞いているような気がした。俺のほうを見る顔は目が少しだけ笑っている。ヘンな奴《やつ》だという笑い方をしている。

俺たちは、りんごのデッサンをやることになった。つまり、ここんチには、水彩絵の具がないんだけど、色なしでりんごを描くのは、ちょっと待ってという感じだった。それで、テッセイが教えてくれると言いだしたんだ。モチーフがりんごなら、デッサンを教えてやるよって。

「デッサンって何？」

俺は聞いた。言葉は知ってるけど意味は知らない。

「絵の基本さ」

テッセイは簡単に答えた。

「キホン？」

「たいくつでつまんないけど、それをちゃんとやっておかないと、結局うまくなれないっていう技術さ。サッカーにもあるだろ？　基本。パスやドリブルの練習」

「面白いよ。パスやドリブルの練習」

俺はタテついた。

「そう？　試合よりも？」

「試合は疲れるんだよ。ずっと走ってなきゃなんないでしょ」

「そういうスポーツだろうが」

「でも、疲れる」

「じゃ、なんでやってるんだよ、サッカー」

テッセイはあきれた顔になって聞いた。

「面白いよ。ボールを蹴《け》るの」

「使えねえな」

テッセイに言われたくないって思ったな。

別にいいけど。

テッセイは、テーブルの上にのっていた小さな油絵のキャンバスやスポーツ新聞や菓子パンの袋やポケット・ティッシュなんかを床にドサドサおろして、二個の湯飲みを流しに持っていって、少し考えてから、新聞だけ元に戻して、上にりんごをななめ一列で三個並べた。俺が座ってる椅子《いす》のとこまで来て、見え方を確かめた。それから言った。

「まず、見えた通りに輪郭をとってみろよ。明暗のつけ方は、あとで教えてやるから」

ゆっくりと付け加えた。

「俺が描くのを見て、同じようにやってもいいよ」

「見えた通りに描くよ」

と俺は言った。だって、いつも、そうしてるから。俺はテッセイのほうはぜんぜん見ないで、勝手に描きだした。

りんごは、なかなか、すげえ敵だった。あなどれない。ほら、りんごの形って、だいたい、こんなのってわかってるのにさ、紙の上に線を引いてみると違うんだよ。だから、俺、りんごにだまされないようにしようと思って。すげえマジににらむみたいに見てさ。こんなに、りんごをよく見たのは初めてだよ。りんごのことなんか普通考えないでしょ。三つのりんご、全部、形違うし。色も少し違うし。ああ、色は塗らないけどさ、でも、色が違うと感じが違うんだよ。赤が濃いりんごはキュッとやせて見えるし、薄いりんごはそうでもない。別に大きさは変わんないのにさ。なんか、むずかしいな。色つけちゃったら、悩まないのにな。鉛筆だけで、どうやって濃い薄いのちょっとした違いみたいなのを描くのかな。テッセイの描いてるほうをちらっと見た。わ、すげえ。ほんとのりんご。

すげえ、くやしい。

あんまり、ちゃんとした本物のりんごが紙の上にあるからさ、見ちゃったよ。もう、じろじろとさ。

最初から丸く描くんじゃないんだな。四角く描くんだなと思った。つまりね、りんごとぴったりの大きさの四角い箱みたいなのを描いて、真ん中の位置を決めて、それから小さな四角の面がたくさん集まってできてるみたいに丸い形のりんごを作っていくわけ。それは下書きみたいなのでさ、薄く描いてある。そこから、線をいっぱい引いて濃いところと薄いところをはっきりさせていく。魔法みたいだよね。きれいな丸い輪郭のりんご、ずしっと重さがあるみたいなりんごが、どんどんできていくんだよ。俺、じーっと一生懸命見てて、やり方は何となく感じがわかって、へえって思ったんだけど、まねしろったって無理だからね。

テッセイは手を止めて、俺の絵を見た。もちろん、俺は最初から、カーブをかけて、りんごを丸く描いてる。もう三つとも描いた。下の新聞を四角く描いて、はしがめくれてるところを三角にした。俺が描いたヤツは、まるっきり馬鹿《ばか》みたい。

テッセイは俺の絵を見て、冷やかすようにピューッと口笛を吹いた。

「へえ」

って言った。

「いい線引くなあ」

少ししてから、また言った。

「へえ」

テッセイのに比べたらオモチャみたいな絵に「へえ」って言われても、どうしようもないから、俺は黙っていた。

「形、ちゃんと取れてるから、線で濃淡つけてみろよ。明るいところと暗いところを分けて、立体感を出すんだ」

テッセイは言った。

俺がなんだかぽかんとしていたから、

「一番明るい色が白で一番暗い色が黒だよ。白に近い色ほど線が少なくなるし、黒に近い色ほど線が多くなるんだ」

と説明をした。

「それは色の明るさの話でね、あと、光がどこから当たってるかによって、光ってる部分と影になってる部分があるだろう？　あの上の電気の光で、りんごのかげがそこにできてる。こっち側が暗くて、こっち側が明るい。それも線で描きこむんだ」

「むずかしいよ」

俺は不平を言った。テッセイの言葉もむずかしいし、やらされることもむずかしい。テッセイは口をとがらせた。ムッとした時のクラスの女子みたいな顔だ。

「じゃあ、ま、絵の具で塗るかわりに鉛筆で色をつけてみろよ。そういうことだからサ」

テッセイは投げ出すような感じで言った。先生には向いてないタイプだよな。

テッセイに言われたことをテッセイが紙の上でやっていたことにダブらせながら、俺はともかく、輪郭だけのりんごに細かい線をちょこちょこつけていった。うまくできそうな気もしたけど、やっぱりダメだ。消しゴムを借りて消した。輪郭もあちこち消えたけど、紙に鉛筆の跡が残っていたから、なぞった。今度は本物のりんごじゃなくて、テッセイの絵を見ながら、似たような感じになるように描いてみた。そのほうがうまくいった。二つのりんごをテッセイの真似《まね》で描き、最後の一個だけ本物を見て描いた。

気にいらなかった。最初の輪郭だけの時のほうが、よっぽど、りんごに見えた。くやしい。すごくつかれた。新聞はもうどうでもよくなってて描く気がしなかった。

「こんなの、つまんない」

俺はつぶやいた。そんなふうに言うのは反則だって思ったけど、つい言っちゃったよ。

「デッサンはたいくつだよ」

でも、テッセイはあっさりと言った。

「好きな奴のほうが少ないだろ」

「テッセイは好きなんだろ？」

俺がフテたように聞くと、テッセイは好きとも嫌いとも答えずにふにゃりと笑った。メッチャ力のない笑い方で、顔だけじゃなくて身体中がふにゃふにゃになっちゃいそう。俺はなんだか心配になっちまった。テッセイって、けっこうハード・ボイルドにも見えるし、空気のぬけた浮き輪みたいにどうしようもなくも見える。俺はもうぜんぜん何を言ったらいいのかわからなくて、テッセイの顔を見ながら、何かわかる話をしてくれないかなってじっと待ってた。それが家に帰る話じゃないといいなと思ってた。この部屋には時計がないから今何時だかわからないんだけど、自分の腕時計を見たりしたら、絶対に帰る話になっちゃうし、でも、電車がなくなったりしたらどうするんだろう、ここに泊めてくれるのかな……。

俺、なんで、まだ、ここにいたいんだろうって自分で不思議になったよ。ヘンな絵ばっかり描いてるのにさ。テッセイを描こうとして失敗して、りんごを描こうとしてうまくいかなくて、まだ何か描きたいのかな？　もっと話をしたいのかな？　テッセイのことが知りたいのかな？

ぜんぜん、わかんないよ。

でも、帰りたくない。

テッセイも何を言ったらいいのか、わからないみたいだった。

俺たちは二人で黙っていて、テーブルの上の、すげえうまいりんごの絵と、へたくそなりんごの絵をただ何となく見ていた。

「妹は、どんな子？」

テッセイが玲美のことを聞いてくれたから、俺はほっとした。その話なら、いくらでもできるよ。玲美は面白い奴だから。いつも俺のお古ばかり着せられてたから、女の子の服をいやがるんだ。でも、髪の毛はすげえ長いんだ。おしりのへんまである。学校へは結んでいくけど、家ではすぐにゴムをとっちゃって髪の毛にゴミとかハッパとかノリとかジャムとかごはんつぶなんかをつけるから、母さんにいつも怒られてる。もう四年生なのに本の中の話を全部信じてる。将来は女海賊になって無人島で暮らすんだって言ってる。

——そんな話をすると、テッセイはしみじみとしたやわらかい目をして聞いていた。俺はテッセイのそんな目を見てると、なんだか泣きたくなる。誰かがやわらかい目をすると、悲しくなるって、絶対ヘンだと思う。

もし、玲美が一人でここに来ていて、俺の話をしたら、テッセイはやっぱり、あんな目をして聞いてくれるのかな？

わかんない。

やっぱり、ムスメって得かもしれない。

いきなり電話の音が鳴り響いて、俺は身体《からだ》がガタッと揺れるほどビックリした。母さんだ、と思った。テッセイは、隣の部屋の本棚にある電話を振り向いたけど、なかなか立ち上がろうとしなかった。出ないつもりかと思って妙にドキドキした時、面倒臭そうにのそりと立って歩いて受話器を上げた。

「ああ。……うん。いるよ」

ほとんど聞き取れないような低い声でテッセイはしゃべる。それから、ビクッとしたように顔を歪《ゆが》める。薄ら笑いを浮かべる。電話の相手は、絶対、母さんだ。がんがん怒鳴ってるに決まってる。うわあ、マジで、テッセイと〝歩美ちゃん〟の対決だぜ。でもね、なんだか、父と母——というより、破かれてしまった古い写真のカップルを見ているような気がしたんだ。テッセイ、もう写真の面影なんてない、よれっとした中年なのにさ。

「送ってくから」

テッセイが小さくつぶやいた。

俺は両手でバッテンを作り、首を横に振った。何度も何度も振った。一人で帰れるというサインのつもりだった。でも、ほんとは違ったかもしれない。

「泊めてもいいけど……」

俺のサインを見て、テッセイがぼそりと言い、俺は激しく首を縦に振った。首が壊れるかってほど振った。

すげえうれしかったよ。本当に本当にうれしかった。俺がここにいてもいいってテッセイが思ってくれたことさ。

電話の向こうで母さんがバリバリ反対しているのがわかった。俺はテッセイが歩美ちゃんに負けてしまわないうちに、受話器をもぎとった。

「泊まってく！　ケッテイ！」

それだけ言うと、切ってしまった。また、すぐに母さんからかかってくると思ったのに電話は鳴らなかった。

布製のソファー・ベッドにタオル・シーツを敷いて、軽いけど暖かくないスカスカの羽根布団《ぶとん》をかけて、いっしょに寝た。シャワーは使わなかった。テッセイは下着みたいなTシャツに縞《しま》のトランクス、俺はランニングにブリーフ。けっこう、寒かった。

明かりは全部消した。カーテンの隙間《すきま》から外の光が見えて、完全に真っ暗にはならない。テッセイは酒のにおいがする。煙草《たばこ》のにおいもする。そのほかのにおいもする。ベンジンみたいなにおい――そう、きっと油絵の油のにおいなんだ。

父さんといっしょに寝ている――と俺は考えてみようとした。でも、そんなの無理だった。テッセイは、テッセイだった。だから、俺はメチャ緊張していて、暗い部屋の中で、目をばっちり開けていて、なんだか息をするたびに胸がドキドキした。このまんま、朝まで緊張していたら、死んじまうんじゃないかと思った。

何か話をしたいと思った。俺はテッセイに会った時からずっと、話をしたいって思ってて、でも何の話をしたらいいのかわからなくて、結局あんまり話せていないんだ。

テッセイのいびきが聞こえてきて、がっかりした。やれやれ。簡単に眠っちゃうんだな。でも、いびきなんて聞いたことないから、俺、おかしくて笑っちゃったよ。グーグーなんて言わないよ。ズガァズガァ、だよ。そのズガァズガァを聞いてるうちに、いつのまにか、俺も眠ったらしい。

夢を見た。

りんごの夢だ。

テッセイの部屋の冷蔵庫のドアが開いて、りんごがぞろぞろ出てくるんだけど、そいつらにはみんな顔があるんだ。手も足もないのに、じわじわと歩いてて、赤やピンクっぽいのや黄色っぽいのや、やせてるのや丸っこいのやチビなのや、いろんな色と形と大きさのりんご、ぜんぶで十個くらいのりんごが、ぞろぞろと俺のほうに向かってくる。そいつらには目と鼻と口がある。眉とまつげもある。表情まである。笑ってるヤツがいる。怒ってるヤツもいる。泣きながら怒ってるヤツもいる。口はきかない。黙って、いろんな顔をして、ぞろぞろとこっちに向かってくる。

俺は悲鳴をあげた。

こわいんだ！

そいつらの顔がこわいんだ！

メッチャ、こわい！

顔のあるりんごが、こわい！

俺は逃げようとして、でも身体がぜんぜん動かなくて、また悲鳴をあげて、助けてと頼んで、そうしたら、りんごのヤツらは、ぞろぞろ歩くのをやめた。そして、言った。

「描け！」

「絵に描け！」

「オレ達を描け！」

「りんごの顔を描け！」

俺はまた悲鳴をあげた。そこで、目が覚めて、がばりと布団から起き上がった。夢だってことが、しばらくわからなかった。わからないまま、ガタガタふるえていた。

テッセイも目が覚めたらしくて、どうしたって聞いている。俺は返事ができなかった。

夢の中のりんごたちの顔が、まだはっきりと頭に残っていた。確かめなきゃ、と俺は思った。冷蔵庫のりんごだ。

俺は布団から飛び出して、暗い部屋の中をうろうろと台所のほうに向かった。冷蔵庫の扉を開けると、そこは明るかった。りんごがいた。三人いた。知っているヤツらだった。俺は深く息を吸い込むと、りんごたちを手でつまんだ。こわかった。でも、ただ、見ているほうがもっとこわかった。だから、三個とも胸にかかえて、台所のテーブルまで運んで並べた。

「どうした？　のどでもかわいた？」

テッセイが布団の中でねぼけた声を出している。俺は返事をしなかった。台所の明かりをつけた。それから、テーブルの上にまだ出しっぱなしのりんごの絵を、俺のほうの絵を取り上げた。邪魔な線を消しゴムで消した。それから、りんごたちの顔を描いた。テッセイの冷蔵庫に本当に入っていたりんごの顔はみんな恐ろしい顔だった。りんごたちは怒っているのだ。ちゃんと顔を描いてもらえなくて怒っているのだ。俺はその恐ろしい顔を描きながら、ガチガチと歯を鳴らしてふるえていた。

肩に手が置かれた。

俺は悲鳴をあげた。

「なんなんだよー」

とうんざりしたテッセイの声がした。

「顔を描かなきゃいけないんだ」

俺は急いで説明した。

「なんだって?」

テッセイは聞き返した。

「りんごの顔。りんごに顔があるのを忘れてたでしょう、俺たち」

え? とも、あ? ともつかない声をテッセイは出した。

「りんごが怒ってるんだ。顔を描かないから怒ってるんだ」

テッセイは大あくびをした。

「朝にしろよ。明日の朝、やればいいじゃないか」

「だって、こわいんだよ！」

俺がそう言うと、

「夢を見たんだよ」

とテッセイは言う。

そうなんだけどさ。

「描かないとダメなんだ」

俺は首をふりまわして言い張った。勝手にしろとテッセイは言ったのかもしれない。口の中でもごもご言うから聞き取れなかった。テッセイは布団に戻り、俺は絵の続きを始めた。テッセイと口をきいたあたりから、夢のことがぼんやりしはじめた。りんごの顔が前ほどはっきり見えなくなった。でも、俺は必死で描いた。描いて、描いて、描き終わったと思って、絵を見ると、そこにあるのは、りんごでもなくて、顔でもなくて、りんごのような形の中に、目や鼻や口がある、ただのおそろしいおばけのようなもので……。

俺は泣き出した。ものすごい声で。

悲しくて。こわくて、なさけなくて。

テッセイがまた起きてきた。俺の手から、鉛筆と画用紙をもぎとった。

「寝ろ」

とテッセイは言った。

「うまく描けないー」

俺は泣きながらうったえた。

テッセイは大きくうなずいた。

「わかった。わかった」

とテッセイは言った。

「俺がやっといてやる。大丈夫だよ」

「ほんとに？」

俺は真剣にテッセイを見つめた。

「顔のあるりんごなんだよ」

「わかったよ」

テッセイは疲れたように少し笑った。

「顔のあるりんごを描けばいいんだな？」

テッセイは俺を布団までひっぱっていって、暖かいところに押し込んで、自分は何かセーターのようなものをかぶって、寒そうに肩をすぼめて、台所のテーブルの前に座った。

鉛筆のきしる音。

猫背で絵を描くテッセイの姿。

俺は大きく息を吐いた。安心した。

テッセイは頼れる。大丈夫だ。最高だ。

次の朝、目が覚めた時、俺は何がなんだかぜんぜんわからなかった。自分がどこにいるのか、何をしてるのか、今、うれしいのか、つらいのか、こわいのか、なんにも！

景色や花なんかの絵が壁いっぱいに飾ってある部屋にいて、同じ布団の中に知らない男の人がグーグー寝ている。

きのうのことがゆっくりと頭に浮かんできた。ぜんぶ、テッセイとのことだ。

夢のことを思い出した。ぞっとした。ぶるぶるってふるえるくらい。冷や汗が出るくらい。どこからどこまでが夢なんだろう？　俺はテッセイを起こさないようにそうっと布団を抜け出すと、台所のテーブルのところまで行った。

りんごが三個のっていた。りんごの絵の描いてある画用紙が一枚。画用紙の上に置かれた鉛筆が一本。俺は鉛筆をどけて、画用紙の絵をじっと見た。

三個のりんごには、みんな顔が描かれていた。こわい顔だった。でも、ぞっとするほどおそろしくはない。りんごはちゃんと丸みや重さのあるりんごで、その顔は俺がめちゃくちゃに描いたものをテッセイがもっと目や鼻や口らしく見えるように描き直してくれたんだと思う。りんごたちは満足しているように見えた。こわい顔だけど、ただ威張ってるだけで、夢で見たような血が凍るような不気味さはなかった。新聞はまだ描けてなくて、全部を見ると、バカみたいにヘンテコリンな絵だった。誰もこんなのを描こうとしないし、こんな絵があるなんて考えてもみないよ。

俺はずっとその絵を見ていた。どのくらいの時間、見ていたのかわからない。気がついたら、テッセイがそばに立っていた。

「どう？」

とテッセイは聞いた。

俺はうなずいた。恥ずかしくて口がきけなかった。テッセイは俺のことを、本物のバカだと思ったにちがいない。

「おもしれえ絵になったよな」

テッセイは言った。俺は本気で言ってるのかどうか、おそるおそるテッセイの顔を見上げてみた。

「おまえは、りんごに顔が見えるんだな」

とテッセイは言った。

「夢だよ」

と俺は小さな声で答えた。

「夢でもさ」

とテッセイは独り言のように言った。

「俺、そんな夢見ないよ。ガキの頃から」

俺はひたすら恥ずかしくて、ただうなだれていた。

「おまえ、面白い絵を描くかもな」

その言葉は、キラキラした透明な光みたいに泥んこの落ち込みの中にいた俺のところにやってきた。俺は顔をあげた。テッセイを見た。テッセイも俺を見ていた。

その時、テッセイが何を思っていたのか、俺にはわからない。顔は普通だった。少し疲れたような、めんどうくさそうな、楽しいことなんて何にもないっていうような、でも、夜中にわけのわからないお絵描きをさせられても別にどうってことないっていうような。

俺は何か言わなきゃいけないと思った。いや、何か聞かなきゃいけないと思った。俺はテッセイに聞きたいことがあった。すごく聞きたいことがあるのに、それが何なのか、自分でわからない。あせった。困った。泣きたいくらいジリジリイライラした。絵のことじゃないと思った。俺が本当に面白い絵を描けるかってことじゃない。そんなことじゃない。ああ、わかんない！

テッセイは、もう、自分が言ったことなんて忘れたようにふいっと横を向いて、流しのほうに歩いていってる。

あ、もう遅いって思った。チャンスを逃してしまった。DFもキーパーもいないガラ空きのゴールみたいなチャンスを！

テッセイは、東小金井の駅まで俺を送ってくれた。ウチまで来て母さんや玲美にも会ってよと頼んだけど、それはまたな、と簡単に断られてしまった。

ウチに帰るのがいやだった。母さんや玲美にテッセイのことを聞かれるのがいやだった。テッセイと過ごした時間のことは、ぜったいにうまくしゃべれない。

「どんなヤツ？」

と玲美は興味しんしんで聞いてきた。

俺は考えた。よくよく考えた。そして、言った。

「絵がうまい」

まだ、あれこれ聞きたくて聞きたくてたまらない玲美が俺にまとわりつくのを母さんは止めて、ちょっと探るように俺の顔を見て、シャワーでも浴びてきたらと言った。風呂場《ふろば》に逃げだせて、俺は本当にほっとした。

熱い湯を大量に出して、頭からざあざあ浴びていると、また、顔のあるりんごの絵が頭の中にはっきりと浮かんできた。あの絵は、持って帰ってこなかった。テッセイはあれをどうするだろう、捨ててしまうだろうな、絶対に捨ててしまうだろうなと思った。さびしい、かなしいというのとは違う、胸の中に何か小さな傷というか穴というか、へっこみができたみたいな気がした。

俺はそれから二度とテッセイに会わなかった。母さんや玲美も。

テッセイは、俺と会った次の年の秋に死んでしまった。肝臓の病気だった。葬式には行かなかった。母さんだけが行った。そして、テッセイの形見というのを持って帰ってきた。

汚れたベージュの布製の大きなリュックに入った油絵の道具、折りたたみ式のイーゼルや、色のしみこんだような黒っぽい木のパレットや、たくさんの絵の具、筆、油――そういうものをしまっておく木の箱。どれもこれも新しいのは一つもなくて、テッセイがたくさん使って使って使いぬいたものばかりだった。その油絵の道具は俺のものだった。テッセイは俺あてに形見を残したんだ。母さんじゃなくて俺に。

しゃんと背筋を伸ばして葬式から帰ってきた母さんは、油絵の道具を一つずつ出してさわってみるうちに、だんだん元気がなくなってきた。イーゼルの脚についた傷を手でなぞって、ふっと息をついた。その傷がなんでついたのか母さんは知ってるのかもしれない。聞いてみようとしたら、母さんが泣いてるので、びっくりした。母さんが泣くのを初めて見た。

母さんが泣いたので、俺は泣けなかった。

テッセイが描いた、あのたくさんの油絵はどこにあるんだろうと思った。あの絵をもう一度見たいと思った。でも、テッセイの部屋には一枚の絵もなかったらしい。テッセイは絵をどこかにやってから、死んでしまったのだ。

黄色い目の魚

1

『黄色い目の魚』は、通《とおる》ちゃんのアトリエの壁にいる。赤茶色の木のごつい額に入り、スゲエえらそうになったクレヨン画だ。私があれを描いたのは、小学校一年の時だった。動物という課題で、三角の黄色い目をした太ったいやあな魚を描き、先生にもっといやあな顔をされた。

「みのりちゃん、魚は動物じゃないのよ」

先生は描き直すように言ったけど、私は他のものを描く気になれなかった。動物じゃないってだけで、そいつをボツにするのがイヤだったんだ。絵は教室の一番暗い壁《かべ》際《ぎわ》の下隅に貼《は》られ、魚はますますギロギロと目つきが悪くなった。なのに、通ちゃんは、ヤツがいいって言うんだ。持って帰る時にくしゃくしゃになったへたくそなクレヨン画を自分のアトリエの壁に飾っちまった。

通ちゃんは、お母さんの弟で、マンガ家兼イラストレーターだ。そのクレヨン画を元に『サンカク』という魚のキャラクターを作りへんてこりんなマンガにした。

サンカクはサザナミヤッコだ。南の海に住む魚だ。全身のアウトラインと目とエラを鮮やかな青で縁取ったような魚。デカくてキレイで観賞用なんだぞと通ちゃんは解説し、水族館にも連れていってくれた。幼魚と成魚は模様が違う。ガキのほうが派手な縞《しま》があってキレイ。もちろん、目は丸い。マンガのサンカクの目は逆三角。ブルーのアイシャドーみたいな目の縁取りはそのままで、形だけを逆さまの三角形に変えてる。いきなり性格悪そうになる。

サンカクは、ほんとにヤな奴《やつ》なんだ。意地悪で、生意気で、威張ってて、ズレた正義漢。ユラユラという名前のマヌケなホタルイカを手下にしていじめるし、デカスギという名前のジンベイザメには身の程知らずのつっかかりをして、いつも半殺しの目にあう。

マンガはとても人気が出た。サンカクは旅行社のCFキャラクターになり、Tシャツになり、筆箱になり、ガラスコップになった。サンカクはカラーのほうがキマル。意地悪そうな黄色い逆三角の目がピカピカしてるから。

私はサンカクに対して、フクザツな気持ちなんだ。生みの親のひとかけら。そしてウチの家族に、みのりはサンカクそのものだと言われる。こわい三角の目、無茶で短気で迷惑な性格——私はえらいかんしゃく持ちで、一時間に五コはムカつくことにぶつかり、三回はバリバリ腹を立てる。相手が先生だろうが、おマワリだろうが、小指のないお兄さんだろうがお構いなしだ。まさに巨大な20メートルのジンベイザメのシッポにかみつく黄色い目の魚。

ウチの家族はサンカクが嫌いだった。私のことも嫌いだった。みのりは腹を立てすぎると言う。文句たれ、仏頂面《ぶっちょうづら》、少しは女の子らしくしなさい——お父さんもお母さんもお姉ちゃんも、みんな、私をイヤがる。

中学に入ってから、ホントにムカついてばっかし。だって、ぜェんぶヤなんだもん。好きなものより嫌いなものが千倍に増えたよ。ベンキョ、テスト、担任の先公、英語の先公、バドミントン部の先輩たち、連れションするクラスの女の子たち、制服のミニひだスカート、美容院の店員——シャンプーで、おかゆいところはございませんか？　と聞かれると目隠しタオルを鼻嵐《はなあらし》で吹きあげたくなるよ（試してみたけど二センチも飛ばなかったな）。だから、私は美容院へ行かないんだ。髪なんか自分でハサミで切ってしまう。ワイルドなショートヘアー。

2

世界で一番好きな場所は、通ちゃんのアトリエだった。大磯《おおいそ》の駅から少し海寄りに歩いた小さなマンションの三階。２ＤＫの南向きの広いほうの部屋を通ちゃんはアトリエにしている。

窓からケチくさい海が見えた。なんでケチくさいかと言うと、帯のように薄くちょっぴりしか見えないからで、青というよりだいたい灰色に近い。その青灰色《せいかいしょく》を双眼鏡でのぞくと、大磯港に出入りする白い釣り船がちらほら、黒い点のようなサーファーがぱらぱら。

通ちゃんは、私がウロウロしてても、平気で仕事が出来た。ＢＧＭはアフリカの太鼓音楽。フローリングの床は、資料と称する本や写真などが積み重なって山脈を作っている。行くたびに地形が変わる。

「マンガと絵とどっちが好き？」

通ちゃんに聞くと、

「どっちもどっち」

と変な答え。

「マンガ描いてるとイラストやりたくなるし、イラストにかかってるとマンガのネタが浮かんでくる」

「そしたら、別のほうやるの？」

「やんない。締め切りあるから」

通ちゃんの生活はメタクソだ。昼も夜もなくて、いつ寝てるかなんて見当もつかない。起こされるとヤだからというので、私は合鍵《あいかぎ》をもらってる。通ちゃんがいなくても、アトリエにいるのはとても好き。日当りが良くてケチな海が見えて、人がいなくて、床がゴチャゴチャしてて、壁にいい感じの絵がいっぱい。それに、デブ猫の弁慶がいる。

弁慶は、ペルシャと雑種の混血、満八歳、MAX十キロ、片目がつぶれていて、もう一つは丸いアクアマリン。大食らい。賢い。トイレがきれい。通ちゃんの絵や資料の上では絶対爪《つめ》をとがない。

私は弁慶のデカッ腹を枕《まくら》にして居眠りするのが、何よりしあわせ！　ひなたのにおいのする、白いふかふか猫毛の枕は、ふーかふーかと上下して私は一分で眠くなってしまう。弁慶は三分くらいじっと我慢してくれるの。それから、太い腕を伸ばして私の髪の毛でわしわしと爪を磨く。頭の皮が痛くて飛び起きる。

「頭の皮のマッサージはいいんだぜ。ハゲに効く」

通ちゃんは言った。彼はおでこが年々広くなる。三十五歳、独身。決して良いオトナではない。きげんが悪いと一言もしゃべらないし、平気でしょっちゅうきげんが悪くなる。仕事中に話しかけるのもダメだ。ウロウロしても逆立ち歩きをしても、CMソングを歌ってもいいけど、「ねえ、おなか痛い。薬どこ?」と言ってはいけない。一度、十キロの弁慶をドカリと投げつけられたことがある。動物虐待《ぎゃくたい》、児童虐待。

私もお返しにかんしゃくを起こしても、ケロリとしてる。そのせいか、通ちゃんの前だとムカつくことが少ない。通ちゃんは、私が一番きらいな、子供扱いをしない。わざとらしいオトナ扱いもしない。説教をしない。

確か四歳くらいまでは、通ちゃんのことを叔父チャマと呼んでいたよ。ある日、通ちゃんは突然きげんを悪くして、叔父チャマと呼ぶなと怒った。名前を呼べ。叔父チャマなんて言われると、姪《めい》っコ扱いしなきゃならない。姪なんて娘の次にやっかいだ——どなられてお姉ちゃんは泣き、私はたまげた。

通ちゃんは、姪が、よその子よりかわいいわけじゃない。私をアトリエで放し飼いにしてるのは、単にたまたまウマが合うだけで、合わなくなったら即座に立入禁止だ。通ちゃんがアトリエに入れるのは、私と弁慶と友達の漫画家だけ。私の知ってる恋人一号から五号も立入禁止。

通ちゃんが結婚しないのと、アシスタントも使わず仕事にリキを入れないので、ウチの家族のウケはひどく悪い。

いーかげんよ、何も考えていないのよ、何一つ責任を取る気がないのよ、好き嫌いだけで世の中渡れると思ってる、ロクな人間じゃないわよ――お母さんの弟評。ボロメタ。

電車で駅四つの通ちゃんチに私が行くのをウチの家族はひどく嫌う。なぜ？　みんなの嫌いなみのりが、みんなの嫌いな通ちゃんの所に行ったっていいじゃない？　あの人のせいで、みのりがパワーアップして変な子になると家族は言うの。うるせえや。

3

中学に入ってから、三ヶ月ちょっとの間に私は三人の女の子と絶交した。三人とも最初は親友だった。一人目の近藤はクラス委員。私が遅刻したり授業中に寝てると説教するヤな癖があって大ゲンカ。二人目の弥生《やよい》は休み時間のたびにトイレに連れてゆかれるのがたまんない。人のワイルドヘアーやシャーペンの柄《がら》にケチをつける。三人目の山口は噂女《うわさおんな》。内緒ネ内緒ネが口癖で嫌いになった。

それから、私はなんだか友達を作るのがめんどくなって、ぼうっとしてて、腹が立つと男子をどついたりしてたら、すっかりクラスから浮いてしまった。別にいいやと思ってたけど、もう一人女子であまってるコがいて、いつのまにやらセットになった。美和子。あだ名がクチナシ。超無口で、動作もトロい。私が美和子と一緒にいるのは、男子がこのコをいじめるせいだと思うな。彼女、おどおどしてるくせに顔がアイドルだから、つついたり筆箱を隠したり、小学生のノリで男子が構う。小学生のノリで美和子が泣く。見ていると、他人事《ひとごと》でもイライラするよ。かばったり、身代わりでケンカしているうちに、美和子はすっかり私になついてしまった。でも、私は美和子になつけないんだ。ぜんぜん好きじゃない。

「腕組まないでよ。女同士でキモチ悪いや」

私が言うと、美和子はゴメンとつぶやき、あわてて、私の腕から手をはずす。彼女が傷ついたのがわかったけど、半分イライラして半分ザマミロと思うの。私、なんてヤな奴。友情なら力関係が五分と五分で釣り合うけど、親分子分だから九分と一分よ。動かないシーソー。私は言いたいことを言って、やりたいことをして、美和子は耐えるオンナみたいに必死で後からついてくる。

私と美和子の関係は、サンカクとユラユラの仲とちょっと似てる。意地悪サカナは、トロいイカを手下にして、がんがんエバるんだ。でも、ユラユラはおおらかでいいな。のほーんとしてて、サンカクや、もっと恐いサメのデカスギまでメゲさせる。美和子ももっとのほーんとしてたら、いじめられないし、私も好きになれるけどな。

美和子は、マンガ家のとおりゃんせの大ファンで、文房具をサンカクグッズでばっちりかためてるの。なんかいやだな。

いいいとおりゃんせ——別名、イラストレーターのこばた・とおる。それが、私の叔父の木幡通であることは、クラスの誰も知らない。私は言わないし、通ちゃんはマスコミに出ないからバレるわけがない。

私が、グッズも持たず、通ちゃんのことを秘密にしてるのは、あのアトリエや、額に入ったクレヨン画や、変わりモンの叔父が、とてもとても大事だから。誰にもあげない。わけてあげない。一人だけのもの。

美和子のサンカク下敷きを、私は横目で見る。サザナミヤッコとホタルイカとジンベイザメが、南の海のブルーグリーンに泳いでいる。

「みのりちゃん、どれが好き？」

美和子はぺたぺたと下敷きを指差して、きげんを取るようにクッと笑う。気に食わん。

「みーんな、嫌いだよ」

と唇をとがらせて答えると、また美和子はシュンとする。ああ、ヤだ。もうゼッコウだと叫びたくなったけど、そんなこと言ったら、こいつは、わあわあ泣くよな。ヤだな。

「ねえ、どこが、嫌い？　ねえ？」

美和子は、おとなしいくせに、しつこい。

私は返事をしなかった。

ホントはね、嫌いじゃないよ。

イカとサメは、とても好き。

黄色い目の魚は、わかンないけど。

4

夏になると、アトリエから見える海の色が少しだけ青くなる。エアコンの嫌いな通ちゃんは窓をいっぱいに開けはなって、しめっぽい熱い風を入れている。網戸もしめないから小虫や蚊が来る。蚊は若い血を吸う。通ちゃんは私を人間蚊よけと呼んで重宝する。

私は逆立ちしたまま壁を見ていた。元々ムカムカして頭に血がのぼってるから、これはあまりいい姿勢じゃない。今日の午後、お母さんとお姉ちゃんが私を腕ずくで床屋に連れこんだのだ。初め美容院に連れていこうとしたから激しく抵抗したら、ねじりん棒の床屋にかつぎこまれた。床屋のオヤジは美容院のオババよりはるかにマシ。

「頭はスポーツ刈り。顔に蒸しタオルのせてひげをそって」

と頼んだら、ちゃんと全部やってくれた。髪はベリーショート、ひげの代わりにシェービングクリームつけて眉《まゆ》をちょっとそった。ひげが男と猫の特権なんてズルイんだ。私が男だったら、もみあげとあごひげを合体させたひげだるまになって髪も伸ばすの。通ちゃんはもったいないことにひげをはやさない。

「切られたな」

私を見るなり通ちゃんは言った。その一言で、私のムカムカは半減した。私は弁慶の前足を取って、短い髪の毛を触らせてやった。猫のアクアマリンの片目は、この髪型を好かんと言った。私もだよ。

今日の通ちゃんは暇なのか、新しい髪の私の似顔絵を鉛筆で描き出した。私は画家に横顔を見せて、姿見で全身を眺める。首が長くなって、ほっぺたが増えたな。二歳くらいガキになった気がする。ふーん。自分の体で好きなのは、広い肩と長い手足とペシャンコの胸。顔は全面的に嫌いだ。目が最悪。お母さんに似たキツネ目。サンカク。でも、誰もお母さんをサンカクと言わないのはなぜだろう？

鏡の隣には、額入りのクレヨン画。私は魚の黄色い三角の目と、自分のつり目をじっくり見比べた。似てる？　似てる？——似てるな……。またムカムカしてきて、片足飛びで通ちゃんの落書きを見にいく。画用紙に、キュートな男の子の横顔。

「似ねえな」

とマンガ家。

「それ、男じゃん」

「ミンだって、男じゃん」

通ちゃんの言葉はいつも爽快だ。

通ちゃんは、みのりを縮めてミンと呼ぶ。セミみたいで好き。私をマンガにしてんの？

「ねえ、通ちゃん。もしかしてサンカクって私なの？

「そんなんじゃないよ」

「ふうん」

「こういう仕事してるとさ、まわりの人間がみんな自分がモデルじゃないかって怯えるんだぜ。ヤんなっちまうよ」

「ふうん」

「元はミンの絵だけどさ」

通ちゃんは言って、似顔絵の目を記号のような三角に変えた。やめろよ！

夏休みの初めは最高だった。私は、通ちゃんのマンションにずっといたの。ここに泊まることはお母さんが厳禁してたけど、通ちゃんが熱心に頼んでくれた。……というのも八割方は自分のため。私を、マンガ描きの臨時アシスタント、食事係、電話番、弁慶の世話役に使うのだ。仕事がパニックに陥ってしまった通ちゃんは、黙ってても遊びにくる私の利用法を考えたわけ。

「ねえ、なんで本職のアシさんを雇わないの？」

私はベタやトーン掛けは当然うまくない。

「うーん。気が重くてさ。一応、マンガ家志望だったりするじゃない。やっぱデビューのこと考えてやるとか、そうじゃなきゃ、社員のつもりで給料払って生活のこと考えてやって。どっちも、めんどくて」

通ちゃんは、私が作ったタラコ・スパゲッティをつるつる食べながら話した。

「自分で出来る仕事しかやらないんだ。ピンチは友達なんかに頼む。気楽でいいよ」

「通ちゃんは気楽が好きね」

「そう。しんどいことは何もしたくない」

通ちゃんは、私が家からガメてきた３５０ml缶のエビスビールをこぽこぽ飲んだ。

私は適当に雑用して、後はアトリエのすみっこやダイニング・キッチンのソファーで本やマンガを読み弁慶と呼吸を合わせてゴロ寝する。ゴロ寝が本格的な昼寝になってしまって、夜はとても遅くまで起きている。通ちゃんが仕事机で、カリカリコシコシ、ペンを走らせるのを、床に膝《ひざ》を抱えて座り、眺めていた。驚異の集中力を誇る通ちゃんは、私の視線に気づかない。もっともっと近づいても大丈夫。サンカクの目玉を描くところをのぞきこんで見ても、気づかない。

でも、私はじっとしてた。マンゴーとバナナ色の丸いジャンボクッションの上。隣には弁慶がおなかに頭をつけたのの字で寝ている。とってもいい気分。夜の時間は昼の時間より進み方がのろいな。夜の風は、音がざわざわして潮のにおいがきつく、なんだか胸がキュウとする。見慣れたアトリエが、違う知らない世界みたい。私はいつまでたってもなかなか眠くならなかった。寝ろという人もいない。通ちゃんのペンの音。カリカリ。

五日目になると、私はベタのスピードが上がった。食事のレパートリーがつきた。エアコンなしの生活であせもができた。ヘンテコリンな睡眠で、脳みそがふやけて、目がしばしばした。でも、楽しい！　私は一生ここにいたいと思って、通ちゃんにそんなことを言ったの。

「夏休みだからなあ」

通ちゃんはぼんやりした声で言った。

「通ちゃんは休みじゃないよ」

「ミンのことさ。休みって楽しいじゃん」

「家にいたら楽しくないよ」

「そうかあ？」

「ここが好き！」

「二ヶ月で飽きるよ」

「絶対、飽きない」

「俺ア、飽きるね」

通ちゃんはさりげなく言ったけれど、私はヒヤリとした。通ちゃんは、たった二ヶ月で私と一緒にいるのに飽きるの？ それとも、通ちゃんが私だったら飽きると言ったの？ どっち？ こわくて聞けないよ。

合鍵《あいかぎ》をもらって、出入り自由で、ウマが合って、特別な仲良しと思ってたよ。私は通ちゃんが好きで、通ちゃんも私が好きなの――それ、ちがうの？ 気持ちが寒いじゃん。

「ねえ、通ちゃん。通ちゃんは、弁慶と私とどっちが好き?」

おそるおそる聞いた。

「猫は猫だよ。俺は猫が好きだし」

通ちゃんの返事はよくわかンない。私は、弁慶と通ちゃんとどっちが好きか考えたら、やっぱりよくわかんなかった。


私は電話をしなかったから、お母さんが怒って偵察にきたんだ。昼の二時過ぎに、カーテンを引いて、私も通ちゃんもゴウゴウ寝てるのを見てお母さんは爆発したね。

「なんて生活なの! 信じられないわ」

そして、私を家へ強制連行。

お父さんも怒ってた。私が、通ちゃんにはアシスタントが必要なことを話したら、

「子供を夜更《よふ》かしさせて働かすなんてな! 非常識だよ。君の弟のセンセーは」

とお母さんに嚙《か》みつくの。

そして、お父さんとお母さんは、私の時差ボケや、首のあせもや、目の下のちょっとしたクマについて、ガンガン話し合った。でも二人とも、私の健康を心配してるというより通ちゃんの生活の悪口を言いたがってる気がしたの。わかるんだよ。そーゆ

ーのは。

「みのり！　お父さんが許すまでは、絶対にセンセーの家に行ったらだめだぞ」

お父さんは、左右つながった眉毛をしかめて、そう言った。市役所勤めのお父さんが通ちゃんをセンセーと呼ぶ口調は、最低！　お父さんの中の悪い感情をたらふく込めているよ。

「いーやーだっ」

私は自己主張した。

「みのりッ」

「いーやーだってば！」

ぶたれるかなと思ったら、やっぱりぶたれた。ほっぺた。往復。いてえな。私は活火山のようにぐわぐわと怒りが噴火して、お父さんに飛びかかった。ぶちかえしてヤル！　お母さんが後ろから私を押さえて、そうなると頭が熱い溶岩になって、何もわからなくなった。足をバタバタさせてわめいたみたい。クソババアとかクソジジイとか言ったみたい。一発なぐれなくて悔しいよ。

私は部屋に鍵をかけて閉じ込められた。泣くのもシャクだと思ったけど、きっかり一時間泣いた。たくさん鼻をかんだ。お母さんも泣いてるだろう。お父さんとお姉ちゃんは、家庭内暴力のことを話し合ってるだろう。前に噴火したのはいつだっけ？中学に入って三回目だから、五月かな。

『サンカク』のコミックスを全部読んでから寝た。目玉が黄色くなる夢を見た。

どんなにブスッたれても、中一の娘なんて親には勝てないや。私は夏休みの宿題を終えるまでは、家から一歩も出たらいけないことになった。ああ、不健康。

通ちゃんはどうしてるだろう？　電話もかけらんない。お母さんは通ちゃんに何て話したんだろ。仕事は終わったかしら？　弁慶に会いたいな。

お母さんの説教プラス悪口。

「通を好きになるのはバカよ。信頼できる人じゃないのよ。みのりのことだって、適当に面白がってるだけ。親じゃないんだから。親はどんなに子供にイヤがられても、きついことも言わなきゃいけないの。叔父さんなんてね、いくらでもイイ顔ができるの。もし、何かあっても、通はあんたの面倒なんて見ないわよ。どんなちっぽけな責任だって取れない男なんだから。頼っても無駄よ」

「弁慶の面倒は見てるよ。セキニンだって」

「猫は猫よ」

そのお母さんの台詞《せりふ》、通ちゃんも言ったな。猫は猫。私、猫に生まれれば良かったな。それで、弁慶と結婚して、通ちゃんに飼ってもらうの。

なんだか、気持ちの底が抜けてしまった。

夏なのに、冷房の部屋は、毎日寒い。

お盆の頃、通ちゃんから絵葉書が来た。九州の海にいるらしい。サンカクたちのいそうな南の海だって。恋人五号と来ていて楽しいって。私のことは、宿題終わった？ってだけ。何も知らないのね。

お母さんの言うとおりかもしれない。通ちゃんは、私のことなんて、たいして好きじゃないんだ。メイワクなんだ。もう、アトリエへ行くのはよそう。でも、あそこに行かなくなったら、私はもっとひどい噴火をやりそうな気がするよ。こわい。

6

二学期が始まると、荒れた気持ちなのは、私だけじゃないのがわかった。男子の中の何人かは目に見えてクサクサしてた。十三歳って、なんだかタマッちゃうのよね。

気持ちの中にヘドロみたいなのがさ。それ、捨てようとして荒れるんだから、うかつに近づかないほうがいいのよ。

被害にあってるのは、またしても、美和子だった。海へ行ったのに日焼けしないタイプの美和子のはだは、どこも行かない私よりもミルク色。茶色い髪の毛も肩まで伸びて、ますますキレイ。かわいいのに、ウジウジオドオドする女の子をイビるのは、男の子の本能らしい。椅子《いす》に画びょうを置かれたり、鞄《かばん》を隠されたり、靴を切られたり、イジメはタチが悪くなった。

私は燃えた。イタズラの先まわりをして、未然に防ぎ、出し抜かれた時は犯人を徹底して追及して、力いっぱいハタいた。三人の悪ガキ男子と私の戦い。でも、標的が美和子から私に移ることはなく、敵は五人に増え、クラスの空気は険悪になる。女子の大半は冷ややかに見ていた。

ある日、HRで、クラス委員の近藤が発言した。

「最近、クラスで、暴力やくだらないイタズラが横行してます。やめるべきです」

そして、近藤は、イジメ側の男子と私の名前をずらずら挙げた。

「村田さんは女子のくせに、男子に怪我《けが》をさせるような暴力をふるいます」

クラスがざわざわした。忍び笑いも起こる。私はばっと立ち上がった。

「私が何もしなかったら、怪我するのは、美和子……江田さんだよ！」

「村田さんが男子を挑発してると思います」

「そうだよ。おめえが悪いんだよ」

イジメのボスの安原が座ったまま言った。男子がどっと笑った。私は顔が熱くなるのがわかった。私は美和子のほうを見た。美和子が立ち上がって、私の弁護をするべきだと思った。村田みのりは悪くないと、私を守ってくれた人だと、そして、安原たちの罪状を残らず報告すればいい。あの事なかれ主義の担任のスダレ頭だって、少しは奴等《やつら》に注意する気になるだろう。

美和子は座ったまま下を向いていた。茶色い髪の毛が垂れて顔を隠しているけど、肩のふるえで泣いていることがわかった。かわいそう……と、私はまったく思わなかった。ムカムカした。近藤より安原より、もっと美和子に腹が立った。

スダレ担任が、安原たちにも私にも、とってつけたような注意をして、これ以上騒ぎを起こすと、全校的な問題になるとか、父兄を呼ぶとか、くだらない脅しをかけた。HRが終わる。まだ美和子は泣いていた。誰も彼女の近くに行かなかった。私は近藤をつかまえて、美和子にも聞こえるような大声で言った。

「私は手を引くから、あんたが美和子を守りなよね」

「そういう問題じゃないんじゃない？」

と近藤は肩をすくめた。

「私は江田さんの友達じゃないもの」

「私だって、友達なんかじゃない！」

私は思わず叫んだ。

「あんな弱虫の泣き虫、一度も好きだと思ったことない！」

教室にいた生徒がみんな私のほうを見た。美和子も鼻を真っ赤にした泣き顔をあげて、私を見た。その顔ったら！　私は胃袋が縮みあがるような気がした。あんな傷ついた目をした人間をこれまで一度も見たことがなかった。制服のシャツの下が、ざわりと鳥はだ。冷たくなる。席に戻って窓の外を見たけど、何も目に映らなかった。

翌日から美和子は学校に来なくなり、クラスの人間は、誰一人、私と口をきかない。私は学校にいるといつも弱い吐き気がした。でも、休まなかった。えらくて休まないのじゃなくて、ただそういう性格なだけ。

美和子の席のそばに、サンカクのブルーグリーンの下敷きが落ちていた。誰かに踏まれたらしく、靴跡がついて汚れていた。私は拾い上げて手ではたいたけれど、汚れは落ちない。家に持って帰った。洗ってキレイにした。机の上に置いて、サンカクとユラユラとデカスギのいる楽しそうな南の海を眺めた。胸が苦しくなった。自分は生きている値打ちがないような気がした。

噂《うわさ》が三年生のお姉ちゃんの耳にも入ったらしくて、お父さんやお母さんにも事件のことが知れた。しかも、悪い所をカタメたような話で知れた。男子への暴力、美和子へのひどい言葉、美和子の不登校。

お父さんとお母さんは、これまでで最悪の真剣な顔で、私に説教をした。人をなぐったりするのがどんなにいけないことか、言葉というものがどれだけ人を傷つけるか、思いやりのない人間はどんなに最低か、ｅｔｃ。言葉は聞こえていたけれど、耳から胸のほうへ降りていかなかった。なぜだろう。お父さんもお母さんも私に良い人間になってほしいのだ。それは、わかる。でも、なぜ、素直にＯＫと思えないのだろう。わからない。

お父さんだって、私をなぐる。お母さんだって、私を傷つけることを平気で言う。二人とも、通ちゃんには、思いやりのかけらもない。自分たちだって、ぜんぜんえらい人間じゃないくせに、なんでそんなえらそうに、娘にえらい人間になれと言えるのだろう。

「みのりっ。聞いてるのか？」

お父さんが物騒な声で尋ねた。

「聞いてる」

「反省したか？」

反省って何？　自分が最低の人間であることは、誰に言われなくても自分でわかった。でも、反省って何？　何をすればいいの？

「なんて強情な子なんだろ。どうして、こんなふうになっちゃったんだろ」

お母さんがそう言って泣きだした。私は実にヤな子だった。お母さんが目の前で泣いても、ちっともかわいそうと思わなかった。

お母さんは私をつれて、美和子の家に謝りに出かけた。湘南台《しょうなんだい》のキレイなマンションのキレイな居間に通されて、いいにおいの紅茶を出された。美和子のお母さんは、美和子に似ていて、線の細い美人だった。お母さんと私の謝罪に、上品にかぶりをふって、

「あの子がいじめられるのも、学校へ行きたがらないのも、あの子自身の問題ですか

ら。村田さんには色々かばっていただいて、ありがたいと思っているんですよ」

美和子のお母さんは、私をじっと見て、まじめにうなずき、とても淋《さび》しそうに笑った。そのとたんに、私は雷に打たれたように、心底、美和子に悪いことをしたと思った。これまでより、十倍も百倍も強く思った。

「美和子に会えますか？」

ドキドキしながら尋ねると、美和子のお母さんは、一瞬とまどってからゆっくりため息をついて、すまなそうに言った。

「それが……すっかり閉じこもってて、誰にも会いたくないと……。ごめんなさい。村田さんがいらしたこと伝えたんですが……」

「そ、そうですね。この子に会いたいわけないですよね。いえ、よろしいんですよ。どうもすみませんねえ」

お母さんがおたおたと言った。

帰り道でお母さんは私に言った。

「もし、あの子がショックで自殺でもしたらあんたのせいになるのよ。自分の行動には、ほんとに気をつけなさいよ！　わかった？」

歩きながら泣かれたくないのでうなずいた。もし、これで私が自殺をしたら誰のせいになるんだろう。美和子？　クラスメート？

7

毎日学校に行くのが、ほんとにきつくなっていた。一人でお昼を食べた後で、気持ちが悪くなって、トイレで吐くことがあった。

台風の近づいてる九月の最後の日、私は東海道線に乗った。学校じゃなく、通ちゃんのアトリエから見える海に出かけた。荒れる灰色の波が見たかった。

西湘《せいしょう》バイパスの高架下はぞっとするほど薄暗く、橋桁《はしげた》に描かれた鮮やかな色の絵がどれも不気味に見える。その先の砂浜も海も恐《こわ》い色をしていた。きたない灰緑。獣の歯のように白く鋭い三角の波頭《なみがしら》。ずおーんとお腹《なか》にひびく波の音を聞きながら、海水浴場を花水のほうに歩いていった。危険なビッグウェイブを求めて命知らずのサーファーが数人沖に出ている。制服のミニひだスカートが風にめくれあがる。あまりに今の気持ちにフィットして、私は自分がカタチのある人間だと忘れそうになった。風か波か汚れた砂。

ここは通ちゃんと何度も来た。今日のような秋の嵐《あらし》の前、耳が凍りそうな冬の日、浜辺のゴミにイライラして蹴飛《けと》ばして歩いた春先、海水浴客が来る前の夏の早朝。通ちゃんはアトリエにいるだろうか。泊まりでアシさんをやった夏以来、一度も顔を見ていない。通ちゃんは、いつだって、平気で私にとって〝知らない人〟になれるんだと思うと、さみしくて悔しくて、とても訪ねていく気になれなかった。

通ちゃんは嵐が好きだ。天体用の望遠鏡をセットして波の大きさを見ているかもしれない。私の姿が見えるかもしれない。見えても私だなんてわかるわけがない。

突然、胸がしぼられるように通ちゃんに会いたくなった。こんなふうにこみあげてくる感情。それも怒りじゃない。こんなヤツをどうしたらいいのか、わからない。私は走り出した。砂につまずき、缶カラを蹴飛ばし、びんびん走った。強い風が背中を押した。

通ちゃんはいつものように窓を開けたまま仕事をしていた。机に頬杖《ほおづえ》をつき、手は動かず何も描かない。まるで、死人のように目は物を見ていない。これは、通ちゃんが一番仕事に集中し、一番邪魔をしてはいけないシーンだった。彼の頭の中には、サンカクたちか、新しいイラストの原形が泳いでいる。

私は窓の近くの壁に寄りかかって座る。弁慶が私のすねにしきりに頭をこすりつけるのを、嬉《うれ》しくてかわいくて、抱きしめてブニーと鳴かしてやりたかったけど我慢する。強い風が窓から吹き込む。重しを載せてない紙が何枚かアトリエの天井をひらひら舞う。オレンジのランニングの少年のイラスト、バッテンつき。同じ少年のラフ。吹き込む風に雨のにおいが混じった。

いつのまにか、私は泣いていた。声をたてずに涙がいくらでもこぼれて落ちた。鼻をすするとスンと音がして、それがイヤで、ポケットからハンカチを出して、顔をこすりながら泣いた。止まらなかった。ハンカチがびしょびしょになったら、制服のスカートを使う。どうしても止まらない。壊れた水道。

通ちゃんがこちらを向いていた。夢の中のような目。だんだんと、頭の中身を破壊されたイライラの目。それからスイッチがついたようにぎょっとして驚いた目。通ちゃんは強盗にあったようにうわあああと悲鳴をあげた。

「ミン！　どうしたんだよ？」

ごめん、としか言えなかった。私はトイレに逃げこもうとして、十キロの弁慶につまずいて、床に頭からのめった。通ちゃんが後ろから私を助け起こした。

「どうしたの？　何があったの？」

まったく真面目《まじめ》な目をして聞いてくれたので、私はとまどって、ついに声を出してグエッとしゃくりあげてしまった。なんで人間はこれだけいっぱい泣けるのだろう。通ちゃんはなぜ優しいのだろう。仕事を邪魔すると阿修羅《あしゅら》になるのに。おなかが痛いと言っても、薬代わりに猫を投げつける無茶な人が……。

窓から雨がバンバラ降りこんできた。遠く雷が聞こえた。

「そろそろ来たな」

通ちゃんは言って窓をしめに立った。

「海はすごいだろうな」

私は、あのサーファーの人たちが、海からあがっただろうかと考えた。大波を乗りこなすサーフボードの鋭いカーブを思い出すと、ふしぎに目の奥から涙が引いていった。

台所にコーラとのり塩のポテトチップスがあった。アトリエに持ち込んで、遠い嵐の海を見ながら飲み食いした。

通ちゃんに理由を話すのは楽だった。言葉は自然に出てきたし、自分を守るような卑怯《ひきょう》なことも言わなかった。彼はただ聞くだけ。関係ない人、セキニンのない人だから。説教も同情も必要ない。

話が終わっても通ちゃんは黙っていた。のり塩味の指先を一本ずつ子供みたいにしゃぶりながら。

「ミンは、その子が好きか？」

通ちゃんはぽつんと聞いた。

「嫌い、だった……と思う。とても。でも……」

私は下を向いて答えて、口ごもった。

「でも、あんなふうに言うことなかった……」

「もし、ミンが今でもその子が嫌いなら、謝っても無駄だよ。かえって彼女を傷つけるだけだ。わかるんだよ。相手を好きか嫌いかっていうのは、自然にわかるんだよ」

通ちゃんは、深く息をついて、なんとなく笑ったような顔になった。

「こわいよ。においのように相手に伝わっちまうんだからな」

「そうなの？」

「そうなの」

二人で黙って雨と風の音に耳をすませた。

「でも、悪い、悪い、悪いって思ってる気持ちはどうしよう？」

私は訴えるように言った。

「自分がイイ子になりたくてそう思うの？」

「どうかなあ」

通ちゃんは窓の外を見ながらつぶやいた。

「ミンはイイ子になりたがる子じゃないと思うけどな」

それから、私をじっと見てつけ加えた。

「相手を傷つけたくないってのは、やっぱりその相手が好きなんだと思うよ」

「そうなの？」

「うーん。……そうだね」

通ちゃんはうなった。

「むずかしいな。俺にはむずかしい」

そして、気の抜けたコーラを飲んで、まじいと笑った。窓ガラスがみしみしガタガタ。台風がいよいよ接近していた。

それから、通ちゃんは寝ると言って北の寝室にひっこみ、私は重たい弁慶を膝《ひざ》に乗せて、美和子のことを考えた。少し気分が変わっていた。

山ほどの涙と通ちゃんとの会話が、激しい雨のように、心の窓の汚れを流していた。まだ水滴のついた透明な窓だ。そこから見える景色は、今までよりはるかにクリアーだ。

美和子の色々な顔を思い出した。嫌いな顔のあれこれ。そして、好きな顔。そう、好きな顔の一つや二つはあるのだ。簡単に絶交した三人の女の子たちも思い出した。私は、ほんとに大きな深呼吸をした。アトリエ中を見まわして、一つの決心をした。雨風が弱まり、いつもより早い夕暮れ。通ちゃんが起きてくると、私は頼んだのだ。

「あの絵。黄色い目の魚の絵、へんなヤツ、欲しいんだけど。返してもらっていい？」

「あれ？ ミンの絵？」

通ちゃんは、二カラットの親の形見のダイヤモンドの指輪をくれと言われたような顔をした。

「だめ？」

「どうするの？」

通ちゃんのファンで、マンガの大ファンの美和子にあげたいのだと話すと、彼はうなずいていいよと言った。

「じゃあ、額ごとあげなさいよ」

通ちゃんは、ちょっと名残惜しげに、壁から額をはずすと、簡単に梱包《こんぽう》してくれた。私は美和子に手紙を書こうとして、まったく文章が出てこなかったので、ひとまず家に帰ることにした。

思ったよりもまだ雨も風もひどくて、通ちゃんにデカい傘を借りたのにずぶぬれ。お母さんがガミガミ言うのをふりきって大急ぎで着替えて机に向った。

自分の気持ちをせいいっぱい正直に書く。悪かったと思ったこと。自分は最低だと思ったこと。学校にまた来てほしい、また一緒に話がしたいということ。通ちゃんのこと。クレヨン画の黄色い目の魚のこと。

何度も書き直して、次の日の夜明けまでかかった。台風一過のピーカン朝。通ちゃんのところに、ぶ厚い青い封筒を置きに行くと、マンガ家も仕事で徹夜明けで、お互い目が線だ。通ちゃんが宅配便で送っておいてくれると言うので、私は美和子の住所を書いて渡した。

少し寝ていけばという、通ちゃんのありがたいお言葉を聞かずに、私はふらふらと学校へ出かけた。そして、二時限ぶっとおしで居眠りして、ついに廊下に立たされた。

気が済んだ、とも言えた。何もしていない、事態は何一つ変わっていない、とも言えた。小学校一年の時のへたくそなクレヨン画が一枚なくなっただけ。あんなものをもらって喜ぶ人がいるんだろうか。どんどん自信がなくなる。バカな思いつきだ。通ちゃんに頼みこんで、カラーイラストの一枚も無理やり描いてもらったほうが、どんなに良かったろう。

相変わらず、クラスの人間は、私を避けていた。でも、私はなるべく平気な顔をしていた。そして、こちらからは、誰もシカトしないように頑張ってみた。つらい決意だ。三日でへとへとになった。バカな決意だ。つっぱってケンカ腰でいるほうが、どれだけ楽か。

美和子からは何の連絡もなかった。美和子は、あのクレヨン画を破って捨てたかもしれない。一緒に送り返した下敷きも捨てたかもしれない。サンカクも、作者のとおりゃんせも大嫌いになったかもしれない。

教室の机に、美和子の姿を見た時に、私は足がすくんだ。胸がばくばくした。嬉しいというよりこわくてたまらなかった。

どうしよう? 挨拶《あいさつ》しないとウソだ。でもこわい。なんでこわいんだろう? どうしよう？

私はゆっくり進んでいって、席についている美和子の前にぬぼっと立った。目を合わせた。美和子の目。ぱっちりとして、長いまつ毛に縁取られ、色素の薄い茶色の瞳《ひとみ》。やわらかで、穏やかで、淋《さび》しげで、弱々しい目。

その目が笑った。明るくにっこりした。

「おはよう」

と美和子は言った。何事もなかったかのように。静かに。いつもの小さな声で。

「おはよう」

と私も言った。こちらは声がおろおろした。

「絵をありがとう。ほんとにびっくりした」

美和子は恥ずかしそうに下を向いて言った。

「ううん。ぜんぜん。ヘンな絵で……」

私は声がぶっきらぼうになるので、しゃべるのがイヤになった。

美和子はまた顔をあげて、私の目をまっすぐに見つめる。

「私ね、お魚のサンカクがとても好き。あのマンガは全部好きだけど、サンカクが特に一番好きなの。ねえ、サンカクはみのりちゃんに似てるね」

彼女の言葉に私は小さくうなずいた。

「時々、言われる……よ」

でも、そういう言い方をされたのは、まったく初めてのことだった。

からっぽのバスタブ

1

美和子サマ

こんにちは。お手紙ありがとう。

すごい楽しそうだ、美和子の高校。

っていうか、美和子が楽しそうで、

よかった。

小さいヨットの透かし模様がたくさん入ったグレーの便箋《びんせん》に、シャープペンシルで書いてる。力をこめて書いても、字が紙の中にふっと消えていくような感じがする。砂に書いてるみたい。あやふやな感じ。私の中から出てくる言葉もあやふやでクソッタレ。

二年になって、教室の席は、廊下側一列目、後ろから二番目になった。授業中に暇つぶしをしてるヤツはいっぱい見えるけど、手紙書きなんてレトロなことしてるのは、私くらいのもんだね。

美和子が長野に引っ越してから三通目の手紙には園芸部のことと、二年になって新しくできた親友のことがびっしり。みのりちゃんの親友について教えてくださいって文章を読んだ時、ちょっと全身がおぞぞってなった。私は、その言葉が大嫌いで、中学の時にも美和子にさんざんそう言ったんだけど、あのコは懲《こ》りなかったね。


須貝《すがい》さんってコと、いっしょにいる。向こうが色々しゃべってくるから。むずかしっぽいことばっか。本とか漫画のこと。なんか聞いてると、頭がぼーっとしてくるんだ。私がやめてから文芸部に入った人で、またもどれってウルサイ。あんなタルいとこ、だーれがもどるかってえの。

「こらあ！　授業中に何やってんだあ！」

ってわめく声がするから、私のことかってやべーと思って顔を上げたら、中谷《なかたに》先生は、もうちょっと前の位置にストップしてた。

ああ、木島か。

また、木島か――。

木島というのは、ウチのクラスの有名な落書き男だった。私の斜め前の席だから、いやでも見えちゃうんだけど、木島は、どの授業の時にも、教科書やノートや机にせっせと落書きをしてる。教師に怒られてもやめない。癖みたいな感じ。貧乏揺すりとか、歯ぎしりとか、そういう癖みたいに、なんかダルそうな顔で鉛筆をいつも動かしてるんだ。

描いているのは人間だ。だいたいは、そのへんにいる奴《やつ》らがモデル。先生やクラスメイト。

鉛筆のラフなスケッチは、うまい。

見とれるほどにうまい。

描かれた奴は、固まるか、怒るか、呆《あき》れて笑うしかない。感想の言葉なんて、ちょっと出てこないくらい、いやァな感じでよく似てる。

「授業中に絵なんか描くんじゃない！　何度言わせる気だ！」

古文の中谷先生は木島の机をげんこつでズドンとたたいた。木島は先生をじっと見ている。顔つきはとても神妙なんだけど、切れ長っていうのか細いっていうのか、伸びすぎた前髪に半分隠れてる目が、なんか笑ってるみたいに見える。木島のノートに描かれた中谷先生は、ディズニーの白雪姫の七人の小人の誰かに似ていた。ヒゲのないみそっかすみたいな小人。中谷先生は、もう五十歳に近いはず。たしかに背は低いけど、あんなふうな子供っぽい情けない感じって木島の絵を見るまで、あんまり気がつかなかった。

木島は先生のほうをちゃんと見てるし、ハイと返事もしてるんだけど、でも、彼の鉛筆を握ったままの指が中谷先生の怒りの顔をするする描き出しそうな気がして、私は息をつめて見守っていた。あいつ、自分でも知らないうちに描いちまいそうなんだよ。描かない……。描かないな。なんだあ、描かないや。今度くだらない絵を描いたら僕の授業は二度と受けなくていいと言い渡して中谷先生は教壇に戻り、木島はノートの落書きを消しゴムでゆっくりこすりはじめた。黒い染《し》みのようになって消えていく〝小人先生〟が妙に名残惜しくて悲しい気がして、私はずっと木島の手元を眺めていた。

2

坂道をのぼっている。おっそろしい坂だ。叔父の通《とおる》ちゃんがイラストレーター仲間の友達から借りたコテージ風の家は、江ノ電の極楽寺《ごくらくじ》駅から海のほうに十分くらい歩いた霊仙山《りょうぜんさん》の頂上付近にあった。極楽寺のまわりは、小さな山ばっかりだ。丘みたいな裏山だと思って細い道をどんどんのぼってみると、意外と奥が深くて枝分かれして尾根道へ続いていく。迷子になりかけて恐かった。

息をきらせて、やっと門のところまでたどりつく。こんチで暮らしてると、すっごい健脚になるか、めっちゃ出不精になるか、どっちかだな。現在フロリダ在住の家の持ち主はちょっと有名なサーファーでもあるし、坂くらい屁《へ》でもないだろうね。一方、借家人のほうは、食料が一かけらもなくなるまで絶対に外へ行こうとしない。私は、今や、通ちゃん専用の食料配達人だ。学校帰りの制服のまま極楽寺のそばのお店で肉や魚やパンや果物を買って、えっちらおっちら坂をのぼっていく。週に三日は絶対に行く。

いつも通り、ドアは三十センチくらい開いていた。真冬以外は、飼い猫の弁慶が出入りするために通ちゃんチのドアはオープンと決まっている。借家のくせに、自分が留守にする時でも平気で開けたまま出ていく。泥棒に入られたらどうするんだろう。でも、通ちゃんにそんなことを説教しても無駄だ。あの人はやりたいことをやりたいようにするだけだから。

買ってきた食料を冷蔵庫にしまってから、二階へ上がっていった。通ちゃん、いるのかな？ 仕事してるのかな？

二階には、二つの寝室とテラスに面したアトリエがある。アトリエは前のマンションより倍くらい広い。日差しで白く光っているフローリングの床にやたらと物がちらかってるのと、インクやアクリル絵の具のにおいは一緒。ただ、壁にたくさん飾られている家主のアメコミ風CGイラストが、ここは通ちゃんの場所じゃないって主張していた。

通ちゃんは、ガラス戸の近くの大きな仕事机に向かっていた。イラストをやってる。

また、あの女の子を描いてる。

『あぷりこっと』というティーンズ向けの女性誌の表紙の仕事だった。大手出版社の下請けプロダクションが去年の秋に創刊してから、ずっと表紙をやってるんだけど、毎回同じ女の子の絵を描くんだ。女の子っていうか、女の人っていうか、微妙なとこだけど。

ぜんぜん通ちゃんらしくない絵だった。顔がちゃんと描いてある。やたらリアルに描いてある。

こばた・とおるのイラストは、省略の美なんだ。人物も風景も、クールな線で、なんもかんもスリムなのさ。人はだいたいどっか遠くを見てるし、横顔や斜めのアングルが多くてスカしてるよ。通ちゃん、漫画も描くけど、そっちはちょっとメルヘンでシンプルな世界。ページが白いね。エッセイ漫画に出てくる私の顔なんて簡単すぎて、似てるんだか似てないんだかわかんないよ。

だから、ドキドキするよ。今度みたいに、もし、その人が道を歩いてたら、わかっちまうような絵なんて初めて見た。

私は使ってないほうの寝室に行って、置いてあるトレーナーとジーンズに着替えて、またアトリエに戻った。通ちゃんの手元が見えるぎりぎりの遠い位置に、マリリン・

モンローの唇だっていうグロいクッションをセットして寝ころがった。BGMなし。すごい静か。波の音でも聞こえてきそうだ。こういう時間が一番好き。中学の時からずっとそうだった。通ちゃんの家で、通ちゃんが絵を描くのをそっと見ているのが好き。イヤなことが身体《からだ》や心の中から、ゆっくりゆっくり洗い落とされていく。〝学校〟が消えていく。私と通ちゃん以外のすべての人が消えていく。ほっとする。自分が生きていることがよくわかる。

私は毎日、通ちゃんに一つの質問をしようと思っている。

ここで暮らしたらいけない？

中学の時に一度聞いたことがあるけど、子供扱いされて簡単に断られてしまった。それから、私はずっと恐《こわ》がっている。通ちゃんが私の知らないところに行ってしまって二度と会えなくなるんじゃないか……。私は世の中に一人っきりしか好きな人がいない。通ちゃんがいなくなったら、世の中に意味なんてなくなる。何も何もなくなる。

そんな質問、恐くてできない。

台所でタマネギを刻んでいると、見たことのないグレーのジャケットをジーンズの上に羽織って、通ちゃんがひょいとのぞきこんだ。あ、いい色！　クールグレーNo.4。

知らないジャケットを見ると、外の涼しい風のにおいを感じる。

「あ、わりい、俺、出かけるよ」

通ちゃん、軽い声。

「いいよ」

私はまた包丁の音をたてる。

「帰んないのかよ？」

ちょっと呆れた声。

「だって、シチュー食べたいんだもん」

「あんたのお母さんのほうが料理はうまいでしょ」

私の母を絶対に姉さんと呼ばない叔父は、そんなことを言う。

「だせえー」

と私は言った。通ちゃん、年寄りになったな。そんなセッキョっぽいこと、言わなかったのになあ。イヤだなあ。通ちゃんはフンと肩で笑って背中を向けて出ていった。

通ちゃんが玄関で靴を出す音を聞いていると、また外から風が吹いてくる感じがする。闇《やみ》の色。車の音。信号機の色。お店の明かり。料理のにおい。花みたいにキレイな服の色。かすかに潮のにおいのする少し冷たい五月の夜風。

通ちゃんが出ていく外の世界。

私の知らない夜の世界。

つまんねえ！　置いていかれるコドモなんてまっぴらだ。でも、出ていくオトナになりたいわけじゃない。私はただ当り前のように落ちついて、ここの家にいたいだけなんだ。

タマネギが目にしみた。涙が出る。いやだ。涙なんか出したくない。

私は二時間近くかけて、鶏肉《とりにく》とタマネギとニンジンとジャガイモのクリーム・シチューを作り上げた。少ししか食べなかった。すげえまずかったから。チクショー、永久に凍っていろと思いながら、まだ熱いうちに大きなタッパーに詰めて冷凍室に入れた。

3

自分チのドアを開けた時、おもーい気持ちがするのって、やっぱり不幸なのかな。フツウの家だよ。藤沢の市役所勤務の父、編物教室をやってる母、東京の女子大でバイトとコンパにいそしむ姉。三人は仲良くやってる。私だけダメだ。昔っから。

私を見ると、お母さんは一瞬、迷惑そうな顔をして、

「あら、通のとこじゃなかったの？　食事は？」

と聞いた。私はのろのろとかぶりをふって「いらない」とつぶやいた。

「食べたってこと？」

お母さんは取り調べみたいに鋭く聞く。その聞き方がイヤで返事をしたくなくなる。黙っていると、お母さんは疲れた顔になって、

「お父さんもお姉ちゃんも、今日は早く帰れるからね、カツオのお刺身を買ってきたの。たまには、一緒に食事……」

「いらない」

みんなで、食事をするのが、ほんっとに嫌いだ。みんなだって、私がいないほうがいいに決まってるのに、なんでいさせようとするのか、わからないんだ。

二階の部屋の電気もつけずに、また着替えなおしてきた制服のままベッドに沈没した。目を閉じると、通ちゃんの描いていた雑誌の表紙の女の子の絵がやけに鮮やかに浮かんできた。

片方のあごの脇《わき》に小さな傷がある。その傷が透けるような白い素肌をひきたてて見

える。厳密に言うと美人じゃなかった。少し垂れ目で鼻が丸いし唇は大きすぎる。眉《まゆ》は濃くて整える必要がありそうなボサボサの感じ。柔らかそうな茶色い髪も、伸ばしかけのショートみたいな半端《はんぱ》なスタイル。でも、そんなことはどうでもよかった。彼女はいつも朗らかに笑っていて、その笑みを見れば、誰だって顔の造作のことなんて考えなくなる。その笑みのことは言葉ではうまく言えないよ。ほんの少しだけ謎《なぞ》めいていて、きらきらした友愛があふれていて、痛い感じがする。胸にしみこんで泣きたいような気持ちになる。

なんでだろう？

ああ、誰なんだろう？

その絵を見ると、あまりにドキドキしてしまうので、私は質問ができなかった。それに、通ちゃんは話したければ話してくれるし、自分から言わないのなら聞いちゃいけないと思うんだ。

あのコに会ったら、私はほんとに泣いてしまうかもしれない。死ぬほど好きになってしまうかもしれない。でも、あのコは、きっと、通ちゃんをどこかにさらっていっちまうんだろうな。

4

ゆうべ、お父さんとケンカになって。

勉強したいことってないし、ひとりで生きてく力をつけたいから、働きたいって言ったら、人の話、ぜんぜん聞かずに甘いって言うんだ。お姉ちゃんは私を馬鹿《ばか》だって言う。家を出たいなら、地方の大学受けて、下宿すればいいのにって。

そんなんじゃないのに。

いくら、親のそばを離れても、親の金でガッコ行ったらおんなじじゃん。

　私、クレーンやパワーショベルなんかを運転する人になりたい。しっかりした技術を身につけて、やれることだけちゃんとやって、毎日、おっかねえ顔で暮らしたいんだ。

　笑いたい時にだけ、少し笑うんだ。


　昼休み、なんだかひとりになりたくて、図書室で手紙の続きを書いていたら、須貝さんに見つかっちまった。この人は、何か言いたいことがある時は、場所がどこだろうが、相手が何をしていようが、おかまいなしだ。

「とおりゃんせもさあ、あんなふうに枯れちまってほしくないんだよっ」

　開口一番の彼女の台詞《せりふ》に、心臓が口から飛び出しそうになった。

「『Mのこと』って面白いけどさあ、あれはね、彼じゃなくても描けるのよっ。あんなふうにのんきなオジサン然として、姪《めい》っこの話なんか描いたらいけないのっ。ねえ、そう思わない？　なんで、彼、ストーリー漫画やらなくなっちゃったんだろう？」

　私は、まだ『ＲＯＵＮＤ』を読んでいなかった。通ちゃんチには三日前くらいに送られてきてたけど。

「『サンカク』は面白かったなあ。あの路線でいいじゃん。『ROUND』ならかなり好きにやれるでしょ？　勝山さんが編集長やってるんだから。あの人がね、もう描けないのはわかるのよ。許せるのよ。編集でもやってなさいって感じよね。でもね……」

須貝さんの言葉が耳に入らなくなった。

通ちゃんが何を考えてるのか、私にはよくわからない。ただ、メジャーな雑誌で漫画の連載をするのがイヤになったのは知ってる。編集が勝手に話作っちまうからって言ってた。

「とおりゃんせのファンなの？」

私はおそるおそる尋ねた。とおりゃんせは漫画を描く時の通ちゃんのペンネームで、そのことを須貝さんに黙ってたのは、すっげえマズかったかも。

「ファンとは言えない」

須貝さんは偉そうに答えた。

「作品数が少なすぎる。でも、期待はしてるさ」

「絵は？」

「絵？」

「本職はイラストレーターだから」

「ああ、そうか」

須貝さんは文学少女なので、ビジュアルには少し反応が鈍い。

「でもなあ、絵だけじゃもったいないよな」

絵だけじゃもったいない——という彼女の一言が妙に気持ちにひっかかった。

「だって、通ちゃんは、絵描きだよ？」

思わず、口走ってしまった。

須貝さんは、ハテナという顔で私を見た。

どんなふうに言ったらわかってもらえるんだろう。通ちゃんが、どんなふうに絵を描くか、どんなふうに魂を注いで描いているか、心を削るみたいにして描いているのか。

「叔父なんだよね、木幡通《こばたとおる》」

言いながらドキドキした。一番大切な秘密を打ち明けるみたいな気がした。

「マジで？」

須貝さんは、スモーキーブルーの眼鏡の細いフレームを指先でつまんで、位置をずらした。須貝さんはわりとお洒落《しゃれ》だ。ゴツい体格で女っぽくないけど、私服も渋くキメる。

「それって、『M』が村田さんてこと？」

なんで、そんなに厳しい目で見るかなあ。そんなふうに咎《とが》めるように見られると、私、ウンって言うのイヤんなっちまうじゃん。

私はうなずいたりしないで、冷めた気分でただ座っていた。なんだか沈黙がかたまっちまって、二人ともそれを壊せなくなっていた。

「ふーん」

しばらくしてから、須貝さんはつぶやいた。偉そうなつぶやきだった。なんで、この人はこんなに偉そうなのかなって考えた。須貝さんだけじゃない。文芸部の人は、だいたいこんなふうな口のきき方をしていた。本や漫画や映画についてしゃべる時、自分一人が神様みたいな……。それで、ほかの神様の存在は許せなくて、なりふりかまわず戦おうとするんだ。クソッタレの神々め。

私、須貝さんのこと、キライだったのかなあ？　キライな人はいっぱいいる。息が苦しくなるくらいいっぱいいる。キライな人が世界中に満ちあふれていて、私のいる場所なんてありゃしない。一人キライになるごとに、自分の居場所がごりごりと侵食されていく。私、すぐキライになるから。ちょっとしたことで、さっさとキライになるから。駄目なんだ。小学校の高学年から何回絶交宣言したことか。

中学の時に、友達やってた美和子をみんなの前でキライだと言って、ものすごく傷つけてしまったことがあった。美和子は通ちゃんのファンでもあり、私を本当に好きになってくれた初めての女の子だった。仲直りはできたけど、でも、それから、私は人をキライだという自分の気持ちがすごく恐くなった。無口になった。誰かを簡単にキライになるのは止められない。でも、口に出さなければ、ナイフみたいに相手をぐっさり刺すことはない。心の血を見ることはない。

私は立ち上がって図書室を出ていった。サイテーの気分。人をキライだという気持ちは汚い。毒がある。自分の出す毒にやられて自分が汚れて苦しくて死にそうになる。

5

バスタブ。

銀色のバスタブ。
ステンレスのバスタブ。
冷たいバスタブ。
からっぽのバスタブ。
私の宇宙船。
虚空《こくう》を飛び、数多《あまた》の世界へ旅立つ船。

冒頭のページ。詩のような言葉の羅列。

最新号の『ROUND』の姪っこMは、たぶん十一歳くらいだ。覚えのあるカタツムリのトレーナーを着てる。こいつは、脈絡もなく、幼児になったり少女になったりする。あるようなないようなストーリーは実話だったり、嘘《うそ》っぱちだったりする。

Mは、オジサン（そういう名前で登場するが、いつもシルエットだけで台詞は一コもない）の家の空《から》のバスタブに、巨大な懐中電灯や本やお菓子や水筒やぬいぐるみを持ち込み、出かける。漫画だから、どこにでも行ける。ヘンなとこにばっかり行きたがる。鞍馬《くらま》山の荒れ寺、ネバーランド、火星の未来都市の動物園。私は、牛若丸と一緒に天狗《てんぐ》に剣の特訓を受けて打ち身だらけでボロボロになり、フック船長と一緒にテインカー・ベルを捕虫網で猛然とおいまわし、地球防衛軍みたいな銀色の服を着て壊れた電化製品を檻《おり》の中のゴジラにせっせと食べさせている。

読んでいると、郵便受けに手紙がコトリと落とされたように十一歳の当時が帰ってくる。学校のクラス文庫にあった『源義経』の本がすごく好きになって、でも、古ぼけたその本はどこの本屋にも見つからなくて、私は返すのがイヤでドキドキしながらドロボウを決めこんでしまった。凶悪なフック船長やワニよりも、ちっぽけな妖精のティンカー・ベルが恐《こわ》かった。粗大ゴミ置場で冷蔵庫やテレビを見つけると、磁石のお化けになったみたいに張りついて動けなくなっちまって一時間でもぼうっと見ていたりした。

ぜんぜん忘れてた。そんなの忘れてた。自分でも忘れているようなヘンなことばっかり通ちゃんはどうして覚えているんだろう。

『Mのこと』は、人気絶頂だった『サンカク』の連載を急にやめてから描き始め、一年に四作、三十枚くらいの超スローペースで続けている。最初は、自分が出てくる漫画ってけっこうイヤだった。いくら抗議しても通ちゃんはニヤニヤ笑ってたけど。今でも、読むのはちょっと勇気がいる。恥ずかしい。

あんなふうに須貝さんとケンカみたいになって、口をきかないまま学校を出て、通ちゃんチに行って、リビングのテーブルに置きっぱなしの雑誌を手にすると、いつもよりもっと読むのが恐かった。おそるおそるページを開く。

何回も読んだ。気がついたら、じわじわと泣いていた。なんで涙出るの？　イヤだ。銀色のステンレスのバスタブは、通ちゃんの前のマンションにあったものだ。そこによくもぐりこんでいたのは、十一歳の時だけじゃなく、十歳の時も、十三歳の時も……。夏でも冷たいひんやりとしたあの感触！

息が苦しくなるから、折りたたみ式のふたは少しだけ開けてあった。それでもふたのビニールのにおいは強烈にこもった。それと、石鹸《せっけん》とシャンプーと水のにおい。その天窓から通ちゃんがたまにのぞきこんで、また入ってんのか？　とあきれて笑った。

バスタブの上の窓は西向きで、午後はすりガラスが黄金のようにまぶしく、夕方には紅や紫や不思議な桃色に染まった。あの午後はなんて長かったんだろう。どこにもつながらない、まるで永遠のような時間だった。

いくら叔父でもマブダチでも、こんなガラクタみたいな宝物みたいな人の昔の時間を、無慈悲な無神経な連中の目にさらす権利はないのだ。でも、私は忘れてしまっていた時間なんだから、もう私に権利はないのかもしれない。権利なんてどうでもいい。知らない間に勝手に丸裸にされて、石をぶつけられたような気がするだけだ。

もし、私が『M』だと知っていたら、須貝さんはチガウことを言っただろうか？

私はのっそりとソファーから立ち上がった。今は通ちゃんと会ったらいけないような気がした。きっとバカを言う。知られたくない気持ちまで投げつけてしまう。すごく大切にしている何かを自分でめちゃくちゃに叩《たた》き壊してしまう。

でも、会いたかった。話したかった。

最近、通ちゃんは留守が多い。

通ちゃんに会わない日が続くと、私は心の平衡感覚を失ってぐらぐらしてしまうのだ。

『ROUND』はリビングのテーブルに置きっぱなしにして、逃げるように通ちゃんの家を出て急坂をかけおりた。

6

「またケンカみたいなのやっちゃって。

高校になったら、絶対やめようって思ってたのに。ケンカをしないでいるためには、嘘つきにならないといけないのかな。

ほんとの気持ちうまく隠して。少しお芝居して。

色んなこと考えて。

失敗しないように。

地雷を踏まないように。

フツウに生きていてケンカをしない人がうらやましい。でも、そう見える人でも、いっぱい気をつかって生きてるのかも。オトナになるって、そういうこと？

昼休みの教室に一人でいて、美和子への手紙を書きなぐって、すぐに便箋《びんせん》を破って丸めてしまった。

須貝さんも窓際《まどぎわ》の前のほうの席で一人で座っていた。文庫本を読んでいた。私たちの間の空間には、お弁当の席にそのまま座ってダベッているクラスの女の子が七人くらい、それから、木島の机のまわりで騒いでいるウルセエ集団。斜め前の席で、こんだけワアワアやられたら、ブルーな手紙なんて書いてらんない。

木島は、五時間目の英作でやるところを誰かのノートから写してるみたいで、みんなにイジメられている。予習なんかするな、玉砕しろ、去年の赤点なんかほっとけとか。ノートの持ち主はよそのクラスの女の子みたいで、そのことでもイジメられている。

見たくも聞きたくもなくて、ほんとウルセエんだけど、自分から退くのもシャクだった。あんたらがどっかに行けばいいんだ。

須貝さんともう二日も口きいてない。須貝さんはその気になれば山口さんや新島さんと一緒にいられるのに、まるで当てつけみたいに断固として一人でいた。私も一人でいた。そして、友達って何だろうって、古くさい漫画のテーマみたいなことを考え続けていた。

男の子たちを視界に入れるのがイヤになって目を閉じて寝たフリしてたら、なんだかクスクスけたけた笑いが聞こえたので、ついうっかり見ちまった。木島の落書き？

また？　紙と鉛筆があれば、ノートを写してる時でも落書きしちまうのかな。

英作のノートに漫画のカットみたいな小さな落書き。あれ、須貝さんだ。息がつまった。すごく似てる。かわいそうなくらい似てる。突っ張ってる感じが。無理して棒っきれみたいにシャンとしてる感じが。なんか悲しくて。滑稽《こっけい》で。みっともなくて。

「なんで、こういうの描くのよ？」

私は自分でも知らないうちに立ち上がって木島の描いた落書きに指を突きつけていた。木島はダルそうに私の顔を見上げた。先生に怒られる時のいつもの顔だ。

木島のまわりだけじゃなくて、教室中のみんなが注目したのがわかった。須貝さんまで振り向いている。

「描きたいから」

木島はしれっと答えた。

その答えは鋭く私の胸に突き刺さった。通ちゃんのことが頭をかすめた。通ちゃんと木島は違う。通ちゃんが私を描く時は、やっぱり描きたいから描くのだろうけど、でも、そこには〝愛〟があるのだ――たぶん。

「なんで、人のヤなとこしか見えないの？」

私は聞いた。木島の絵は、いつもそうなんだ。人の弱点みたいなところを鋭くえぐるように簡単な線で描いてしまう。

私も人のヤなとこばっかり見えてしまって、そんな自分がムカつくくらいキライなのに、そんな自分を必死でなくそう隠そうとしてるのに、堂々と絵にしやがって！

木島は目をそらさなかった。なんだか寒い目をしてると思った。遠い、というのかな。すごく遠いところに木島はいて、そこはとても寒いところで、でも震えもしないで泣き言も言わないで、ただすっと立ってるような感じがした。

すごく奇妙な気持ちがした。

木島はノートをベリッと音をたてて破った。そして、その端がギザギザの一枚の紙を私のほうに黙って突き出した。須貝さんの似顔絵つきの木島の英作予習ノート。これをどうしろっていうんだよ？

破くことも捨てることもできないで、私は渡された紙を持って凍ったみたいにその場に突っ立っていた。誰も何もしゃべらない。ジョークも言えない。

木島は英作で当てられて、黒板に出ていったけど、何も書かずに寒い顔をしてぼんやりしていた。教師にたくさん怒られていた。正解は私の机の中にあった。私はそれを持って帰った。

7

通ちゃんはまた留守。シチューをいらないといって出た夜からずっと帰ってないみたいだった。

木島の落書きした須貝さんの絵を、通ちゃんに見せたかったんだよ。どうせ、フンって笑うだけだろうけど、もしかしたら悪口の一つ二つ聞けるかもしれない。こんなものをひとりで抱えていたくないんだ。

誰もいない家の中は、からっぽの感じ。こわいくらい静か。リビングの白い壁に写る自分の影がぬっと動くたびに、心臓が大きく鳴る。ここんチは広すぎる。通ちゃんがいないと、絶対に広すぎる。

二階のアトリエの床にごろごろ転がり、仕事机の前に座り、テラスに出て樹木の間の狭い海を眺めた。どこにいても、徹底的にからっぽの感じがした。自分のいない場所の、誰もいない場所の、通ちゃんのいない場所の広さと重さに押しつぶされて息ができなくなりそうだ。

なんでだろう？

前はこんなんじゃなかった。通ちゃんの家なら、いつまでも、いつまでも一人で平気だった。一人きりの空気も静けさも、最高においしいクールなガムみたいにずっと嚙《か》んでいられた。

リビングに降りて、眠っている弁慶をそっとなでてみたけど、一瞬うっすらと片目を開けただけで起きてくれない。弁慶も年とった。弁慶が死んでしまうことを考えて、鼻がつんとした。また泣いちまう。こんなにメソメソしている自分は最低だと思って、歯をくいしばって泣かないようにした。

時間がたつのがイヤなのかも。弁慶が年寄りになるのがイヤだ。通ちゃんが年寄りになるのがイヤだ。自分がガキじゃなくなるのがイヤだ。馬鹿《ばか》みたいだ。お父さんに、私はオトナになるんだってケンカ売ったばっかりなのに、本当はいつまでもガキでいたいなんて。通ちゃんの姪《めい》っ子『M』でいたい。村田みのりでなくてもいいから、姪っ子『M』でいたい。でも、何かがズレてきている。はみだしてきている。通ちゃんのいない家に居場所がなくなっている。通ちゃんの行く先をいやらしく詮索《せんさく》している。

8

美術室に向かう渡り廊下の窓から、体育会系の部室の前の芝生の傾斜で群れている男の子たちの姿が見えた。木島がいる。サッカー部か。木島じゃない誰かが白いボールを両方の膝《ひざ》でぽんぽん蹴《け》りあげている。リフティングとかいうんだっけ。もう五時間目の予鈴が鳴っているのに、のんきな奴《やつ》らだ。

木島にもらった――押しつけられた――須貝さんの似顔絵はまだ捨ててない。通ちゃんチのマガジンラックに突っこんである。イヤな絵なのに、キライな絵なのに捨てられない。私とケンカをしなかったら、須貝さんはあんなふうに恐い顔をして一人でいて、木島に描かれたりしなかっただろう。あの絵のことを考えると、自分と須貝さんと木島と三人にめちゃめちゃ腹が立つ。馬鹿野郎ばっかりだ。だけど、なんかすげえ悲しいみたいな気もする。

美術は二時間続きの選択授業だった。二クラス合同で、美術、音楽の二者択一だ。須貝さんも山口さんのグループもみんな音楽をとっていたから、私は美術の時間は、いつも一人だった。

今日は、教室の机が六個ずつ寄せられて、幾つかの島を作っていた。黒板には、「写生——人物」と大きく書かれていて、そういえば先週の最後に先生がそんな話をしていたなと思い出した。二週連続で、友達の上半身像を水彩で描くとかなんとか。

私は入口で足を止めて、ぼんやりと中を眺めた。どこに座ったらいいんだろ。クラスの女の子たちは、すでに二つの島を占領していた。戸田さんというコと目があったけど、なんとなくバツが悪そうに視線をはずされてしまった。こういうことはよくある。クラスの女の子たちの多くは、私とどんなふうに口をきいたらいいのかわからないという感じだ。一組の女の子たちが四人だけ座ってる島があるけど、名前もよく知らないし、ほかのコが来る席なのかもしれない。

私は一つだけ丸ごと空いている島のはしっこの机に陣取った。なんだか異様に孤独な気持ちがした。一人でも平気なタチなんだけど、学校というのはヘンなところだ。誰かが一人でいると犯罪者のような目で見られるし、そんな気持ちにさせられる。須貝さんと喧嘩《けんか》してるから、よけいに強く感じる。

その時、教室のドアが乱暴に開いて、男の子たちの集団がわあわあ言いながら入ってきた。さっきのサッカー部の連中だ。木島と田代《たしろ》と進藤がウチのクラスで一組の二人の名前は知らない。みんな、美術なのか。

「あれ、なんか机がヘンだよ」

と進藤が言い、何がおかしいのか、みんなでふかふか笑った。木島が一組のコに後ろから肩を押されて、ふりむきざまに肩で押し返している。小学生みたいだ。男の子っていくつになっても、こんなふうにじゃれあったりするものなのかな。

「どこ座ンだよ？」

田代が聞き、

「そこしかないでしょう」

そう言って、進藤が椅子《いす》を引いたのは、私のいる島だった。確かに五つ席は空いていた。田代が進藤の隣に座って、

「お邪魔します」

とおどけた顔を私に向けた。

一組の二人はぐるっとまわって、私のいる側の椅子に座った。木島が一番動かないで、残る一つの席についた。私の正面だった。木島は私をぜんぜん見なかった。すぐに田代のほうを向いて、ぼそぼそした早口で何かしゃべりはじめた。部の話題みたいだ。よく聞こえないし、聞こえてもわかんないだろう。

なんだか、ぼんやりしていた。ヘンなことになったなと思った。先生が現れて、授業の説明を始めても、まだぼんやりしていた。正面に座っている相手を描くように、と先生が言った時、はじめて目覚ましを耳もとで鳴らされたようにビクッとして、目の前の相手の姿がはっきりと目に映った。

木島を描く？

木島に描かれる？

教室はざわめいていた。友達を描き、友達に描かれるというのは、良くも悪くも刺激的なことのようだ。照れや期待や牽制《けんせい》の言葉があちこちに乱れ飛び、女子はクスクス笑い、男子はニヤニヤする。

木島もやっとこっちを向いた。困ったような表情をしていて、おでこだけちょこっと動かすようなお辞儀をした。私も黙って頭を下げた。同じグループの男の子たちは誰も冷やかしたりしなかった。ほっとした。

木島は、さっさとスケッチブックを開き、鉛筆を取り出し、私をじっと見据えた。不思議な目だった。照れも迷いも何もない。落ちつきはらっていて恐《こわ》いくらい静かだ。

私は動けなくなった。木島の視線に射すくめられ、捕らえられてしまったように。

音のない世界。温度のない世界。北方の山の湖のように、陰鬱《いんうつ》にひっそりとして、しんしんと澄んでいる。木島ひとりしかいない世界だった。木島と白い紙と鉛筆と、そして、動くことのできない彫像のような私がそこにある。

やがて、彼は鉛筆を動かし始める。手がゆったりと大きく動き、全体の形をとらえていく。顔や身体《からだ》が縦横の長さと厚みを測られたようなシンプルな立体に写される。手を動かしながらも、彼の目はほとんど私から離れることはなかった。観察されているというよりは、徹底的に細かく分解され、検査され、彼の絵の中に新たに組み立て直されているような気がした。

すばらしく正当なデッサンだった。木島はどこで絵を習ったのだろうと私はぼんやりと考えていた。中学の時かな。それとも、もっと昔から絵画教室のようなところへ通っていたのかな。

「描かないんスか？」

隣の男子が声をかけてきて、金縛りのような状態が解けた。私はまだスケッチブックを広げてもいなかった。大きく息を吐き出した。身体にじっとりと汗をかいている。やらないわけにはいかないので、木島を観察した。顔の形、目鼻立ち、髪型、体型

――木島はこんな姿をしていたのか。今みたいな機会がなかったら、近くの席に座っ

ていても、たぶん知らなかっただろう。

広いけど薄い肩。尖《とが》ったあご。寒々しいほどさっぱりとした目鼻立ち。前を下ろし横を流した黒いまっすぐな髪。独特の無表情。

ぶきっちょな線で下書きをしていくが、それは木島とは似ても似つかないモノだ。私は絵が描けない。センスも能力もない。小学校の時からわかっていたけど、でも、美術の授業を迷わずにとってしまうのは、絵の周辺にいたいからなんだ。スケッチブックの純白、硬質な手触り。絵の具のにおい。私よりずっとうまい人が描く色々な絵。

そう、木島が描くみたいな絵。

9

木島は休むつもりはないらしかった。五時間目が終わり、十分の休み時間、仲間たちに声をかけられてもろくすっぽ返事もせず、彼らはちょっと呆《あき》れたように連れだって教室を出ていってしまった。私は動けなかった。もし、自分が描かれているんじゃなくても木島の絵のそばから動けなかったと思う。

木島が鉛筆で描いているのは、ただの下書きじゃない。これは、水彩画じゃない。水彩画にはならない。木島は二本の鉛筆――たぶん3BとHBだと思う――だけを使って、柔らかい輪郭線をとり、色も影も灰色や黒のトーンで描きこんでいる。このまま最後まで単色の濃淡で仕上げてしまうつもりだろう。

通ちゃんは、スケッチ以外に鉛筆は使わない。それも、だいたいラフでクイックなスケッチだから、鉛筆だけでこんなふうにじっくりと作られていく絵の世界を初めて見た。

きれいだと思った。二本の鉛筆で、なんと多彩な線が引けるんだろう。その線たちが、なんと見事に形を作っていくんだろう。繊細で精密ですがすがしい。

でも――と私は思った。なんか、よそゆきの感じがする。らしくない。いつもの似顔絵のや―らしさがない。あの強烈な個性がない。ドキッとするような大胆でシャープな線がない。

たぶん、正確に描こうとしすぎてるんだ。木島の落書きには、独特の歪《ゆが》みがあって、モデルの特徴を鋭く捕らえる。今、スケッチブックに描かれている私は、人間というリアルな物体だけど、髪や服の質感は見事だけど、どんな名前の十六歳の少女でもいいような感じがした。完成しないとわかんないけど。

休み時間が終わると、私は絵の具の準備をした。自分の下書きにたいがいうんざりしたので、せめて色をつけて、もう少し絵のようなものにしたいと思ったのだ。下手は下手なりに、いつも、あれこれ考えてねばって奮闘するのだが、今日はどうしても集中できなかった。見るより、見られるほうに、描くより描かれるほうに、どうしても気持ちがいってしまう。

つくづく思った。

私は絵ができていくのを見るのが好きだ。いい絵ができていくのを見るのが、何より何より一番好きだ。絵のそばにいたい。好きな絵のそばにいたい。どうしようもなく惹《ひ》きつけられる。

六時間目が終わりに近づいても、木島は絵の具を出す気配はなく、影や色を灰色や黒のトーンで細かく描きこんでいる。鉛筆の数は三本に増えた。

美術の大森先生はゆっくり巡回しながら、アドバイスをしていたが、木島の後ろで歩みを止めた。顔つきがすっと険しくなる。

「何をやってるの？」

三十半ばで、神経質そうな大森先生は男にしてはかん高い声でとげとげしく聞いた。

「デッサンをやれって誰が言った？」

木島の鉛筆が静止した。

「どうして、君は、いつも、そういうことばかりするの？」

ここの六個の机の生徒たちは、みんな描くのをやめた。男の子たちは互いに顔を見合わせている。どうやら前科があるらしい。一年の時のことは、私は知らないけど。

木島は自分の絵に目を落としたまま黙っていた。

大森先生はイライラした様子で片足のかかとを細かく踏みならした。

「あのねえ、美大を受けるにしても、デッサンだけやればいいってもんじゃないよ。それにね、これは授業なんだから、ちゃんと言った通りにしてくれないと困るんだよ」

「受験とか、そんなんじゃないス」

木島はぼそりと答えた。

「じゃあ、なんだ？」

先生の声は低くなり、そのぶん、怒りが激しくなったのが感じられた。ほかのグループの生徒たちも、こちらを注目していた。

木島は細い目をいっそう細めた。視線は空に泳ぎ、何もとらえていなかった。一瞬、何か鈍い悲しみや痛みのようなものが彼の顔に浮かんだ気がした。私ははっと胸を突かれたが、彼はまたすぐに目を伏せてしまった。机に置いている両の拳《こぶし》に力がこもった。何かに耐えているように、何かを激しく迷っているように。節のところが白く尖って見えた。

そして、彼はゆっくりと口を開いた。

「鉛筆でちゃんと描けるようにならないと、色が使えないんです」

「だから、なんで？」

先生の声には苛立《いらだ》ちのほかに強い侮蔑《ぶべつ》と圧力がこめられていた。

木島の顔からふっと表情が消えた。いつか見たことのある寒い顔になった。それからは何を聞かれても言われても一言も口をきかなくなり、ついに教室から出ていくように命じられた。

木島はスケッチブックとペンケースを持って、あっさりと出ていってしまった。描きかけの私の絵も出ていってしまった。

教室の中は、みんなが息を殺しているような堅い沈黙がたちこめていた。私はしばらく茫然《ぼうぜん》としていた。何が起きたのかよく飲みこめなかった。わかるのは、この教室の中で最高の絵描きがいなくなってしまったこと、もっと見ていたかった絵が消えてしまったことだけだった。

私はいきなり立ち上がった。その唐突な動作に、教室中の視線がいっせいに集まった。何かはっきりした覚悟やモクロミがあったわけじゃなかった。ただ、あの絵がまだまるで未完成なこと、そして、木島が続きを描きたいんじゃないかと考えていたのだ。

10

廊下には、もう木島の姿はなかった。私はふと思いついて、美術の授業が始まる前に渡り廊下から見た、サッカー部の部室の前へ行ってみた。

教室を追い出された流浪《るろう》の絵描きは、別にたいして悲しそうでもなく、フェンスに向かってゆるやかに上っていく芝生の傾斜地に横向きにごろりと寝そべっていた。私に気づくと、ちょっと驚いたように目を見張ってみせた。こんなふうに追いかけてきたものの、いざとなると、なんて言ったらいいのか、ぜんぜんわからなくて、身体中の血液が顔に向かって逆流してくる気がした。木島は面白がってるみたいにじろじろ見ているだけで、何も言ってくれない。しょうがなくて、やっとの思いで言葉を口からしぼりだした。

「最後まで描く？」

すっげえマヌケに響いた。

木島は切れ長の細い目の中に疑問符を浮かべて、まだ口をきかない。

「絵だよ」

私はぶっきらぼうに説明した。

「見て描いたほうがいいんでしょ？」

木島は芝生の斜面に片肘《かたひじ》をついて、ゆっくり上半身を起こした。

「さっきの？」

木島はたいした熱意もなく聞き返した。私はうなずきながら、少しがっかりし、とても恥ずかしい気持ちになった。のこのこんなとこまで来ちまって……。ここで何してるんだか。視線をどこに向けたらいいのか、わからなくなった。自分の足元を見たり、木島の頭の上のほうにある緑のフェンスを見たりしていた。

「なんか、ちげえなァ」

しばらくして、つぶやくような木島の声がした。目が合った。また観察の目つきで不遠慮にじろじろ見ている。そして、脇《わき》に置いてあるスケッチブックを取り上げると、私を描いたページを開いて眺めた。首を傾《かし》げた。

「なんかな、ぜんっぜん違うね？」

同意を求めるように言われて、私も木島の横に膝《ひざ》をついて身をかがめて絵をのぞきこんだ。それは描きかけでも人を惹きつける力を持った美しい鉛筆画だった。大人の美術の先生がジェラシーを感じたとしても不思議はないような優れた技術だった。でも、木島は、たぶん、そんなことが聞きたいんじゃないんだ。

「自分の顔ってわかんないよ」

私は言った。

「でも、いつも描いてるラフなスケッチのほうが、いい。ああいう線のほうが、いい」

「何？　スケッチって？」

木島は横目で私を見た。それから、鼻でフッと馬鹿《ばか》にしたように笑った。

「授業中に遊んでるヤツ？」

私は笑わずに重々しくうなずいた。

「マジで？」

私はもう一度重々しくうなずいた。

「なんで……」

木島は質問しかけて、気が変わったように、

「いつか、すげえ怒ってたじゃん」

とぽつんと言った。

「怒るくらい……パワーがある」

私は答えた。

木島は何も言わずに、また私を見ていた。とても、とても長く見ていた。

「村田さんの似顔は描けねえかもな」

ようやく独り言のようにぽっと言った。

「なんで？」

「すげえ、むずかしいんだよ。顔じゃなくてさ。なんか人間の感じがさ」

ドキリとした。

「くやしいなあ」

つぶやくように木島は言った。

ドキドキが止まらなかった。すごくコワイことを言われたような気がした。

結局、木島は絵の続きを描かなかった。授業が終わって、友達がどやどやとやってきて、なんか具合が悪そうに私を見るから、退散したんだ。わけを尋ねている進藤の声が後ろで聞こえた。木島はくだらないジョークで応酬しているみたいだった。

大森先生に怒られている時、一瞬だけ見せた、鈍く痛むような木島の顔つきを思い出した。本当に見たかどうか、よくわからない。でも、フラッシュバックみたいに頭の中に浮かんでは消え、消えては浮かぶ。忘れられない。

木島が何にあんなにこだわっているのか、わかんない。見当もつかない。すごく親しい友達にも言いたがらない何かのこだわり。木島の心のどこかに大きく削れている暗い穴みたいな部分があって、そこに私の気持ちが勝手に流れ込んでいくような感じがした。ブラックホールに引き込まれるみたいに。

ヘンにさびしい気持ちだった。これまで一度も感じたことがないようなさびしさだ。通ちゃんのことで落ち込む時とは違う。自分がキライになる時のやりきれなさとも違う。

由比《ゆい》ヶ浜《はま》から見る灰色の海を思い出した。曇った夕暮れ、砂浜はウォームグレー、海はクールグレー、空はニュートラルグレー、微妙にニュアンスの違うグレーの大きな広がりの中で、砕ける波頭だけが嘘《うそ》みたいに白い。

胸がちぎれそうなさびしい気持ちになるのに、いつまでも、そこにいたいと思う。ひとりで海を見ている時の、そんな気持ちに少し似ていた。

11

人がいなくなった美術室で、置きっぱなしの絵の道具を片付けて、二組の教室のロッカーまでとぼとぼ歩いた。ロッカーのところには、あんまりしゃべったことのない二人の女の子がいて、私を見ると顔を見合わせて意味ありげにニヤニヤした。

「ねえ、村田さんて、木島のこと好きなの？」

園田さんというコが、いきなり、そんなことを聞いてきた。この人たち、美術だったっけね？

「あれ、めちゃめちゃインパクトあったよ。追っかけてくの」

冷やかされてるみたいだったけど、悪意は感じられなくて、私はなんだか苦笑いしてしまった。

「木島じゃなくて木島の絵が」

気持ちを言葉にするのがむずかしかった。

「絵が――気になる。好きな絵じゃないんだけど、でも、あんなふうに描くヤツ見たことない。それに……」

木島のいくつかの眼差《まなざ》しが頭をよぎった。モデルの私を見ていた時の静かな目。一瞬だけ見せた鈍く痛むような目。すべてを拒否するような寒い目。部の連中とじゃれあっている時の子供っぽい目。

胸がシクシクする。でも、園田さんたちが言ってる〝好き〟とは違うと思う。

「私ね、絵が好きなんだ。すごくすごく絵が好きなんだ」

心をこめて言ってみた。園田さんたちはうなずいてくれたけど、なんだかピントがズレてるなという顔つきだった。

なんだか、がっかりした。やっぱり伝わらないなと思った。二人から視線を離して、自分の言葉を確かめるように胸の中で繰り返した。「好き」という言葉を見つけてドキドキした。絵が好き。すごくすごく好き。美術の時間、木島の絵を見ながら、ずっとずっと感じていた思い。

キライばかりの心の中に、こんなに大きな「好き」があったのか。まるでマグマみたいに熱くてどろどろしていて恐ろしげだけど。雲みたいにつかみどころがなくて、しっかり足を乗せて立つ場所にはならないけど。熱くて不安定な気持ちに動かされて、身体《からだ》までぐらぐらと揺れそうな気がしてきた。

背後に人の気配を感じて振り向くと、須貝さんがいた。もう帰り支度をすませているのか鞄《かばん》を手にして教室から出てくるところだった。なんだか身体中がカチンと固まった。緊張した。鼓動が速くなる。

今、しゃべんなかったら、一生しゃべれないかもしれない。でも、何て言えばいいんだろ？　何を言いたいと思ってるんだろ？　どうせ伝わらない……。でも、須貝さんは、園田さんたちとは違う。違うはず……。

私が見ているのに気づくと、須貝さんは視線を向けて足を止めた。

「『ＲＯＵＮＤ』を読んだよ」

私は言った。かすれたような声になった。

須貝さんは何か決心を固めたようなきっぱりとした顔つきになって、私の目を見た。

「とおりゃんせに対する私の評価は変わらないけど、ほんとのことを言っただけだから」

須貝さんはケンカを売るみたいに言い切った。ゆるい溜《た》め息《いき》をついて、また言った。

「だけど、最新号のあの話は、けっこう忘れられない」

すごくデリケートな表情をするんだ、と、私は須貝さんを見て思っていた。敏感で正直で傷つきやすい——そんなふうな彼女は知らなかった。

「村田さん、ほんとに、空のお風呂《ふろ》に入ったりするの？」

すごくすごく恥ずかしそうに須貝さんは尋ねた。もしかしたら、須貝さんもやったことがあるんじゃないかと疑うほど恥ずかしそうに聞いた。そんなふうに心を開いてくれなかったら、絶対にウンなんて言えなかった。

私はちょっと苦い感じで笑った。

「前にはね」

と言った。

須貝さんも笑った。なんだか苦しそうな笑顔だった。本当に大事なことを口に出したりする時は、いつだって苦しい。

「もう、入らない」

私は言った。

「入れない」

言い直すと、得体の知れない悲しさが、じわじわとわきあがってきた。

今の通ちゃんチには、銀色のバスタブなんかない。狭いユニット・バスには窓もなく、水色のポリの浴槽はやけに小さい。でも、そんな問題じゃなくて、私はもうからっぽのバスタブには入れない。からっぽのバスタブで虚空《こくう》を飛ぶ力をなくしてしまった。

もう、後ろの扉は閉ざされている。でも、前の扉には手が届かなくて、暗い廊下のような場所で、私はぼんやりたたずんでいる。

前に歩いていけるだろうか。

次の扉を開けるだろうか。

そんな迷いと不安と悲しみの中で、しばらく何もかも忘れてぼんやりしていると、視野の中に須貝さんの姿がまた見えてきた。そばにいてくれる。黙ってそこにいてくれる。目を見ると何かがつながったような気がして安心した。暗い廊下の前方に、小さな明かりを見つけた気がした。

須貝さんと、もっといっぱい話、しようと思う。いっぱいケンカしそうだけど、それでも、いいや。

クラスに絵のうまい男の子がいます。

木島っていいます。

木島のこと、どんなふうに書いたらいいのか、今はよくわかんない。仲がいいわけじゃないし。でも、今度の手紙で美和子に木島の話、できたらいいと思う。

サブ・キーパー

1

毎日、毎日、朝っぱらから練習して、放課後も練習して、土曜も練習や試合で、日曜までたまに試合あったりして、それで、ホンモノの試合には絶対出れなくてさ、お兄ちゃん、なんでそんなにサッカー好きなの？

この前、妹の玲美《れみ》に言われた。うっせえなァと一発どついといたけど、あいつの言葉、なんか頭ン中ぐるぐるまわってる。

監督がゴール脇《わき》から転がしたボールを、フィールド・プレーヤーが次々と走り込んできてシュートする。ゴールマウスには、正キーパーの本間さん。あの近さからのシュートは、恐《こわ》いの痛いのいう以前に、俺にはなかなか反応できない。でも、本間さんは跳べる。飢えた豹《ひょう》みたいに跳ぶ。たとえ触れなくてもボールにむしゃぶりつくように頭から跳ぶ。すげえよ。えげつない感じ。毎日見てるのに、ドキドキして息が苦しくなる。

二十本でGKは交替になる。俺がゴールに入ると、蹴《け》る奴《やつ》らのプレッシャーがすーっと退《ひ》いてくのがわかる。俺は、本間さんより六センチちっこいし、垂直跳びじゃ十五センチも負けるし、何より絶対止めてやるっていう炎のオーラがない——らしい。でも、やってみなきゃ、わかんねえじゃん。

「マジメにやれよっ」

シュート練習が終わった時、ぜんぜん触れなかった俺は、また本間さんに怒られた。マジだってば、と叫び返したくなるのをぐっとこらえる。せめてヘタクソと怒ってくれよ。

フィールド・プレーヤーと別メニューになって、本間さんと俺と一年のGKの三宅《みやけ》はグラウンドの隅の砂場に向かう。セービング練習だ。二人で向き合って、届くか届かないかぎりぎりのところにボールを投げて横っ飛びで捕球する。投げたボールが遠くにはずれるぶんにはいいけど、近いとすっげえ怒鳴られる。本間さんの投げるボールは、いつもイジメのように俺が届かないとこばっか来る。自分なら届くとこさ。俺、時々、錯覚しそうになるよ。本間さんは、いつか、俺が彼のレベルまで上がってくるって信じてて、あんなにがんがん怒ったり、しごいたりするってさ。でも違うよね。彼は、デキナイ連中のことが理解できないだけなんだ。自分がデキルことを当り前だと思ってやがる。頭わりィやね。

フォーメーション練習が終わって、紅白戦になると、同じ二年のセンターバックの進藤が寄ってきてささやいた。

「今日、行こうぜ。『ハーフ・タイム』」

「またかよォ?」

イヤそうに言ってみたけど、あんまイヤそうな声にならねえの。

『ハーフ・タイム』は、春休みにFWの森川が見つけてきた長谷《はせ》観音の近くの穴場的な小さなカフェだ。シーサイドの店みたいな湘南《しょうなん》色がなくて、サッカー好きのオーナーがTVで海外の試合の中継や録画を流しているようなとこだ。でも、俺らのお目当ては、リバウドやオーウェンじゃない。うまいカフェラテでもない。〝似鳥《にとり》ちゃん〟さ。

似鳥というのは名字で下の名前は知らない。教えてくれない。年も知らない。見当もつかない。絶対年上だと思うけど、同じくらいにも見える。似鳥ちゃんは、ウェイトレスっていうより、マスターのサブって感じだな。店は二人きりでやってるし。最初はマスターの娘か姪《めい》だと思ってた。次は愛人かと思った。でも、違うよな。絶対違う。

進藤も森川も田代《たしろ》も黒田も、みんな似鳥ちゃんにひそかな欲望を抱いている。俺も同じ。そんな下心のカタマリが、部活のあとに徒党を組んでバテて現れてさ、悪いとは思うんだけど、マジに口説く度胸あるヤツはいねえから。だらしねえよな、俺ら。川原学園と合コンやった時の勢いなんか出せねえもん。

「また一回戦負けかー」

似鳥ちゃんは、サクッと笑った。降ったばっかの雪とか、霜柱とか、池に張った薄い氷とか、そんな感じ。白い服をよく着てるせいかな、やたらと冬のイメージなんだよな。新鮮、もろい、冷たい、はかない——次の瞬間は、もうどっか行っちまいそうな感じ。似鳥ちゃんが笑うと、なんか、一瞬、息止まるよ、俺。

五月三日のインターハイの神奈川県予選の話で盛り上がる。

「勝ちたかったよな。勝てば、東陵《とうりょう》とやれたのによ」

森川がやけにリキ入れて言うから、

「どうせ、おまえ応援団じゃん」

と突っ込みを入れてやると、

「万年応援団には言われたくないね」

森川は皮肉っぽく言った。皮肉にならねえっての、俺の場合。

「本間さん悔しがってたよなあ」

進藤が何か悪夢を思い出すように言った。それで、みんな、あの時のことを頭ン中で再現して、うんざりした顔つきになった。本間さんはただ悔しがるだけじゃなくて、青葉商との試合に出たすべての選手をメタクソに罵倒《ばとう》したんだ。まあね、青葉商とはそんなに実力差ないし、PKによる0対1のスコアはDF陣としては悔しいよ。ボランチの下村さんも、ペナルティー・エリアでのあのハンドはないよな。わかるけど。でも、負けは負けだぜ。PK決められたのは、本間さんなんだぜ。泣いて怒るくらいなら、東陵に入ってBチームのサブでもやってろって、俺たちは陰でこそこそ言ったさ。

「本間さんってキャプテンだっけ?」

似鳥ちゃんが聞いた。

「そうそう。こいつの上司よ」

進藤は俺を小突いた。

「ああ、キーパーさんかァ」

そんな無邪気に見つめないでくれ。でも、似鳥ちゃんの目って、なんかヘンだよ。俺を見てても、俺より少し遠くに焦点が合ってるみたいだ。いつもそうだな。

ああいう目の感じ、描けるかな。さっきの笑い顔も。冬の朝みたいな笑顔。色を使わないで、白を描けるかな。服の白と肌の白。似鳥ちゃん、西洋のガキみたいな肌してるんだ。それで、唇の横に、アクセサリーみたいな傷がある。古い傷痕《きずあと》。一センチくらいの切り傷みたいな。似鳥ちゃんの顔を見る時、どうしても傷を見ちまう。ヤバイヤバイと思いながら見ちまう。なんで傷なんかできたんだろうとか、なんで化粧で隠さないのかなとか、色々思うけど、そんなことより、顔に傷があっても柔和な印象の崩れない女ってのが、俺、不思議だよね。

気がついたら、似鳥ちゃんの顔じっと見てて、指が動いてる。カウンターに線引いてる。描きたいな。いいかな。描いても。鞄《かばん》から鉛筆を取り出した。それと、ノート
——何でもいいや。

「やだっ。何描いてるの?」

似鳥ちゃんは気がついて、俺の手元をのぞきこんだ。

「こいつは落書きばっかりしてるんですよ」

進藤が哀れむように説明した。

「人様のお顔をヘンなふうにヘンなふうに描くんです。授業中も休み時間も」

「なんで、あたしを描くのよ？」

似鳥ちゃんは、やや憤然として抗議した。その声の彼女らしくないピリッとした鋭さに、俺はちょっと驚いて鉛筆を動かすのをやめた。似鳥ちゃんは俺にくるりと背を向けて、棚に並んだ洋酒の瓶のチェックを始めた。そんなにイヤかな？　まあ、描くと怒る人いるけどさ。まあ、描き終わると、モデルはだいたい怒るけどさ……。ヘンなふうに、ヘンなふうに——進藤の声が頭の中にかぶってきた。俺は描きかけの絵を改めてじっくり眺めてみて、ギョッとした。

すげえ、こわい感じの女がいた。なんだ？　これは！　いくら俺でも、こんなふうに描くつもりじゃねえよ。

顔の傷が醜い。俺は醜いと思ってないのに醜く描けてる。なんで？　ヘタクソだから？　顔の傷なんて描いたらマズイのかな。ちらっと入れた小さな傷だけがやけに生々しくて顔が笑って見えない。絵の似鳥ちゃんは壊れているみたいだ。ぞっとした。新しいページをめくって、もう一度描こうとした。似鳥ちゃんと目が合った。振り向いて、まっすぐ俺を見ていた。一瞬だけ。すぐに目をそらして、いつもの顔に戻る。知らない目をしてた。深い目だった。穴みたいに暗い目だった。今描いた絵の中の似鳥ちゃんだと、ふと思った。

俺は手が動かなくなった。また、あんなふうに描いちまったら、マズイよなあ。

2

海の近くに住むのは初めてだった。葉山に越してきたのは、中学三年の春だ。母の父であるおじいちゃんが、脳卒中でくたばりそこなって、面倒を見る人が必要になったんだ。おじいちゃんは、未《いま》だに、余計なお世話だって言い続けてるけどね。仲の悪い父娘《おやこ》なんだよ。母さんは十八でこの家を飛び出してから、結婚した時も、俺と玲美を産んだ時も、離婚した時も、一度も帰りゃしなかった。おばあちゃんって人は、母さんが子供の時に死んじまったらしい。この父と娘が、どんな葛藤《かっとう》の中で生きてきたか、なんて、俺、想像したくないよ。どっちもしゃべる気ないみたいだから、いいけどさ。

おじいちゃんは左半身をやられちまって、でも、六十九歳の老骨をガタガタいわせながら鬼のような根性でリハビリやって、杖《つえ》一本で一人で外を歩けるようになった。手は動かねえし、足もひきずる、クリーニングの店も畳んじまった、でも、まあ年金もあるし、当人いわく、一人で十分暮らせる……。

ということで、俺たちは無理に同居を続けなくてもよかったんだけど、母さんは逗子《ずし》の駅前商店街の薬局に職を見つけていて、おじいちゃんにぶつぶつ嫌味を言われても出ていくつもりはないらしかった。

海岸線を走る県道から山のほうへ細い道をだらだらとのぼっていく。お地蔵さんの祠《ほこら》の脇の海抜八・〇メートルの表示板を見るたびに、ここまで波が来ることあるのかなって思う。道の先の山は新緑の部分だけ光るように明るい。夕暮れの空はぼんやりと青い。ぼんやりと青い空の続きにぼんやりと青い海が続いている気がする。海のそばの町は、目に見えてなくても、いつも海のことばかり考えさせられる。

クリーニング店の奥から横に張り出している建物が家だ。木造で壁や屋根にトタンが張ってある。店先のクリーニングの値段表の数字は半分以上はげ落ちていて、中は手付かずのまま汚れて古びて、まだ薬品のにおいが残っていた。その、道に面した店の入口を使うのは、おじいちゃん一人だけだった。暗い店のカウンターの後ろの椅子《いす》に腰かけて、たいして人通りもない細道を何時間も眺めていることがある。商売をやめても、店が店でなくなっても、そこがおじいちゃんのポジションなんだろうな。おじいちゃんが店にいると、俺はなんだか息がつまる。終わっちまった場所にいる終わりかけた人を見るのは、けっこうしんどい。

家の脇の勝手口から入ると、中は暗くて静かで人の気配がしなかった。母さんは土曜日も仕事だ。玲美は遊びだろう。おじいちゃんがどこにいるかは知んない。近所をぶらぶらしてるのかもしれないし、また店でぼんやりしてるかも。

玲美と二人で使っている二階の部屋へ行って着替えて、机の上にノートを出した。さっき、似鳥ちゃんの落書きをしたノートだ。

次のページをめくって、記憶を頼りに、また似顔を描いてみる。顔の傷はつけないでおく。自分が似鳥ちゃんをいいと思う気持ちの中から形を見つけようとする。似鳥ちゃんの顔ははっきりと思い浮かぶのに、描きたい線が見えてこない。チクショウめ。どうもキレイに描くのが苦手なんだよ、俺は。無理に描くと、どうしても、なんだか暗い目をしたコワイ顔の女になる。俺の手は俺の脳に逆らってる。こういうことは時々あって、自分でもわけわかんなくなる。

部屋の引き戸がみしみしっときしんで開いた。玲美かと思って、あわててノートを閉じた。おじいちゃんが戸口に亡霊のようにすーっと立っていた。ノックもせずに部屋をのぞかれて、俺は本当にぎょっとした。

「玲美かと思ったんだ」

とおじいちゃんはブスッとして言った。

俺は返事をしなかった。見られやしなかったよな、絵を描いてるとこ。学校のノートだもんな。わかりゃしないよな。

おじいちゃんは、まだ戸口に立ったままで黙っている。俺は玲美じゃないから、さっさと消えてくれないかなと思う。

「いい夕焼けになるぞ」

おじいちゃんは、一言だけボソリとつぶやいた。それから、ゆっくりと身体《からだ》の向きを変えた。

夕焼け——？

その思いがけない言葉は、まるでエア・ポケットみたいに、俺を知らない見えない深いどこかにすーっと引き落とした。

窓から見ていると、しばらくして、店の入口から、ステッキをつきながらゆっくりとおじいちゃんが出てきた。海のほうへ歩いていく。反射的に机の上のノートと鉛筆をひっつかんで、おじいちゃんの後を追った。

おじいちゃんは速く歩けないから、追いつくのは簡単だった。振り向いて俺をみとめると、表情も変えず、何も言わず、またノロノロと歩き始めた。俺も何も言わずに後ろからついていった。これだけゆっくり歩くのは苦痛だった。

県道を渡ると、すぐに森戸神社の赤い鳥居が見える。境内の裏には駐車場があり、その先に石原裕次郎の石碑が立っている。ここは一応、ガイドブックなんかに載ってる観光名所だ。相模《さがみ》湾の夕日の景勝地。冬のほうが鮮明だが、今の季節でも、よく晴れた日には、富士山がきれいなシルエットを現し、夕日は右側のふもとに沈んでいく。

今日見えるのは雲ばかりだ。薄紫の雲がてっぺんをオレンジに染めて、山脈のようにぞろぞろと続いている。その雲の峰にケツを沈めた太陽は、白いまぶしい輝きを失い、赤く丸々と太って見える。空の色も海の色も刻々と変わる。風に雲が散らされて薄くなると、夕日の光も変わる。菜島《なじま》の鳥居の上空を鳶《とんび》が旋回している。

その美しい色の夕景を俺はモノクロで見ようとしてみた。光と陰とカタチ。描けるかな。思わずノートを開きそうになった。ヤバイじゃんよ。なんで、こんなもの持ってきたんだよ。俺は鉛筆をジーンズのポケットにこっそりねじこむと、ノートを筒みたいに丸めて握りしめた。

おじいちゃんは、俺の動作なんて全然気にしてなかった。石碑にもたれて、水平線をじっと見つめていた。ただ景色を見ているんだろうか。何か過去の幻影でも見てるんだろうか。目を細め、こっちが眠くなってくるようなぬうぼうとした表情をしている。このまま二人で黙っていると、この世ならぬ場所にゆらゆらと漂っていきそうな変な気分になって、俺は無理に声を出した。

「ここ、玲美とよく来るの？」

「いや」

おじいちゃんは、むっつりとかぶりをふった。

「あの子は浜のほうが好きだから」

海水浴場の砂浜は、その足では歩きにくいだろうと思った。それでも、浜に行くかと俺は聞いてみた。おじいちゃんは黙ってかぶりをふった。真夏以外はかぶっているらしいニット帽、釣り用のナイロンのカーキ色のベスト、がっしりした体格で皮膚は漁師のように潮焼けした褐色に見える。俺は老人とどんなふうに会話したらいいのかわからない。特にその老人が母さんの父親だったりすると。

「俺、下に降りるから」

海に突き出た岩場を指差して俺は言った。

「しばらく、いるかもしんないから」

「絵を描くのか？」

とおじいちゃんは聞いた。ドキリとした。やっぱり、さっきの落書きを見られたのかな。それとも、このノート……。答えたくなくて黙っていると、おじいちゃんも黙っていた。ステッキを握りなおして、背筋を伸ばした。駐車場のほうにゆっくり遠ざかっていく後ろ姿を見ながら、俺はうすら苦い気分になった。

別に隠すほどのことじゃない。絵を描くのがガキっぽいことだと思うようになったのはいつからだろう……。指しゃぶりみたいに、なかなかやめられない困った癖だと思うようになったのは。

俺は岩場に降りなかった。海に背を向けて石碑にもたれてしゃがみこんで、ノートの空きページにおじいちゃんを描いた。後ろ姿だ。後ろ姿だけいくつも描いた。どのカットも大きな孤独を背負っていた。でも、どれも寂しそうには見えなかった。不幸にも見えなかった。そのシンプルな描線をずっと見ていると、なんだか泣きたいような気持ちになった。

3

彼女のことは、あんまり気にしたことなかった。村田——下の名前、知らねえ。クラスの女の中じゃ地味なほうで、ま、なんてのかな、「変わってんな」っていうのが共通見解みたいな？　いるじゃん、そういうコ、クラスに一人か二人さ。

英作のノートに、村田の友達を落書きしたら、血相変えて怒るんだよ。「なんで、人のヤなとこしか見えないの？」ってさ。俺、似鳥ちゃんがコワイ女にしか描けなくて、ちょっと滅入《めい》ってたから、その言葉こたえたよ。

別にヤなとこをわざわざ見つけ出そうとしてるわけじゃないさ。鉛筆持って紙に向かうと、見えてくる線があって、それを描くと、進藤の言う「ヘンな絵」になるだけだよ。

村田があんまり怒るから、その落書きのノート破って渡してやったら、なんか驚いた顔してたな。

ヤなとこしか見えないって、それって、マジに最低の奴《やつ》じゃん。俺、ふつうにつきあって、相手の欠点ばっか見つけたりしないぜ。性格悪いって言われるのは、たいがい似顔絵のせいなんだよ。文句は手のヤツに言ってくれって感じだよ。
もう、落書き、マジでやめようかな。怒られるばっかりだから。教師が怒る。描いた相手が怒る。そのトモダチまで怒る。ただ、さ、気がついたら描いてるんだよな。なんとなく描いちまうんだよね。楽しいんだよね。ほんとに癖なんだよな。でも、ヤバイよな。おじいちゃんにも見つかるし。

ウチは一応進学校だから、上級生は二年の新人大会後に引退する。でも、本間さんの学年は一月にやめたのは二人だけで、インターハイの県予選まで七人も残っていた。それを一回戦負けしちまったんだから、ゲームに出た二年はけっこう責任感じてたよ。本間さん大荒れするし。それでも、新キャプテンは進藤がなることに決まっていて、いざ、三年を送り出すって日に、とんでもねえことが起きた。本間さんが七月末にある選手権大会の一次予選までやめないって言い出したんだ。他の三年も知らなかったみたいで、部員一同金縛りだぜ。キャプテンは降りるけど、一年のＧＫがほとんど素人《しろうと》なもんで、俺一人に任せておけねえってことらしい。青葉商にこの前の借りを返してから引退する――って、本間さん、いつにもまして熱血してたけど、進藤は青くなってるし、ほかの先輩たちも顔見合わせてたよ、やめていいのか？　って感じでさ。でも、一番、立場ねえの、俺じゃん。任せてくださいって言えねえもんな。悔しいってより、なんか、気持ちがひやーって寒くなるみたいな感じがしたよ。

六人の三年がいなくなって、残りのメンバーですげえ気まずい雰囲気の練習した後、俺は本間さんに呼ばれた。

「地区大会は俺が出るけど、練習試合は交替するから、しっかりやれよ。あんまりヘボいプレーすると、三宅を使うからな」

三宅ってのが、ド素人の一年だ。そういうことは監督が決めるんだろうけど、世界史の大島先生は昔中学でサッカーやってたってだけのおとなしい人で、ほとんど本間さんのいいなりだった。

本間さんが部からいなくなったら、俺がゴールマウスを守るんだってのは、ずっと思ってたよ。当り前の事実としてさ。それでチームが弱くなるのも当り前、みんなが俺に期待なんかしないのも当り前――そんな当り前が、今、本間さんのおっかねえ目つきの前でガラガラと音を立てて崩れていった。

俺は試されるんだ。本間さんに。本間さんの目の前でゴールに立ち、彼の後を任せられるかどうか厳しく試されるんだ。ＧＫとしての資質を問われるんだ。そんな日が来るとは思ってなかった。

ＧＫを初めてやらされたのは中一の時だった。やっぱり部員の少ない弱いチームで、俺はあまり足が速くなくて、まあまあ身長があるという理由で監督が決めた。高校では、最初から本間さんがいたから、他のＧＫは誰がやってても関係なかった。試合に出られないのも、人に言われるほど悔しくなかった。

俺はサッカーについて、あまり深く考えたことがなかった。母さんに連れていかれた町のクラブでガキの頃からずっとやってて、ボールを蹴《け》るのも身体を動かすのも、それなりに楽しくて、何より、そこには気の合う仲間がいつもいた。試合でのポジションじゃない。学校、世の中、人生、そんなものの中でのポジションを見つけられた。居心地がよかった。サッカーをやる連中は、サッカーをやらない連中より好きになれた。それで、いいじゃねえか。プロになりたいわけじゃねえし。国立でやりたいわけじゃねえし。上昇志向がすべてと思うなよ。

俺は本間さんの目を見返した。強い視線にバシッとはじかれる。至近距離からのシュートを苦もなく止められたみたい。かなわねえな。どうも、かなわねえなあ。弱っちいなあ、俺。悔しいな。

わかりましたって頭下げてサ。ほんとはあんまりわかってねえけど、本間さんを言い負かせるとも思えないしね。

4

玲美とは、ふだん、あんまりしゃべったりしない。俺は朝練があるからさっさと寝ちまうし、あいつは遅くまでパソコンに向かってネットやってる。ディスプレイの光やキーボードをカチャカチャ打つ音は、最初気になったけど、すぐに慣れちまった。でも、今日は布団《ふとん》に入ってもなかなか寝れなくて、本間さんが引退しないことや、本間さんに替わって試合に出ることなんかをいつまでもグズグズと考えていた。

玲美は真っ暗な部屋にそっと入ってきて、パソコンのスイッチをいれる。青い光が、洗い髪を背中まで垂らしたパジャマ姿の玲美を照らし出した。綺麗《きれい》なシルエットだった。いつのまに、あいつ、あんなに女っぽい雰囲気になっちまったんだろうってビックリして、なんか頭ン中でスケッチの線引いてる……。

「お兄ちゃん」

ディスプレイを見たまま、玲美が声をかけてきた。頭ン中のスケッチをのぞかれたように、ドキッとした。

「おじいちゃんと海へ行ったんだって？」

イヤな話題だ。寝たフリしよう。

「海の絵、描いたの？」

いきなり絵のことなんか言われて、俺は思わず低い声でうなっちまった。

「おじいちゃんが言ってた。あいつは、なんで隠れて絵を描くんだってサ」

俺は布団を跳ね飛ばして上半身を起こした。玲美はふりむいて、ちょっと笑った。一つ年下じゃなくて一つ年上みたいな笑い方しやがる。にくたらしい。

「前は、よく描いてたよね。りんごの絵とか時計とかジャムの空瓶とか」

玲美は回転椅子《いす》の上であぐらをかき、裸足《はだし》の指先をひっぱって、そんなことを言った。

「あたしの絵とか」

俺は黙っていた。でも、小学生の頃描いたそんなスケッチが、嘘《うそ》みたいにくっきり頭の中に次々と浮かんできた。

「お母さんに怒られてたね。絵なんか描くんじゃないって。男の子は外で遊べって」

なんだって玲美はそんな昔話をおっぱじめたんだろう。

「あたし、あの絵、好きだったな。五年生の時の全国コンクールで銀賞とったヤツ。町田さん描いたの。すっごいシュールなの。町田さん泣いちゃってたよね。で、お母さんと一緒におウチに謝りに行ったんだよね」

苦い記憶だ。俺、あのコのこと、好きだったのに。肩までの髪の毛がキレイな美人だったよ。

「こっち来てから描かなくなっちゃったね。なんで？」

「別にィ」

俺はそっけなく答えた。

「暇がねえんじゃないの？」

受験があって、部活があって、母さんがガミガミとうるさくて……。

「テッセイって、絵がうまいんでしょ？」

玲美は突然フェイントみたいに妙なことを言い出した。

テッセイというのは、俺らの父親で、もうだいぶ前に死んじまってる。

「話してくんなかったよね」

やけにしみじみと言いやがる。

「お兄ちゃん、テッセイに会った時の話、ぜんぜんしてくれなかった」

「別に、話すことないし……」

「そうかな」

玲美は逆らうようにさえぎった。

「すっごい、こだわってるじゃん。テッセイのこと」

俺は黙っていた。なんて言ったらいいのかわからなかった。

「あたしは、なんだか悔しい」

玲美は椅子の上でひざをかかえた。

「あたしだけ、テッセイを知らなくて悔しい。お母さんもお兄ちゃんも、ずっと引きずっててさ。忘れなくてさ。病気みたいだよ。テッセイっていう病気にかかってるみたい。あたしだけ仲間はずれだ」

「そんなんじゃねえよ」

「あたしもテッセイの絵を見てみたかった」

「つっまんねえ絵だぜ」

うまいけどガラクタみたいな絵でぎっしり埋まっていたテッセイのボロアパートの部屋を鮮明に思い出した。

玲美は納得できない顔で、じっと俺を見つめていた。

「それでも見てみたかったの！」

俺はうなずいた。玲美の気持ちも少しわかる気がした。

「りんごや時計やジャムの空瓶の絵だよ」

俺は言った。

「静物が多かった。きっちりした絵なんだ」

今度は玲美がうなずいた。きっちりとしたりんごの絵というのを一生懸命に想像しているような目だ。

「お兄ちゃんとチガウんだ」

「るせえなっ」

とんでもなく恐《こわ》い声が出た。自分でビックリした。でも、テッセイと比べられるのは、まっぴらだ。特に絵なんかさ。

「ほら、こだわってる」

玲美のヤツ、ぜんぜんビビらねえの。

「うるせえ」

俺はもう一度言った。ずっと静かに言った。それで、やっと妹は口を閉ざしたけど、俺はなんだか完璧《かんぺき》に目が冴《さ》えて眠れなくなっちまった。

5

美術の授業の課題は人物画だった。俺はたまたま正面に座った村田を描くはめになって、少し困った。この前、落書きに因縁《いんねん》つけられたばっかだし、どうせ俺の絵なんて、どう転んでも「性格悪い」んだから、当人描いたら何言われるかわかんねえや。描こうと思って改めてじっくりと見て、けっこうショックを受けた。村田って、こんなふうだったっけな？　すげえ難物だな。なんてのかな、パッと見の印象は、上皮一枚って感じだよ。すげえ奥行きの深い顔だ。

顔立ちそのものは、そんなに特徴はない。少し目がつりあがってる。眉《まゆ》が濃い。甘さのない中性的なキリッとした顔だけど、造作的に美人じゃないから人目は引かない。外見からくる第一印象は「妥協しねえ」って感じ。

何か勝負したくなる顔だな。水彩よりデッサンで描いてみたいな。しばらく、まともなデッサンやってねえもんな。

初めて、デッサンのまねごとをやったのは、テッセイに会った時だった。あの時はりんごを描いた。ぜんぜん描けなかった。テッセイはうまかった。奇跡のようにうまかった。

テッセイがやたらと使いこんだ油絵の道具を俺に形見に残して死んじまってから、俺はデッサンの本を図書館で借りてきて一人で練習を始めた。鉛筆一本でちゃんとしたりんごが描けるようになってやるって決心した。そういう気持ちは説明ができない。供養《くよう》のつもりなのか、未練なのか、ただの意地なのか、自分でもよくわからない。

俺があの頃、あんまり絵ばっかり描いてるもんで、まるで将来の夢を画家と決めたみたいにデッサンの練習ばっかりマジにやってるもんで、母さんはイライラしてたよ。母さんは絵を描く俺が嫌いなんだよ。絵を描くテッセイが嫌いだったからさ。冷蔵庫から野菜や果物を出すと怒られるから、俺はこづかいでりんごを買ってきて腐るまでモチーフに使った。初めて、りんごがりんごに見えるようになった時は、嬉《うれ》しかった。

でも、俺は本当はりんごを描くのは、あんまり好きじゃない。静物より人物が好きだ。

人物画——。

俺の絵は、ぜんぜん、村田にならなかった。どこがどうマズイのかわかんねえけど、とにかくマズイ。似てる似てないの問題じゃなくて、ぜんぜん描けてないんだ。この絵は駄目だ。まだ途中だけど、でも、たぶん、このまま続けても良くならない気がする……。

悔しい。

似鳥ちゃんがこわく描けてしまった時とは違う。思惑《おもわく》からズレたあの絵には何か手《て》応《ごた》えがあったけど、これはただの失敗だ。何も得るところがない……。

悔しい。

どう直そう……。直せるかな。

絵と村田を見比べて、めいっぱい没頭してたから、美術の教師にいきなり声かけられて喧嘩《けんか》になった。俺が水彩じゃなくてデッサンやってるって怒りやんの。結局、教室を追い出されて、イヤんなったよ。こんな描きかけのヘタクソな絵のまんまでさ。

部室の前でフテ寝してると、村田がやってきた。ビックリした。絵が途中だから続きを描けって言うんだ。本当にビックリした。

村田は、この絵のまずさがわかるみたいだった。俺がいつも描いてる落書きのほうがマシだと言いやがった。似顔は「怒るくらいパワーがある」なんて言う。

村田のしゃべり方は、すげえぶっきらぼうで率直で、余計な語尾がついてなくて短い。生まれてから一回も嘘や冗談を言ったことがないような感じがした。俺はなんだか圧倒されて、しみじみと村田の顔を見入ってしまった。やっぱり難物だ。

輪郭が見えねえ。

キャラの輪郭——みたいなのが見えねえ。

果てが、わかんない。

デカいんだ、なんか。

女なのにさ。

何かに似てる。何だろう？

進藤たちが来ちまったから、続きは描けなかったけど、俺、描きたかったな。村田は、俺が描きたかった気持ち、なんでわかったんだろう？

6

この週末には、深山《みやま》学院大付属との練習試合がある。ウチとよく練習してくれる相手だから、実力もだいたい同レベルだ。三年が抜けた新チームでやる最初の試合ってことで、みんな結構神経ピリピリしてた。例年通り一月に引退するとすれば、俺らの学年はもう残り一年もない。ここでレギュラーになれなきゃいつなるんだってわけで、のんびりチームも少し目の色が変わってる。

本間さんは、毎日練習に来ていた。さすがに朝練は来ないけど放課後は毎日。挨拶《あいさつ》や号令は新キャプテンの進藤がやる。〝言わしてもらってスミマセン〟って感じだった。進藤が声かけても、みんな、何となく本間さんを見ちまうんだぜ。紅白試合でも、本間さんがレギュラー・チームに入り、俺はサブ・チームだった。それでも、今度の深山学院との試合に出番はあるのかなって、週末が近づくにつれ、すげえドキドキしてたよ。

フォーメーション練習の時は、サブのキーパーはやることがないから、いつも、腹筋やサイド・ステップなんかをやってるんだけど、もう怒られてもいいやと思って、本間さんのプレーをじっと見ていた。ピッチの半分を使って、局面ごとのシミュレーションをやるんだよ。GKは、DFとの連係がポイント。DFも二人替わってるし、まだ動きがかみあわなくて、本間さんはほとんど怒鳴りっぱなしだ。あんなコーチング、俺にできるわけない。どうしよう？　ガタガタに崩されて、五分で十点くらい入れられちまったら……。ありえないことじゃない。深山学院はもうメンバーの入れ替えして三ヶ月くらいたってるはずだ。進藤の野郎、ひでえ動きだ。ディフェンス・ラインに穴開けるために動いてるみたいだ。あんなセンターバックいらねえよ。でも、人のことは言えない。本間さんがまだチームに居座ってることがありがたく思えてきた。本間さんがいないと、みんなやることわかんねえもん。俺もわかんねえ……。まだ試合なんて出なくていいかも。

『ハーフ・タイム』では、みんな無口だった。似鳥ちゃんが心配するくらい。息する間ももったいねえっていうようなオシャベリ進藤が黙ってるし、森川はなんか目がイッちまってるし、黒田は半分眠ってるし、律義《りちぎ》な田代がぽつぽつと説明をする暗い声を聞きながら、俺もぼんやりしていた。

似鳥ちゃんの視線を感じた。目が合うと、例のサクッという笑顔をしてみせた。

「ほんの一瞬だよ」

似鳥ちゃんは、よく通るちょっと癖のあるアルトで軽く言った。

「一緒のチームでプレーできる時間」

みんな、ハッとしたように顔を上げた。

「あっという間に終わっちゃうよ」

その言葉は、霜柱のような薄氷のような似鳥ちゃんのイメージとあまりに似合いすぎていて、気持ちの奥にキリキリと突き刺さるような感じがした。

似鳥ちゃんは何を知ってるんだろう？　俺らより十も二十も年上のような顔をしちゃってさ。サッカーのことは半端《はんぱ》じゃなく詳しいよ。暇さえあれば観戦に行ってるし。全国規模で。J2の試合まで。そのくせ、好きなチームも選手もないって言うんだ。俺もないけど。でも、俺のないと似鳥ちゃんのないは、何か違うような気がする。

似鳥ちゃんは、いつも、あまり多くを語らない。でも、必ず心に残る言葉を言う。たいして大事でなさそうに簡単に言う。それから、サクッと笑う。似鳥ちゃんを見ていると、心がなごむ。心が揺らぐ。不安になる。『ハーフ・タイム』を出る時は、いつも何かを忘れてきたような気持ちになる。

キック・オフは一時だった。試合場は深山学院大付属のグラウンドで、俺はベンチにいた。DFの進藤と黒田、MFの田代、FWの森川はスタメンで出ていた。つるんでる連中の中で俺だけがベンチだった。悔しくないと言えば嘘《うそ》になる。でも、ほっとしてないと言えば、それも嘘になる。俺はともかく本間さんを必死で見ていた。あの人のやっていることの十分の一でもいいから、ちゃんとやらなきゃいけないんだ。今日の試合に出番があるかどうかは、本間さんも監督も言ってくれなかった。でも、今日がなくてもいつかはある。本間さんが卒業までゴールマウスから一歩も動かないと決心しない限り、一度は俺の出番もまわってくる。

ポジショニングとコーチングだ——俺は自分に言い聞かせた。ポジショニングってのは、GKの自分がどのプレーの時にどの位置にいるのが最適なのかを判断すること。コーチングは、チームメイト、特にDFや自陣の近くにいるプレーヤーにディフェンスの指示を出すことだ（本間さんはオフェンスの指示も出すけど）。ボールに触るプレーのことは忘れよう。そんなの考えたってうまくなるもんじゃない。俺だってガキの頃からやってるんだ。基礎くらいは身体《からだ》が覚えてるはずだ。

でも、本間さんにとってのベストのポジショニングは、俺のベストじゃない。体格と身体能力が違う。本間さんは前目に守るのが好きなタイプのキーパーだが、それはセービングに自信があるからだ。ジャンプしてボールに飛びついて止める動きに。俺があそこにいるとしたら、取れないボールはあきらめて、取れるボールだけは確実に取らないといけない。俺の守備範囲の中ではパーフェクトを目指さないといけない。とにかく、味方がガックリくるようなイージー・ミスだけはしないことだ。GKがミスれば、確実に失点する。サッカーで——特にウチのように得点能力の低いチームが——一点取られることは、とんでもなく重い。確実に負けに近づく。

ずっとドキドキしていた。ベンチでこんなにドキドキしていたことはなかった。こんなに本間さんの動きをよく見ていたことはなかった。俺はもっとこれまでに、彼から学べるもの盗めるものはたくさんあっただろうに。

——マジメにやれよ！

本間さんの声、いつも俺に向かって怒る時の言葉が頭の中でガンガン鳴り響いた。俺は、やっぱり、ぎりぎりいっぱいのマジメじゃなかったんだな。なんてこった！

進藤がマークについてた深山のエース・ストライカーをどフリーにして、ウチが先に失点した。本間さんが一歩も動けないようなすげえ角度のシュートを打たれた。前半にもう一点、後半に一点、全部で三点取られた。ウチは一点しか取れなかった。

いったい何本のシュートがウチのゴールを襲ったんだろう。その中でも、キーパーとの一対一が十回はあったんじゃないか。それを八割方、本間さんはセーブした。俺はぜんぜん冷静に観察なんてできなかった。見とれちまっていた。それで思ったよ。あそこにいるのが、もし、俺だったら？

俺だったら何点取られただろう……という恐怖より、俺がゴールマウスにいるというイメージがまるで持てないのが恐《こわ》かった。

あそこは、本間さんの聖地なんだ。

7

「まあね、だんだん上がってきたよね」

進藤は陽気に偉そうにしゃべった。

「調子さァ、俺もチームもさァ、俺らがしっかりしないとね、前から出てた二年がさ」

田代が深くうなずき、最近プレーのキレの良くなった前からのレギュラー同士は目と目をがっちり見交わした。

　毎日の紅白戦と週末の練習試合を繰り返し、少しずつチームは落ちついてきた。まだイレブンの呼吸が合うってとこまでいかないけど、各ポジションが何とかそれっぽい動きになった。『ハーフ・タイム』での進藤たちの口数も増えた。俺一人がカヤの外だった。

「キャプテンは慣れてきた？」

　似鳥ちゃんはからかうように尋ねた。常連の高校サッカー部のガキどもがへこんでいようがつけあがっていようが、似鳥ちゃんはいつの日も変わらずに淡々としていて柔和だ。弱点をつかれて、進藤は大げさな身振りでカウンターにガクッとくずおれた。

「早く出てってくんねえかなあ。もう、うっとうしくてさ。こいつもかわいそうだし」

　進藤に同情されて、俺はちょっと気持ちが固くなるのがわかった。みんなが俺に同情するのは前からのことだけど、前と今では状況が違っている。前の俺はありふれた不幸で、今の俺はスペシャルな不幸だ。

　でも、似鳥ちゃんはぜんぜん同情した顔つきにならなかった。冷たいくらい涼しい表情でふうんと聞き流していた。俺に向けた目は親密な感じがした。励ますというより理解するという感じ。いやなことがあっても嬉しいことがあっても、似鳥ちゃんはすごく敏感にニュアンスを悟ってしまうんだろうなと思う。でも、わかったって顔は絶対にしないんだ。そういうとこ、いいよな。

俺は固まった気持ちがふっとほぐれて楽になっちまって、絵が描きたいなと思った。すげえクールな表情とちょっとホットな眼差《まなざ》しのアンバランスを描いてみたいな。またこわい女になるかどうか、試してみたいな。やんないけど。やれないけど。

ここんとこ、よく絵を描いてる。

簡単なスケッチ風なヤツ。

村田を描いてる。

授業中。休み時間。家で一人の時にも。

学校じゃ、いつも、目が勝手に村田を探しちまう。教室、廊下、階段、体育館、美術室。教室では、村田は俺の斜め後ろの席だから、振り向けば見られるんだけど、かえって近すぎてさ、目が合えば何か話しかけなきゃいけない感じになるし、まさか「見ていい？」とも聞けねえし。やりにくいよ。女の子ってのがさ。

なんか噂《うわさ》みたいになってるし。前に美術の授業で、追い出された俺を追いかけてきた時から、村田が俺を好きだって噂になってるんだよ。村田は否定してるみたいだけど。チガウって俺も思うけどさ。俺のほうも、進藤に「あいつ好きなの？」とかマジで聞かれて困ってる。村田を描くのは、前にりんごを描いていたのと、たいして変わらないんだけど、そのへんを進藤にわからすのはむずかしい。

俺はいいかげんな奴《やつ》だから、噂は鼻先で笑い飛ばして、こそこそと落書きを続ける。たまに、うっかり村田と目が合ってたじろぐ。村田は、いつも毅然《きぜん》としてる。誰にからかわれても、俺にこそこそ見られていても、さっぱり愛想のない顔でピンと背筋を伸ばしている。村田の中には、簡単に目に見えない特別な何かがある。そいつは、到底俺の手に負えないってわかってて、でも、強烈な磁力でひきつけられるように、そっちに向かってしまう。描きたい。

六月の間、俺はひたすら〝見る〟ことで、日々を送っていた。本間さんのプレーを食い入るように見つめ、村田の姿をこっそりと盗み見る。チームは俺を置き去りにして、だんだんまとまって力をつけていき、俺は試合に出られない苛立《いらだ》ちと、試合に出されるかもしれない恐怖の中で、神経がすりきれそうになっていた。村田の絵はまるで描けなかった。デフォルメした似顔も、リアルなデッサン風も、シンプルなスケッチも、どれもこれも村田にはならなかった。

俺は力がなかった。何もできなかった。でも、不思議と絶望的な気分にはならず、飽きもせず懲《こ》りもせず、見ることに情熱を傾けていた。世界に俺を出していくことはできなかった。だから、世界を俺の中に入れているのだ。走り、蹴《け》り、跳び、擦り傷だらけになり、描き、消し、右手を真っ黒にした。

昨日と今日に変化はなかった。でも、明日は確実にやってきた。俺はひたすら見続けた。そして空しく動き続けた。

部活が終わって、いつものメンツでだらだらと校門に歩いて行く時、村田がそばを通っていった。あいつは部に入ってないから、こんな時間まで学校にいるのは珍しかった。期末前だし、図書館にでもいたんだろうか。

一人だった。いつもの眼鏡の友達は一緒じゃなかった。村田は一人でいても、寂しそうに見えない珍しい女の子だった。俺の後ろからすぐ脇《わき》を通って、振り向きもせずに追い越していく。進藤に脇腹を小突かれた。「なんか言ってやれよ」とでっかいささやき声で耳打ちされた。俺だって、サヨナラくらいは言いたいんだ。

進藤と森川が何かひそひそしゃべっていて、いきなり連中は二〇メートル走のように猛然とスタートを切った。待てよ、と言う暇もなかった。チクショウ、体力残ってやんの、四人とも。俺は見事においてけぼりを食って、なんだか走って追いかける気力もなくて、ゆるい溜《た》め息《いき》をついた。

連中のダッシュに巻き込まれる形になって、村田は驚いたように足を止め、駆け去っていく四人の後ろ姿を見ていた。それから、ゆっくりと振り向いた。ああ、いいアングルだな。背景が校門で、空はまだ薄明るい。木星だか金星だかデカい一番星が出ていた。

目が合って、村田はまだ立ち止まっていたから、俺が追いつく形になった。

なんか言わなきゃな……。

「俺、絵、描いてるんだよね。村田さんの絵さ」

いきなり切り出して、

「でも、駄目だよ。うまく描けない」

いきなり愚痴った。

「なんで？」

と村田は聞いた。落ちついた感じの声だった。

「わかんない。むずかしい」

俺がつぶやくと、

「前も言ってたね」

と村田はぽつんと言った。なんだか悩んでいるような顔に見える。俺の絵のことで眉《まゆ》を寄せて悩んでくれてるように見える。信じらんねえけど、でも、村田なら、そういうこともアリかもしれない。憂鬱《ゆううつ》そうな顔のままで、村田がすたすた歩き始めたから、俺も半歩くらい遅れて続いた。

「で、俺さ、見ちゃうんだよね、村田さんのことさ」

後ろから、悪事を告白でもするかのように声をひそめて俺は言った。

「顔とか動作とかさ、知りたいじゃん、色々。——知ってた？」

半歩前を行く村田の頭がコクンと下がってうなずいた。村田は唐突に足を止めて、俺を振り向いた。ちょっととまどったような目。それから、急に何かを切り捨てたようにきっぱりした顔つきになった。

「もっと描いたら？　絵をたくさん」

と村田は言った。

「もっと」

言葉を選ぶように間を取って、

「本気で」

と強く言った。

ドキリとした。本間さんに怒られているような気がした。

――マジメにやれよ！

俺はそんなに不真面目《ふまじめ》なんだろうか。俺程度にタラタラ生きている奴はいっぱいいるはずじゃねえか。

「本気って、ヤじゃない？」

俺が聞くと、村田は理解できないという顔つきになった。

「こわくねえ？　自分の限界とか見ちまうの？」

それでも、まだ、俺は言っていた。

「俺、そんなの見ちまったら、二度と立ち直れない気ィするよ」

テッセイの部屋を埋めていた絵の大群が、力というものがどこにも入らないようなテッセイの酒焼けした不思議な顔が亡霊のように夕空に漂って見えた。

村田は非常に真面目な顔で俺を見ていた。何か言葉を探しているように見えて、それを俺はなぜだか聞きたくない気がして、またしゃべりはじめた。

「俺ね、ずっとサブやってるの」

独り言みたいに言葉が口からこぼれ出る。

「控えの選手さ。ポジション、キーパーなんだよ。あ、サッカー部ね……」

村田は前を向いたまま小さくうなずいた。

「三年にすげえうまい奴がいて、もうほんとは引退なんだけど、俺が頼りないからって、やめねえんだよ。で、俺、ずっと、そいつを見てるわけ。とにかく見てるの。見るしかないの。でも、今、本気で見てるんだ。初めて本気で見てる」

「好きなんだ？　サッカー」

少し意外という風に村田は聞いた。

「見えない？」

「楽しそうに見える。うらやましいくらい。でも……」

「でも」の言葉、そこで切ってしまった言葉の続きを俺は知ってるような気がした。知りたくなくて知るまいとしている言葉なんだ、ずっと、たぶん。

「いいな、木島クンは」

村田はボソリと言った。

「何がいいのサ」

俺もボソリと言った。

「やれることが、いっぱいある」

「やれてないってば」

「やってるじゃん」

村田はきつい調子で言った。

「私は何もしてない。限界が見えるようなこと、何もできない」

俺は黙っていた。

村田も口をつぐんだ。かなり長いこと黙っていてから、

「でも」

と言いだした。少し照れ臭そうに目を細くして、

「何が好きかだけは、わかってるんだ」

「何サ？」

「絵だよ」

村田は簡単に答え、俺は一瞬息を飲んだ。

「絵が好きなんだ。すっげえ好きなんだ。描けないけど。見るだけなんだけど」

村田の素直な声が、なぜか鋭くキリキリと胸に食い込むような気がした。

8

期末が終わり、夏休みに入る前に、また深山学院との練習試合があった。今度はウチの学校のグラウンドでやる。リベンジだあーっと古くせえ言葉で騒いでいるのは本間さんより進藤のほうで、テンションの高さだけはキャプテンに向いてるなあと俺はちょっとおかしかった。笑ってられたのは昼飯の時までだった。部室で着替えていると、もうユニフォーム姿になった本間さんが入ってきて、いきなり俺のところに来て言い渡したのだ。

「今日、おまえ、先発行け」

頭が白くなるって陳腐な言い方だと思ってたけど、他に言いようがない。ほんとにほんとに真っ白になっちまった。部室は一瞬静まり返った。あの凍りつくような無音の一瞬を俺は一生悪夢に見そうな気がする。ちょびっとも信頼されてない——と思った。そんなの、わかりきったことだけど、身体《からだ》中の細胞がうめき声をあげるほどリアルに実感した。別にそんなに大事な試合ってわけじゃないけどさ。でも、せっかく盛り上がってるのに。

「よっしゃ！」

進藤が自分に気合を入れるように叫んだ。

「木島のデビュー戦、絶対勝とうぜ！」

部屋にいた全員がオーッと声を張り上げてくれたけど、本間さんだけは醒《さ》めた目で、

「いつものように、やりゃーいいんだよ」

と投げやりなくらいの調子で言った。

「できることをやればいいんだ。できないことをやろうとするな」

「はいっ」

俺はうなずいた。それは、わかってる。ずっと、そのことばっかり考えていたから。

鼓動が倍速した。今から。もう息切れしてるみたいに苦しくなった。

いつものグラウンドだ。毎日毎日イヤってほど見てる学校の土のグラウンドだ。いつものゴールだ。毎日毎日練習で入っているゴールだ。いつものチームメイトだ。毎日毎日うんざりするくらい一緒にいる仲間だ。

ぜんぜん、そんなふうに思えなかった。どんなにクールになろうとしても無理だっ

た。俺は、俺が主演のドラマの舞台でギンギンのスポットライトを浴びて、未経験のハイテンションの頂点にいた。たかが練習試合。ケチな大会の予選ですらない、部員のGFくらいしか見るヤツのいない対校試合。それでも、俺のドラマの舞台だった。おそらくは悲劇、いや、ろくでもない喜劇か……。

落ちつけよ！

落ちつけなかった。

汗をダラダラかいていた。冷たい汗だった。梅雨明けの晴天で、グラウンドは煮えるように暑かった。GKの長袖《ながそで》のユニの中で、俺はカッカとして冷たい汗を流していた。目がくらみそうだ。マズイぜ。俺は本間さんを探した。ウチのチームの奴《やつ》らは切羽詰まるとみんな本間さんを探すんだ。

元キャプテンの正GKはベンチのまんなかへんにどっかり腰を下ろして、深山学院のスタメンが軽くボールまわしをするのをじっと見ていた。鋭く冷たい視線だった。俺のことなどまるで意識にないようだった。

なんで、こんなにアガるのか、突然理解できた。本間さんのせいだ。本間さんがいるのに俺がゴールマウスを守るという矛盾のせいだ。俺しかいないなら、いい。俺と三宅だけなら、いい。でも、本間さんはいるんだ。怪我《けが》もしてなくてピンピンしているんだ。なのに、俺がここにいるんだ。

進藤が俺に何かを言っていた。ディフェンスの連係の確認だ。言葉は聞こえているけど、意味が頭に入ってこない。それでも、俺は無責任にうんうんとうなずいていて、いつも本間さんがやるように気合を入れる掛け声を一発出そうとして、まるで声が出ないことに気づいた。

キック・オフの笛が鳴り、森川がセンター・サークルからボールを蹴《け》る。夢を見ているようだった。グラウンドで起きていることがすべて夢で、俺の身体や意志とは無関係に進んでいくのだ。ボールを預けられた田代がドリブルで中に切れ込もうとするのを俺はぼんやり見ていた。自分がぼんやりしているのがよくわかった。ずっと、あっちにいてくれと思った。俺のほうに来るなと思った。

来た！　田代がいつ、どうやってボールを取られたかわからなかった。あっというまに左サイドを突破されて、シュート・エリアで張っている向こうのFWの大原にクサビのボールが入る。打つか？　少し遠い。パスで右に開いた。フリーだ！　シュートだかクロスだかわからない長いボールが俺の頭を越えていった。ひでえミス・キックだ。助かったぜ。俺は身体が固まっちまって、ぜんぜん動けなかった。ド真中にシュートを打たれても、たぶん反応できなかった。

あ、いかん。ゴール・キックだ。六秒以内に蹴らないと反則になる。田代を狙《ねら》ってロング・フィード。やべえ。当たり損なってグラウンダーのボールがボコボコと相手の司令塔の河田の前に転がっていく。進藤が罵《ののし》り声をあげるのが聞こえる。速攻が来る！　FWにパスが通る！　ふりむいたっ。シュート！　進藤がヘディングでクリア。ありがてえ。動けねえ。身体が動かない……。石になったみたいだ。

「木島っ、セットだ！」

進藤に怒鳴られて、俺はあわてて相手のコーナー・キックに身構えた。ゴールの中で石になっている場合じゃねえ。キッカーのボールはゆるいカーブを描いてファーポストへ。誰かがクリアした。俺はぼんやりして石のように固まっていた。

「木島っ、声出せっ。コーチングしろよ」

進藤が言っている。セット・プレーの守備はGKが指示を出さなければいけない。でも、俺は声なんか出ない。逃げ出したいと思った。情けないが、本当に動けないし、声も出ないのだ。ゴールに石を置いておいても意味がない。俺はここにいちゃいけねえ。チームに迷惑がかかる。

スローイングから、ゴール前の競《せ》り合いになって、相手チームの選手の頭に当たったボールがふわんと上がり、俺はぎくしゃくしながら、取りにいった。ゆるいボールだった。変な回転がかかっていた。ボールは俺の手の中でねじれて、はじけて、飛び出した。目の前に転がったところを相手FWの大原がゴール右隅にらくらくと蹴り込んだ。大原のガッツポーズ、深山の選手たちが大喜びで彼に次々と抱きついてくる光景は、テレビの中の出来事のようだった。信じらんねえ。俺のミスだ。俺の失点だ。絶対にやってはならないと思っていた凡ミスだ。

　進藤が俺の頭を乱暴にハタいた。

「気にすんなよ。これで目が覚めるさ」

　進藤はニヤリと笑った。

「声出せよ。ボールはとりあえず俺に渡しとけ」

「ああ」

　砂漠の中で遭難しかかっているかのようにカラカラの声が出た。逃げ出したかった。俺にはできない。ここは俺のいる場所じゃない。ゴール・キックを言われたように進藤にパスすると、ベンチの本間さんを思わず見た。

　本間さんは俺を見ていた。身がすくんだ。神様に裁かれているような気がした。何かが俺の中でバリバリと音をたてて壊れた。十六年間積み上げてきた俺の安っぽい自信や体裁や存在価値みたいなものがバリバリと砕けた。どうしようもなかった。明日から、いや試合が終わってから、どうやって生きていったらいいかわからないと思った。

俺はみっともないのは嫌いだった。とびきりカッコよくなくてもいいが、カッコ悪くなるのはいやだった。マジになるのは恐《こわ》かった。マジになると結果が出る。自分の限界が見えちまう。マジで勝負をしなければ、なくすものもない。負けてみすぼらしくなることもない。すべて曖昧《あいまい》なままにしておけば、誰に何を言われてもヘラヘラ笑っていられる。

本間さんに怒鳴られても平気だった。マジでない奴は、マジな奴の言葉が聞こえないんだ。今の俺は否応《いやおう》なくマジにさせられて、見たくもない醜い自分を見せられて、ガマのように脂汗《あぶらあせ》を流している。醜悪だ。

頭に血がのぼった。それから、ハーフ・タイムまで、何をどうしていたのか、まるで記憶がない。とにかく、三点取られていた。よく三点で済んだものだと思う。ベンチで給水しながら、終わった――と思った。恥をかいただけで終わった。後半は本間さんが出るだろう。容赦ない七月の日差しに照らされて、サブの選手がパス練習をしているグラウンドはやけに白く見えた。本間さんがアップをしている。何もかもが、まぶしい。白く、まぶしく、現実とは思えない。胸がひどくムカついた。

後半、監督から、交替の指示はなかった。

円陣が解けてベンチから出ていく時、本間さんは一言だけ俺に言った。

「いったい何を恐がってんだ？」

いったい何を恐がってんだ？　その言葉が何度も俺の頭の中を駆けめぐった。恐い？　恐いさ。何もかもが。特に、ヘマでヘボなこの俺自身が恐くてたまらねえんだよ。

あと四十分……。あと四十分、俺はあそこにいなけりゃいけないんだろうか？

田代が近づいてきた。何か迷うような顔をしながら、俺のユニの袖を引いて、目線でグラウンドの外を示した。田代の目線を追うと、見慣れたシルエットがあった。ウチの制服。女の子。村田だった。

「いつから、いるの？」

ひび割れたような声で俺は尋ねた。さあ、と田代は首をひねった。さっき気がついたんだよと言う。この無様《ぶざま》な姿を見られていたかと思うと、また頭にカーッと血がのぼった。なんだって、村田がこんなところにいるんだ？　サッカーの試合を見にくるような女の子じゃないじゃないか。グラウンドに穴を掘って隠れてしまいたくなった。

あいつにだけは見られたくないと思った。

この世から消滅しちまいたいと思ってるくせに、俺の目は村田を見る習慣が完璧《かんぺき》にできあがっていて、あいつがいればあいつを見ずにはいられない……。目なんか合わせたくない。俺が気づいたことを知られたくない。でも、俺の視線は感情を無視する。村田は、こんな時、どんな顔して見ているんだ？　サッカーの試合を、俺を、俺の情けない姿を見て、どんな顔をしている？　知りたい――これも感情だ、もっと強い感情なのだ。

村田は、いつもの顔をしていた。だいたい表情のバリエーションの乏しいヤツだった。物に動じない感じの仏頂面《ぶっちょうづら》に、どこか喧嘩腰《けんかごし》な厳しい顔に、喜怒哀楽がかすかに差し引きする。それが、すごく繊細な印象を与える。

相変わらずブスッとしていて、何か強烈なオーラを放っていた。というか、俺がオーラを感じ取った。感電するように受け取った。

村田は、まっすぐだ。ごまかさない。取り繕わない。そのまんまの自分でまっすぐぶつかっていく。どんな結果でも敢然と受け入れる。――たぶん。恥も失敗も能力のなさも。「いいな、木島クンは。やれることがいっぱいある」「私は何もしてない。でも、何が好きかだけは、わかってるんだ」村田の声が耳によみがえった。細かい震えが全身を走るのを感じた。

笛が鳴り、後半がスタートした。俺は額の汗をぬぐった。サイドが変わって、ゴールは正面から日差しを受ける。グラウンドも、フィールド・プレーヤーたちも、ギラギラと燃えているようだ。深山の白いユニは光の固まりだ。でも、俺は奴らの動きが見える。見える。見えるぞ！

俊足のサイドバックの小宮が左のタッチライン際《ぎわ》を一気にドリブルで攻め上がってくる。吉田がディフェンスに行く。スライディング・タックルをかわされる。そのまま持ち込んでシュートか、パスかセンタリングか。敵のFWは大原がファーサイドにいる。ゴール前の佐伯《さえき》には進藤がついている。

センタリング——と俺は読んだ。サイドバックの小宮の足が大きく振り抜かれ、俺の身体《からだ》は勝手に動いた。前に！　前に飛び出した。取れる。取れるはずだ。甘いボールだ。届かない！　まずい。またミスか？　またイージーミスか？　天に届けとばかりに突き上げた拳《こぶし》に手応《てごた》えがあった。パンチング！　どこだ？　ボールは？　どこ行った？　敵だ！　チクショウ、クリア小さかった。来るっ。シュート！

それは芯《しん》をはずしたゆるいシュートで、まるでパスのように俺の真正面に飛んできた。キャッチして抱き締めた。取ったぞ。取ったぞ。

「きじまーっ」

進藤がわめいている。ボールは俺の卵でも赤ん坊でもなかった。抱き抱えている場合じゃなかった。敵FWの佐伯が進藤をマークしたので、俺は思い切って、ボールを蹴った。いい感触だった。田代がトラップ・ミスしてタッチを割っちまったが、いいとこに飛んだ。

大きく息を吐き出した。全身がしびれるような快感を感じた。

パンチング。キャッチング。フィード。

プレーができたじゃん。俺にもできた。できたじゃん。

別にナイス・プレーなんて一つもなくて、そのあとも二点入れられて、うち一点はセーブできるボールだったし、俺はまったくさんざんだった。チームは3対5で負けた。

でも、とにかく、俺は試合に出たよ。

後半はプレーのようなことをしたよ。

前半は言い訳のしようもねえよ。

進藤に肩なんか抱かれてよたよたとベンチに戻っていくと、真っ先に本間さんと目が合った。

「反省点は？」

いきなり聞かれた。

「できる……ことを、もう少し、できるように……」

しどろもどろに答えると、本間さんは、ちっ、しょうもねえって感じで眉根《まゆね》にしわを寄せた。侮蔑《ぶべつ》的な取りつくシマもないようなおっかねえ顔。いつもイヤでイヤでたまんねえ顔。はっきり言って牛みたいな面《つら》のブ男。だけど、俺、美しいって思ったよ。

八十分、フルに出してもらったんだ。キーパーは怪我でもしないかぎり、めったに途中交替はしない。たとえ、それがサブ・キーパーであったとしても。本間さんは、俺にこの試合を預けてくれた。その重みを改めてぐっと感じて、黙って深く頭を下げた。

9

グラウンドから出る時に、村田を探したけど、もう姿が見えなかった。あいつが見ていたことが、なんだか嘘《うそ》のように思えてきた。でも、いたんだ。確かに。あいつの顔を見て、俺の中で何かが変わったんだ。『ハーフ・タイム』には付き合わなかった。似鳥ちゃんにデビュー報告をしようぜと言って進藤はぶうぶう怒っていたけど、俺はとにかく一刻も早く帰りたかった。一人になりたかった。やりたいことがあった。

窓は開いていたけど、家の中はおそろしく蒸し暑かった。茶の間と台所には誰もいなかった。額や背中や脇《わき》や全身いたるところから汗が流れ落ちていた。学校でシャワーは浴びてきたけど、意味ねえじゃん。

二階の部屋で、スポーツバッグを投げだし、汗まみれの制服のまま、押し入れの段ボール箱をひっかきまわして、大きなスケッチブックを取り出した。前にデッサンの練習をしていたもので、ここへ引っ越してきてから触っていなかった。三分の一くらい白いページが残っていた。俺は机の上の邪魔な物を全部床におろすと、真っ白な大きな紙の前で一度深呼吸した。快い戦慄《せんりつ》が走った。

何から描こうか……？

村田の顔。

本間さんの顔。

進藤の顔。

色々浮かんできた。

どれでもいい。どれも描きたい。

夢中になって鉛筆を走らせていると、紙の上には今日の午後のグラウンドが再現されていった。センタリングに夢中で飛びついていった俺の後ろ姿、カバーに入る進藤、進藤と競《せ》り合っている敵FWの佐伯。ページを替えて、グラウンドのフェンスの外で見ている村田の立ち姿。またページを替えて、ベンチで仁王様のようにおっかねえ顔ででんと座っている本間さんと、その隣で心配そうにきょろきょろしている監督。

最初の失点のシーンも描いた。敵FW大原の喜びの踊り、ゴールの隅に入ったボール、背中を丸めて茫然《ぼうぜん》自失している俺、力づけにくる進藤。

いくらでも描けた。いくら描いてもまだまだ足りなかった。いつのまにか、長い夏の日が暮れていて、部屋は薄暗く、スケッチブックがよく見えなくなった。電気をつけようとして立ち上がり、振り向いた。

おじいちゃんは、いつから、そこに立っていたんだろうか。開けっぱなしの入口のところで、黒い影みたいにぬーっと突っ立って、こちらを見ていた。驚いた……けど、悲鳴をあげたりはしなかった。

俺は部屋の明かりをつけた。おじいちゃんはまぶしそうに瞬《まばた》きをした。

「玲美は？」

とおじいちゃんは聞いた。

「知らねえ」

と俺は答えた。

おじいちゃんは、テッセイのことをどのくらい知ってるんだろうって、ふと思った。玲美はそんな話をおじいちゃんにもするのかな。二人で俺の絵の話なんかもするのかな。

おじいちゃんは、ゆっくりと体の向きを変えた。二階へ上がってくるのは、大変な苦労のはずだった。胸がチクリと痛んだ。

「おじいちゃん」

俺は呼んだ。

おじいちゃんは目だけをこちらに向けた。

次の言葉はなかなか口から出てこなかった。

「俺の、俺の——絵、見る？」

おじいちゃんは返事をしなかった。俺は顔が熱くなるのを感じた。なんか馬鹿《ばか》みてえだ。

「今日、試合で……」

俺はぼそぼそと言った。

「俺、初めて、試合に出て」

「ぜんぜん駄目で……」

「でも、絵が描きたくなった」

「見ていいのか？」

とおじいちゃんは聞いた。どっしりした感じの声だなと思った。嬉《うれ》しくても悲しくても、簡単に声からはわからないだろう。

「うん」

と俺は答えた。

おじいちゃんは、俺の絵を見た。今日の試合の色んなシーンのスケッチ、そして、もっと前に描いた静物のデッサンも見た。感想は何も言わなかった。でも、長い間、見ていた。何度も見ていた。

また新しい絵を描いたら、おじいちゃんは、きっと見てくれるだろう。無言で、何度もじっと見てくれるだろうと思った。

彼のモチーフ

1

どんなに暑くても、通《とおる》ちゃんはアイスコーヒーが嫌いなので、ほかほかのをカップに入れて持っていく。湯気も香りも、あっついよ。家中の窓は開けてあるけど、風というより磯《いそ》くさいぬるい空気がふわりと動くだけ。

ティーンズ向け女性誌『あぷりこっと』の仕事で来てる編集の谷口さんは、ベージュのコットンシャツが黒く見えるほど汗をびっしょりかいてる。暑いのと困ってるのとたぶん両方。ゆるいTシャツ、短パン、はだしの通ちゃんは熱いコーヒーを平気でごくごく飲んで、汗はかかずに恐《こわ》い目をして谷口さんをじっと見据えていた。

「だからね、木幡《こばた》さん怒るのはわかるんだけど、もうちょいだけ直してよ。もうちょい明るい感じ。頼むよ」

谷口さん、声まで汗かいてる感じ。色の直しなんてよくあることなのに、電話で済まさずに彼がわざわざやってきて〝お願い〟してるのは、この表紙の仕事では最初からモメてばっかで、通ちゃんがいいかげんキレかかってるせいなんだろうな。

「もう二回直してるんだよ。もうちょい、もうちょいって、言うほうは簡単だけどさ。最初っから、こうじゃないと載せられませんってのがあるなら言ってよ」

通ちゃんの怒りを押し殺した声。こわァ。

「スイマセン。俺、田端さんと決死で戦ってるんだよ。最初の色が一番いいってのは俺はわかってるんだよ」

谷口さんは通ちゃんとは古い付き合いだ。大手出版社をやめて、今はフリーの編集者やADとして働いている。『あぷりこっと』には、創刊号の企画段階からスタッフとして参加してて、編集プロダクション社長の田端氏と毎回壮絶なバトルを繰り広げているらしい。

田端氏としては、通ちゃんのいつもの絵が欲しかったんだよね。細っこいクール・ビューティーな少女のキャラが。でも、通ちゃんはこれまで全然描いたことがないようなニュー路線を披露してしまった。美人というより独特のキュートな魅力のある女の子のリアルな顔。そう、キャラというよりモロ本物の人間の顔なんだ。

私は好き！〝あのコ〟って呼んでいて、とっても大好き。笑顔が最高なんだよ。

初めて見た時から、ただの絵って思えなくて、前世からの親友みたいな気持ちがしたよ。読者の女の子たちには人気だよね。でも、田端氏はどこか納得がいかないみたいで、よくイチャモンをつけてくる。

「最近、負け戦が多いじゃないの」

通ちゃんの目の中にからかうような色が浮かんだ。その色を見つけて、谷口さんはほっとした表情になる。

「全部に負けたわけじゃないよ。でも全部は勝てなかったんだよ。そのへん、わかってよ」

谷口さんはコーヒーには手をつけずに煙草《たばこ》を取り出した。白い煙。ヤニくせえ。私は二人に背中を向けて台所に戻る。途中で通ちゃんの声がした。

「カノジョを描くのはいいんでしょ?」

「もちろん。カノジョは最高さ」

谷口さんの声。得意そうな声。自分の手柄みたいに。

「モデルを知りたいって声がすごいよ。読者からも。ほかからもさ。ADの政岡《まさおか》さん、青山出版の白井さん、あと写真家の森和美《かずよし》先生がぜひとも紹介してくれってさ。この前、頭を下げて頼まれたよ」

え？　うそ？　それって、〝あのコ〟は本当に存在するモデルさんだってこと？

私は台所との仕切りになっているカウンターの上にお盆を置き、そこから身を乗り出して離れたリビングでのやりとりを見つめた。

通ちゃんは返事をしない。なんで？　内緒なの？

「色だけどさ」

通ちゃんはスポーツカーのハンドルを切るみたいにぐいと話題を戻した。

「田端さんはなんて言ったの？　正確にさ」

「うーん……」

谷口さんは言いたくなさそうだった。でも、通ちゃんとは長い付き合いだから、こういう時は〝正確〟に言わなければいけないことはわかってるんだ。

「もっとパリッとした色で……とか、表紙がこんなにねぼけてちゃ売れない……とか」

谷口さんは煙草のけむりと一緒に不愉快な言葉を吐き出した。通ちゃんはニヤリとした。

「黄色と紫の蛍光カラーに替えるかね？」

「おいおいっ」

「明日中でいいんだね？」

「ありがてえ！」

谷口さんは神様を拝むみたいに手を合わせた。つまんねえの。もっとゴネてやればいいのに。通ちゃんは仕事のことではわりと物分かりがいいんだ。イラストはコマーシャル・アート、お芸術にあらず、注文されて描くもので消費されて初めて意味があるという信条の人だから、どこかでスパッと潔《いさぎよ》く線を引いてクリエーターとしてのこだわりを飲み込んでしまう。ずっと、こうして目の前で見てるけど、なんか信じらんない気ィする。もう、ふだんは、自分勝手が服を着て歩いてるような人間だからさ、通ちゃんは。

谷口さんはウホウホと喜んで帰ってしまい、私はコーヒーカップを片付けにいった。通ちゃんはボツにされた表紙のイラストの原画を手にとってじっと眺めていた。やわらかい目つきだった。愛《いと》しいという目だ。あんな目で自分の絵を見たことあったっけ？

そんなに好き？　その絵。それとも、〝あのコ〟が好きなの？　なんで我慢できるの？　絶対に通ちゃんより絵のことをわかってないヤツらの言いなりになって。

「ヤじゃないの？　直すの」

私は思わずわかりきったことを聞いてしまった。

「ヤに決まってるでしょうが」

通ちゃんはうんざりしたように答えた。

「やーめたって言わないんだね？　仕事だから」

「ああ、モチーフ替えろって言われたら、言ったかも」

通ちゃんは大事なはずの絵をソファーにぽいと投げ出して立ち上がって大きく伸びをした。それから、階段の手前で寝そべっていた猫の弁慶のおなかを足でつついて、ふらふらと二階へのぼっていった。

そうか、通ちゃんは、〝あのコ〟を描くのが大事なんだね。モデルじゃなくてモチーフと表現した言葉が、なぜか妙に耳に残って胸が騒いだ。モチーフ——絵の主題、素材、描きたいもの。

一つの視線を思い出した。木島の視線。一学期が終わるまで毎日ずっと私を見ていた、ストーカーのようにしつこく鋭い視線。私を絵に描きたいと言い、描くために見ていた木島の目。あの目を思い出すと落ちつかなくなる。夏休みに入っても、何かにつけ、ふっと思い出す。

モチーフ——。

木島がなんで私を描きたがるのか、あんまりよくわかってない。最初は美術の授業でたまたま描き、うまく描けないからって、しつこくこだわるようになった。私の顔ってそんなに描きにくいのかって不思議になって通ちゃんに聞いてみたよ。通ちゃんも私を漫画に描く。ミンの顔？　けっこう特徴あるし、似せるだけなら、そんなにむずかしくないんじゃないの——が通ちゃんの答え。私もそう思うな。校内でも有名な〝似顔絵王〟の木島が手こずるような顔じゃないよ。

とにかく、あれだけずっと見られていると、石ころやりんごじゃないから何も感じないわけにはいかないよ。いっぱい噂《うわさ》にもなった。恋の噂。木島は面倒臭いのか特に否定もしないで、相変わらず私を鋭くしつこく見続けていた。私は一人で首を横に振り続けた。チガウ、チガウ。ほら、愛のある目じゃないだろう？

通ちゃんが投げ出した原画を拾い上げる。描いてるところを見てた絵だった。ケント紙にアクリル・ガッシュ、マットな色感、筆の跡を残す油絵風のタッチ、パステルのアクセント。また笑顔。〝あのコ〟はいつも笑ってる。この絵では、何か楽しいことをこっそり思い描いているみたいなイタズラっぽいかすかな笑みだ。赤紫に色づきかけた木にもたれている。ハナミズキみたいな木。幹に片足の裏をつけ膝《ひざ》を折り、少しだけ空のほうを向いている。誰かを待ってるみたい。半分だけ覚えたラブソングの歌詞を思い出してるみたい。パール・ホワイトの半袖《はんそで》ニットにブルージーンズ、白っぽいスニーカー。

　私は絵を抱き締めたくなる。

〝あのコ〟はたぶん派手な色の服は着ない。秋になってもブーツははかない。やわらかそうな髪はいつも少しだけぼさぼさで、風が吹いてくるのを待ってるみたい。〝あのコ〟の立っている木のそばを通る人はきっとみんな彼女に笑いかけていくだろう。

　通ちゃんは、この絵のどこを直すんだ？　新しい絵もきっと私は好きになるだろうけど、でも、捨てられてしまったこの絵がとても悲しい。冬にやる予定の個展で、通ちゃんはこの絵を使う気があるかな？　私が使っている二階の部屋に持ってあがった。どのみち、原画の保管は私の仕事だった。別に頼まれたわけじゃないけど、通ちゃんはとにかく、その手の実務がええかげんで、あまりにもったいないから、見るに見かねて私がやるようになったんだ。いつも通ちゃんの個展をやってくれるギャラリーのオーナーの渡辺さんに色々教わった。原画をきちんと保管しておかないと個展の時に困るんで、渡辺さんは私を神様か天使のようにありがたがってる。だいたい、通ちゃんは個展が大嫌いなんだ。仕事が終わると描いた絵のことはどうでもよくなるみたいだし、何かに使われるんじゃない無目的の絵は描きたがらないし、自分の絵がまとめてたくさん飾られているのを見ると恐怖にかられるって。

通ちゃんがアトリエに使ってる部屋は、元々のオーナーの所有する本のほかに、通ちゃんの仕事の資料やいつか資料になるかもしれない趣味の本やビデオ——アート、写真、建築、音楽、映画ｅｔｃ、とにかく棚はあふれんばかりだ。通ちゃんは掲載誌なんかも放っておくとさっさと捨ててしまう。だから、私がファイルを作っている。でも、通ちゃんがそのファイルを見ることはまずない。私はとても大事なことをしてるつもりでいるけど、それは私にとって、もしくは通ちゃんのファンにとって大事なことであって、たぶん本人はどうでもいいんだよ。通ちゃんは時間の流れに逆らわない。流れていってしまったものを振り向かない。そのくせ、色んなことをとてもよく覚えていて、新しい仕事の中でひょっこり顔をのぞかせたりする。不思議だよ。通ちゃんと一緒にいると、時々、過去と未来が同じものになったり、ひっくりかえったりするから、とまどうんだ。でも、それってめっぽう自由な気分だ。無重力空間みたいに。タイムマシンみたいに。ＳＦっぽい気分。あこがれるよ。そんなふうに生きてみたいな。

2

「また失踪《しっそう》したって？」

吉祥寺《きちじょうじ》のギャラリー『ほら貝』で、オーナーの渡辺さんは呆《あき》れたように声を張り上げた。渡辺さんは、通ちゃんの美大の先輩で数少ない親友の一人。

「わかんない。まだ三日目だし」

私は答える。通ちゃんが連絡なしで帰ってこなくなるのは時々あることで、短い時は数日、長い時は半月もいなくなる。半月いなくなる時は前から気配でわかる。血相変えて仕事をバッタバッタ片付けてるから。目先のスケジュールをとりあえず片付けてからトンズラするんだよね。たぶん、今回は半月コースじゃないと思う。去年の夏は一週間コースだった。三日くらいしてから珍しく電話が入った。友達と飲んでて急に話がまとまって野尻湖《のじりこ》の別荘に連れていかれたって。今度も、似たようなことなのかな。

去年は電話もらったあと、しょうがなくて家に帰ったよ。いつ帰るかわかんないって言われて。一人でいるの親にバレたらうるさいからね。高校に入った頃から、私が通ちゃんチに入りびたるのを親は諦《あきら》めて文句を言わなくなったんだけど、また方針変更されると困るじゃん。また今年も帰らないといけないかな。イヤだなあ。夏休みに家にいると、もう死にたくなる。親も姉貴もやーな顔するしさあ。わかるけど。私、家に居場所のない中年親父《おやじ》の気持ちがわかる。いると、なんとなく、とってもうっとうしいと思われてるヤツの気持ちがわかる。私は別に誰の邪魔もしないけど、お母さんと二人で食べる昼飯の窮屈な感じとか、お母さんとお姉ちゃんが一緒にアイス食べてたりするところにうっかり水飲みにいったりした時の気まずい感じとか、私がお風《ふ》呂《ろ》からあがるのを待ってる時のお父さんのイライラした感じとか。なるべく自分の部屋から出ないようにしてるけど、なるべく外に出かけるようにしてるけど、たまんねえな。

「あいつは、みのりちゃんに甘えてるよなあ」

渡辺さんがしみじみと言う。困ったような、怒ったような声。意味、わかんね。

「叔父さんてのは、なんか中途半端《はんぱ》だな」

それなら、わかる。わかるけど、通ちゃんがお父さんだったらとか想像できないし、赤の他人だったら、こんなふうにそばにいらんないって思うから、叔父さんでよかったよ。

「さみしい？」

渡辺さんが、いきなり山羊《やぎ》みたいな顔をぬっと近づけて聞くから、ビックリして飛び退《の》いたら大笑いされた。

さみしいよ。すげえ、すげえさみしいよ。通ちゃん、去年も失踪したし、今年もしてるかもしれないし、私がずっと一緒にいるのが窮屈なのかもしれないって考えちまう。それが、死ぬほどさみしい。親と姉貴にイヤがられても平気だけど、通ちゃんにイヤがられたら、もう死ぬしかない。

でも、私は怪しいガキみたいにニイッて笑って、首を横に振るのだ。

「別にィ」

言えないことってある。言ったらいけないこと。さみしいとか、死ぬとか言ったらいけない。でも、聞いてくれてありがとう。きっと、渡辺さんにそういうこと聞いてほしくて、ここに来たんだ。わかってくれる人、ほかにいないから。

「もう一回見てくる」

お客のいないギャラリーを見渡して言った。

「ごゆっくり」

渡辺さんはニコニコする。

『ナカノ真野《まや》』というイラストレーターは新人だ。ザ・チョイスに入賞して『イラストレーション』で見た覚えがあるな。水墨画風のモノクロのイラスト。極太の筆で一気に大胆にシンプルな線を引いてある。人物、動物、果物、風景。こういう誰もが描けそうでいて、ちょっとやそっとじゃ描けない絵って面白いな。

神様はどういう人を選んで絵の才能を授けるんだろうね。世の中には二種類の人間がいるのだ。絵の描ける人と描けない人。

女の子やおばさんやおじいさん――モノクロの人物画を見ていると、何となく木島を思い出した。木島は描ける人だ。でも、自分でどこまでそれをわかってるか疑問だ。今、たぶん、彼は絵を描いたりしてない。たぶん、ボールを蹴《け》ってる。走ってる。サッカー部の仲間と汗をかいて笑ってる。

ある一つの眺めがふいに頭に浮かんだ。ちょっと歪《ゆが》んだ感じの色んな人の顔の鉛筆スケッチが額装されて、このギャラリーの白い壁にぽつんぽつんと飾られているんだ。木島の似顔絵だ。私はその幻影を自分で消した。ジョーダン、そんな絵はここに飾られないって。でも、頭の中の未来のギャラリーの白い壁にはやはり額がかかっていて、中身は空白のまま、壁よりもっと白く、身がすくむほど白く、キラキラしている。なんてキレイな光なんだ。あのキラキラの中に何かがある。見えないけれどまちがいなく何かがある。やっぱり木島の絵のような気がする。私の知らない絵。未来の絵。

ああ、絵を描ける人の未来が白く輝いているよ。

絵を描けない人の未来はどこ?

その時、私はどこにいるのかなあ?

受付のところに戻ってきて、渡辺さんに聞いた。

「ギャラリーのオーナーになるのって、すごく大変?」

渡辺さんは面白そうに目を光らせて、何かとびきりの冗談でも言いそうだったけど、

「絵を見る目と人脈と運だよ」

とまともな答えが返ってきた。

「もちろん資金がいる。始めるのは大変だけど、続けていくのはもっと大変だ」

私はうなずいた。渡辺さんは大手の広告会社でデザイナーをやっていて、それから独立して自分の会社を作って、このギャラリーは六年ぐらい前に始めた。ここでアート・スクールもやっていて、ナカノ真野はスクールの出身だ。

絵が描けなくても、絵に関わっていく仕事は何かできるかもしれない。初めてそんなふうに思う。なぜか今まで考えたことがなかった。好きなものは私の心の中だけの

ものでゝ外に持ち出すことなんて考えたくなかったんだ。でも、もし、ギャラリーの壁の額の中に見えないキラキラした未来の絵があるのなら、私はそれを追いかけていきたいよ。

「描くのも才能だけど、いい絵をわかるのも才能だよ」

渡辺さんは真面目《まじめ》な顔で私に言った。

「いい絵を生かしてあげるという仕事もある」

「どうやって？」

「それは、色々ある。デザイナー、アート・ディレクター、広告代理店や出版社で働く人、イベント・プランナー」

私は溜《た》め息《いき》をついた。言葉に負けそうだ。

「目とハートと情熱さ」

渡辺さんは細長い顔を崩してにっこりした。

「全部持ってるじゃないの。みのりちゃん」

ほんとに？　ほんとに？

私にも輝く未来があるかもしれない？

3

その電話に出られたのは家に帰っていたからで、通ちゃんの失踪にもちょっとはいいところがあった。早口でかすれたような声でモシモシのシがほとんど聞こえない。初めの男の声——男の子の声。雷にでも打たれたように身体《からだ》がしびれる感じがした。初めの一声で誰だかわかったんだと思う。私は受話器をぎゅっと握り締めていた。

「あの、木島といいます。村田さん……みのりさん」

「私、です」

なんで木島が私に電話なんかしてきたんだろうって疑問はあとからゆっくりやってきた。意外……なはずなのに、なんだか、私はずっと待っていたような気がしたんだ。木島のことを。

「いきなり電話してゴメン。俺、ずっと部活でさ、もう毎日さ」

木島は私とわかって、いくぶん安心したようにゆるんだ声に変わった。

「いきなりで悪いんだけど、村田さん、明日、暇ない？　俺さ、村田さんの絵、見て描きたいんだけど、そういう暇ない？」

「あるよ」

無愛想な声になった。木島に絵を描きたいと言われて、すっごく意外で嬉《うれ》しくて気持ちが跳ね上がるのを思わず押さえたら男みたいな声が出た。

木島ンチに行く約束をする。待ち合わせ場所や時間を相談して決める。木島はこんなことは慣れてるのか落ちついている。私は小学校以来、男の子の家には行ったことがない。どんな感じなのか想像もつかない。

木島とはほんとに変な関係だ。ほとんどしゃべったことがない。だけど、彼のことをよく知っているような気がしてる。明日、家に行けば、しゃべったりもするんだろうな。でも、何より、肝心なのは、彼の絵がちゃんと見られるってこと。木島は私をたくさん絵に描いている――らしい。見たことがないんだ、美術の授業で描いたデッサン一枚しか。見たくてたまらなかったけど、そんなの言いに行けなかったよ。明日は見られる！

バスが森戸神社の停留所に止まった。海側の座席に座っていたから、木島がもう来ているかどうかは見えなかった。冷房のきいた車内から息もできないほどの熱気の中に降り立つと、すぐに「村田さん」と声をかけられた。アクアブルーに白い英字のロゴの入った着古した感じのTシャツにジーンズ、裸足《はだし》に黒いスポーツサンダル。顔も腕もよく日焼けしている。退屈そうないつもの無表情。でも、目が少し困ってるかも。

「こんにちは」

って挨拶《あいさつ》すると、木島は居心地悪そうにニヤッとしてみせて「ンチワ」と口の中でつぶやいた。

「すぐ、そこだから、ウチ」

背中を向けて歩き出す。大股《おおまた》でゆっくりと歩く。私がついてきてるかどうか時々確かめるように振り返る。

山側に坂をのぼって、しばらく行ったところに、壊れかけたクリーニング屋さんの看板があって、その脇《わき》の路地を入り、勝手口のドアを開けた。狭い三和土《たたき》に靴を脱いだ。黒っぽいごつごつした板張りの台所に続いて茶の間がある。古い家のにおいがした。何十年も人が暮らしている日々の積み重ねのようなひっそりした重いにおいだ。部屋の窓はどこも開いているのに風が通らず、湿っぽくムッとして暑かった。台所も茶の間も適当にちらかっているのが、なんだか安心できた。お客を迎えるためにやたらときちんと片づいた家って好きじゃない。

「ボロ家だけど」

茶の間をよこぎって廊下に出たところで、木島は振り返って、ちょっと恥ずかしそうにぼそっと言った。

「おじいちゃんチなんだ」

「うん」

「おじいちゃん、脳卒中で倒れてさ、一緒に住むことになったんだけど、頑固ジジイでさ、冷房とかキライなわけ。やっと二階に一個つけてもらったんだよ」

暗い廊下から狭い急傾斜の階段をのぼってその二階へ行くらしい。けっこう緊張する。病気のおじいちゃんは、どこにいるんだろう？　ふたりっきりかな。妹いるって言ったっけ？

軽い足音が上からタタタと響いて、階段のてっぺんに、明るい茶髪のロングヘアーを腰まで伸ばしたほっそりした女の子が現れた。オフショルダーの白いTシャツにショートパンツ。キレイなコだ。

「いらっしゃい！」

木島の無愛想とは正反対にパッと輝くような笑顔で挨拶してくれた。

「妹。玲美《れみ》」

と木島が紹介してくれた。

「同じクラスの村田さん」

「わ、本物だ！」

妹は嬉しそうに叫んだ。

「いつもお兄ちゃんが絵に描いてるの見てるから。すごい、ちゃんと生きてる人だね！」

変な感心のされ方。おかしいの。

「おまえ、何か飲み物持ってこいよ。お菓子とかさ」

木島が言うと、

「えらそうな口きいてるよ」

妹はからかうように言った。

「えらそうなとこ、見せたいんだよ」

「早く行けよ！」

怒鳴られて、彼女は鼻歌のようなクスクス笑いを振りまきながら階段を降りていった。

木島たちの部屋は、八畳くらいの和室だった。机が二つ、衣装ダンス、ポリ製の収納箱。壁にはレッド・ツェッペリンやヴァン・ヘイレンなんかのポスターがべたべた貼《は》ってある。へえと思う。通ちゃんがツェッペリン狂だから。

「ひってえ趣味だろ？」

私の視線を追って、木島が言った。

「あいつ、古いハードロックばっかり好きなんだ」

妹のか。

「木島クンのは？」

「ないない」

木島はうんざりしたように笑った。

「ポスターなんて貼られねえよ」

そうかもって思った。どこか淡泊な印象がある。偏屈なにおいもする。ポスターを貼るほど好きなものなんてない、みたいな。どんなに好きでも壁に何かを飾ったりしない、みたいな。

部屋はよく冷房が効いていた。畳に向き合うように座ると、どこを見たらいいのか困った。窓のところを見る。でも、どっかの家の屋根しか見えない。何か、しゃべってくれればいいのに。さっさと絵を描きはじめてくれればいいのに。妹、まだ戻ってこないのかな……。沈黙が苦しくなった頃に木島がぽつんと尋ねてきた。

「試合、見に来てたでしょ？」

「うん」

ちょっとビックリした。知ってたのか……。夏休みに入る前に見にいったサッカー部の試合。

「なんで、見に来たの？」

あっさりとした口調だけど、目には興味の色が浮かんでいた。

私が木島に惚《ほ》れているって信じこんでいるおせっかいなクラスメイトに強引に引っ張って行かれたんだ。でも、それは理由じゃないね。行きたくなかったら絶対に行ってないもん。

「サッカーをしてる木島くんを見てみたかったんだ」

すると、木島は納得したようにうなずいた。

「俺、村田さんには〝絵を描く人〟なんだよな」

「そうだよ」

でも、〝サッカーをする人〟の木島の姿も強烈に心に残ったのだ。あの日、木島はデビュー戦で、見てるほうが心配でぶったおれそうになるくらい緊張していた。一人だけ違うキーパーの長袖《ながそで》の黒いユニフォームを着て、ゴールの前で腰をかがめて、信じられないくらい孤独に見えた。

「ゴールの前に一人でいるのって、さみしくない？」

あの姿を思い出して思わず聞いてしまった。

「そういうふうに見える？」

ほろ苦い感じの笑みが木島の顔に浮かんだ。

「ひでえ内容だったもんなァ」

「でも、マジだったね。こわいくらい」

黒いユニのキーパーのすさまじい緊張感、すさまじい真剣さ――ずっと消えずに残っている強い印象。

「マジになるのはイヤだって前に言ってたよね」

学校の帰りに一度だけ、そんな会話をしたことがあった。木島はしばらく考えこむように沈黙してから、

「マジってむずかしいよ。やっぱ」

しみじみとつぶやいた。

「俺はあの試合で、十六年分の自分の適当さをいやってほど噛《か》み締めることになった

よ」

すごい体験だったんだな。私はうなずいた。うらやましい……。私に生きてきた年月分の自分の適当さを噛み締める日が来るだろうか？　そんな日のことを想像すると、やっぱり貴重な体験というより恐怖かもしれない。改めて木島の顔をつくづくと見る。もう普通の顔をしてる。彼はどうやって、自分を知ることの恐怖と立ち向かったのかな？　乗り越えられたのかな？　まだ引きずっているのかな？　すごく聞きたいけど聞いちゃいけない気がして黙っていた。

玲美さんがアイスコーヒーとお手製のシナモン・クッキーを持ってきてくれた。食べたり飲んだりしながら、三人でちょっとしゃべった。玲美さんは、屈託のない明るいコで、ずっと前から私を知ってるみたいに人なつこくしゃべりかけてきた。いいなァ。私はそんなに簡単に人に心を開けない。誰かのほうに向かっていけない。何かよほど自分と響きあう同じ音色を感じなければ近寄れない。木島ともまだうまくしゃべれない。たぶん、木島のほうもそうだ。そもそも、彼が私と親しくなりたいのかどうかだって、よくわからないんだ。

「なんか、村田さんの前にいると、お兄ちゃんが純情に見えるね」

玲美さんにそんなことを言われて、木島は本当にナイーブな顔つきになった。

「おまえ、もう向こう行けよっ」

「一緒にいてくれって泣いてたくせにィ」

玲美さんがからかうのを、

「俺は描き出すとしゃべれねえから、村田さんが退屈するから、相手してくれって言ったんだよ」

木島は大まじめに言い返す。

「絵を描くのを見てるのはぜんぜん退屈じゃないから」

私は言った。

木島と目があった。何か同じイメージをぱっと共有したような感じがした。

「そうだっけね」

木島は思い出したようにつぶやいた。美術の授業だ。あの時からずっと木島とつながっている奇妙な強い糸を私は今ゆっくり手にとって巻いているような気持ちになった。確かめながら。巻いて。短くして。近づいて。

「いいよね。こういう感じって」

玲美さんはなんだか夢見るような目になって言った。

「どういう感じ?」

私は尋ねた。

「んー、ピュアな感じ」

玲美さんは首を傾《かし》げるようにして答えた。

「あたしも、同い年くらいのコと恋したくなったなァ」

「おまえ、出てけよ」

兄はうんざりしたように溜《た》め息《いき》をついた。

4

二つの机から椅子《いす》を引き出して、木島は自分のに、私は玲美さんのに座った。斜めに向かい合う。別にポーズはとらなくてもいいし、動いてもいいし、眠かったら寝てもいいと木島は言った。

木島がスケッチブックに鉛筆を動かすのを見る。そこは新しい国、新しい風、新しい時だ。白い紙がこんなに新鮮で、引かれていく線がこんなにみずみずしく見えるのはなんでだろう？　私が木島という絵描きをまだほとんど知らないからかな。それもあるけど、彼がただ描くために描いているからかもしれない。ただ、自分の中の描きたい気持ちにだけ従って。

私が紙の上に形作られていく。ラフ・スケッチ。迷わずにのびのびと線をひく。見ていてほんとに気持ちがいい。あまり陰影をつけないで、どんどん仕上げていく。何枚も描く。私を見ながら描いているけど、そっくりそのまま写し出しているんじゃなくて、彼の頭の中にあるイメージを確認するように線にしていく。アイスコーヒーのグラスに口をつけている、ヘンにマジな顔で話を聞いている、ちょっと笑っている——そんな顔のアップ。上半身。全身。それは私のビジュアルを木島の脳に記録する作業なのか、紙の上に再生する作業なのかよくわからなかった。同時にやっているようにも思えた。

すごく不思議な体験だった。

何時間もたっていたと思う。アイスコーヒーの氷がみんな溶けてしまっている。私は、本当に、ただただ、木島が描くのを見ていた。ほとんど何も考えずにただ見ていた。彼に聞きたいことは色々あった。なぜ私を描くのか、なぜ私がうまく描けないのか、どんな絵を描きたいのか、未来に何を見ているのか。むずかしい質問だけど聞いてみようと思っていた。でも、彼のモチーフになっているうちに、だんだんとどうでもよくなってきてしまったんだ。彼の描く線が、彼の手の動きが、彼のえぐるように鋭い目の輝きが、今この瞬間がすべてだった。言葉はいらない。今はいらない。ほんとにいらない。この気持ちは感動なのかな？　ショックなのかな？　麻痺《まひ》してるみたいでよくわからないよ。

ああ、でも、ここに来られてよかったな。この時間を過ごせてよかった。一度大きく深呼吸をした。木島がそれに気づいて、夢から醒《さ》めたようにゆっくりと私を見た。これまでと違った見方で見た。

「疲れた？」

と彼は聞いた。

「大丈夫」

私はきっぱりと首を横に振った。でも、彼の手は止まったままで、しばらく放心したようにぼんやりと私を見ていた。この人は、たぶんコミュニケーションをとるために私を見る時のほうがずっとぼんやりした目をしている。そのことが、不思議なような、おかしいような、少しさみしいような気がした。

「見る？」

と木島は言って、答えを聞かないうちにスケッチブックを差し出した。

今日描いたラフ。私は巨匠の大力作の肖像画より、その下書きのほうが意外と好きだったりする。でも、そういう趣味を差し引いても、木島の鉛筆のスケッチはいいな。線がいいのだ。理屈じゃなくて、目に心地好《ここちよ》い。どんどんページを前にめくっていった。

あ、サッカーの絵がある。うわっ、面白いっ！　こういう動きのある絵って、すごくいい。木島の正確でシャープな描線は、スポーツ画に向いてるかもしれないな。スピード感があって、リアルだ。画面の構成もいいな。複数の人間や背景のある絵を見たことがなかったけど、うまいんだなあ。

サッカーの絵はたくさんあって、遠くから大きくとらえた群像画、少し近寄って数人の交錯する模様、一人のクローズアップと、まるで映画のカメラみたいに切り替わっていく。どれも面白い。でも、やっぱり、アップになった時の人の表情がいい。選手の喜ぶ顔。ムッとしてる顔。あ、これは、進藤くん。あ、大島先生。これは――木島？　本人？　ゴールを決められてがっくりきてるキーパーの絵。ああ、なんだ、あの試合なのか！　彼のデビュー戦。ほら、私もいる。やけにマジな顔で見てるよ。

試合のあとで、木島はどんな思いでこれを描いたんだろう。自分がやられる場面なんて！　十六年分の適当さを噛み締めながら描いたわけか。でも、そんな自虐《じぎゃく》的な絵じゃないよ。クールだ。絵の中のキーパーはすげえ痛々しいけど、それをウリにはしてなくて事実として痛々しい。なんで、そんな客観的になれてしまうんだろう？　それとも、木島は絵に描いてしまうことで、痛々しい事実と真正面から向き合っているのかな？

またページをめくると、私が現れた。制服姿。学校にいる私。ヘンな気分。時間、空間を超えて、一学期の校舎にぽんと投げ戻されたような気持ち。

休み時間、廊下の窓から外を見ている——斜め後ろからのアングル。下校の時、傘をさしてグラウンドの脇《わき》を歩いている——正面からのロング・ショット。机を並べてお弁当を食べてるところ——隣の須貝《すがい》さんと二人の図。図書館で本を広げたまま頬杖《ほおづえ》をついてぼーっと虚空《こくう》をにらんでるアップ。どれもシンプルな素描。何気ないスナップ写真みたいな絵。なのに強烈。

自分で自分は見えない。でも、これが私だというのは、なんか痛いほどよくわかった。どの絵もつまんなそうな顔してる。間違った場所にいるって顔。出て行っちまいたいって顔。確かに学校は大嫌いだけど、でも、もしかして制服の時じゃなくても、私はこんな顔をしてるのかもしれない。意地悪な絵じゃない。いやぁな絵じゃない。

だから、よけいに痛い。

「これ、けっこうピンとくる。自分ってわかる。でも、駄目なわけ？」

私は思わず聞いてしまった。

「ダメ？」

木島はその言葉に拒絶反応でも起こしたかのように心なしか眉《まゆ》をひそめた。

「気にいらない」

私は言い直した。

すると、木島はゆっくりとうなずいた。

「これはこれでいいんだけど、でも、こういうのを描きたいわけじゃないんだ」

不服そうにつぶやいた。

「俺が描きたい村田さんって、もっとチガウんだよ」

「どう……チガウの？」

木島の細い目がいよいよ細くなった。

「もっと突き抜けた感じ？　強い感じ？　うまく言えねえけど」

わかんないよ。

「似てればいいっていうんじゃなくて、なんか、こう、印象みたいなのをはっきり形にしたいんだよ」

木島は説明した。

「俺が村田さんを見て感じるものを形にしたいんだ」

印象？　木島は何を感じてるんだろう？　どんなふうに絵に現れてくるんだろう？　もしかしたら、とんでもなく恐《こわ》いものかもしれない。見たら死にたくなるようなものかもしれない。木島は絵に手加減をしないから。自分だって、あんなふうに描いてしまうくらいだから。心の目に見えた通りに彼は描くんだ。

彼の絵は、どこか寒い――その時、そう気づいた。簡単なスケッチでも、奇妙な暗さと陰がある。静かで冷たい。持味としか言いようのない寒さ。もしかしたら、それこそが彼の絵の魅力かもしれない……。

無意識にめくった次のページの女の人の絵は恐かった。ほら。やっぱり寒いよ。何か背筋がぞくっとするようなしんと冷たい雰囲気。かわいい感じの顔なのに。あれ？この顔？

どこかで見たことある……。一瞬、息が止まった。まさかね。でも、この顔だよ。似てるよ。少し違うけど。ああ、やっぱり違うのかな。傷がないもの。トレード・マークみたいな唇の横の傷が。まさか、この恐い感じの女の人が、通ちゃんの〝あのコ〃だなんてことある？

「これ、誰？」

私はおそるおそる尋ねた。

「あ、似鳥《にとり》ちゃん？」

木島はあっさりと答えた。

「俺らがよく行く長谷《はせ》のカフェの人」

長谷って、通ちゃんチのご近所だ。

「モデルとかやってる人？」

「違うと思うけどなあ」

木島は首を傾げた。

「でも、わかんね。自分のことしゃべんない人だから。なんで？」

「似た人を絵で見たことがあるんだ」

声が震えそうになっていた。身体《からだ》は少し震えていた。

「雑誌の表紙の絵。通ちゃんが——ウチの叔父が描いてるんだけど」

「叔父さん？」

「イラストレーターなの。漫画も描いてる」

私の言葉は木島を驚かせたみたいだった。

「なんて雑誌？」

「『あぷりこっと』」

「知らねえ」

木島はぽつんとつぶやいた。

それから、二人とも黙ってしまった。

私は混乱していた。通ちゃんと木島が同じ人を描くなんてことがあるのかな？　でも、お店で働いている人なら、そこに行けば見られる。同じお店に行くことはあるかもしれないよね。ないとは言えないよ。

5

木島が『あぷりこっと』を見たがったので、本屋に行ってみることにした。玲美さんはバス停まで送ってくれて、モデルになってくれたお礼に村田さんにきちんと夕食をおごるんだよと兄にしつこく念を押していた。ちょっと海でも歩いてくればいいのにとブツブツ文句も言っていた。そうだね、いつもなら、海は見たいところ。葉山の海は鎌倉の海と少し違うから。同じ相模湾《さがみ》でも雰囲気が違う。でも、今は海どころじゃないよ。〝あのコ〟のことだけで頭いっぱいだよ。

ちょうど五時を過ぎたぐらいの時間で、逗子《ずし》行きのバスは、海水浴帰りの客で込み合っていた。日焼け止めクリームのにおいがする。バスの真ん中へんに立って、つかまるところがなくてフラフラしていた。ひどく揺れると木島にぶつかる。すると、木島は手を伸ばして私の身体を支えてくれる。彼も何にもつかまってないのに、あんまりフラフラしない。私の耳のあたりが木島の肩の高さだ。木島は通ちゃんと同じくらいの背丈だ。ヘンな感じ。さっきまで部屋で二人きりでいたのに、混雑バスで人に囲まれている今のほうが二人でいる感じが強い。息苦しい気分。ここにはスケッチブックも鉛筆もなくて、彼の目は人のすきまから窓のほうを見ている。ずっと黙ってる。木島は無口だったかな？　学校ではけっこうよくしゃべってるよな。男の子と。女の子とも。私が隣にいることを忘れてるみたいなのに、バスが揺れてふらつくとすぐに腕をつかんでくれる。通ちゃんは、たぶんこっちがしがみつかなきゃ、ほったらかしだろうな。なんで、こんなに何もかも通ちゃんと比べてしまうんだろう。これまで誰かを通ちゃんと比べたりしたことなかった。一度も。ほんのちょっとでも。

私はバスの揺れに逆らうように足を踏ん張った。フラフラしてたまるか。助けてもらうのはイヤだ。木島に触られると、そこの皮膚がカッと熱くなるような変な感じがする。その感じがするのは落ちつかなくてイヤだ。

バスを降りるとほっとした。

「どんなものを描くの？　叔父さん」

駅前の商店街を歩きながら、不意に思い出したというように木島は聞いてきた。

「イラスト？」

私の問いに木島は曖昧《あいまい》にうなずいた。

「わりと何でもやる。広告もエディトリアルも」

わからなそうな顔をしてたから説明した。広告は、企業などのクライアントから大抵は広告代理店を通じて依頼される、宣伝用のポスター、パンフレット、新聞や雑誌に載る広告、TVのCMなど。エディトリアルは、本や雑誌の表紙や挿し絵、カットetc。ビルの壁面を被《おお》うような巨大なものから雑誌の小さなカットまで、まさにサイズ、媒体、用途、目的、多彩な仕事が存在する。専門分野をしぼってる人もいれば、何でも屋もいる。通ちゃんは仕事の範囲はあまりしぼらない。内容は選ぶけど。

通ちゃんの仕事の話をしてたら、落ちついた。こんな話でよければ何時間でもできる。木島はけっこう面白そうにふんふんと聞いていた。

最初にのぞいた本屋に『あぷりこっと』はなかった。その代わり、『サンカク』の文庫本のコミックスがあったから見せた。

「ああ、これ知ってるよ」

と木島はビニールのかかった表紙を見ながらうなずいて言った。ちょっと嬉《うれ》しい。

『サンカク』のシリーズは大ヒットしたから、けっこう知ってる人が多いよね。

「すげえじゃん」

「何が？」

私は聞いた。

「有名人じゃん」

そういう言われ方は一番嫌いだから返事しなかった。特に木島に言われるのはイヤだった。それでも、黙っていられなくて、

「通ちゃんは、漫画家で有名人張っていく根性がなくて、今は趣味っぽいのしか描いてないんだっ」

と尖《とが》った声で説明して、私はもしかして一生通ちゃんのことでキイキイ怒り続けるのかなと憂鬱《ゆううつ》になる。

「でも、絵を描いてるんでしょ？」

と木島は言った。

「そう。絵を描いてる」

うなずきながら、通ちゃんのことをぜんぜん知らない木島が大事なことをすっと理解してくれるのに驚いた。

「通ちゃんは、絵からは絶対に逃げない」

今は失踪中《しっそう》だけど、それは絵から逃げてるんじゃない。世間から逃げても、女から逃げても、自分から逃げても、通ちゃんは絵からは逃げない。だから、いつかわからないけど、必ず帰ってきて、また仕事をするはず。

「叔父さん、好きなんだね」

木島はぽつんと言った。

「好き。特別に」

私は答えた。通ちゃんを好きという気持ちが胸いっぱいにあふれてきて、なんだか悲しくなった。なんでだろう？　通ちゃんを好きだという自分の気持ちが、とても悲しいのだ。前は、ただ幸せな気持ちだけだったのに。とびきりのダイヤモンドみたいに傷も曇りもなくて、どこまでも透明でキレイで最高の宝物だった。今は、時々、そのダイヤモンドが胸の中でごろごろして痛かったり苦しかったりする。好きと口に出すのが、痛いみたいな気持ち。自分でもわかんない。なんでか、わからない。いつからかも、わからない。

木島が私の顔を見てる。今は、見るなっと思った。この気持ちは私の一番深いところ、一番弱くて危険なところ、触れられたくないところ。見るなっ。でも、私は彼のモチーフだから、どんな時でも見られてやる——と思い直した。木島の目をまっすぐに見つめた。挑戦的に。私の心が見える？　見てもいいよ。何でも見ていい。木島なら。木島だけだ。

彼の顔にかすかに微笑《ほほえ》みみたいなものが浮かんだ。

「そういう顔が描きたい」

と木島はつぶやくように言った。

「試合、見にきてくれた時、ハーフ・タイムに、村田さんを見つけて、そういう顔してて、なんかきっぱりした顔、すげえ率直な顔。俺、なんか目ェさめてさ。後半、ちょっとはマシなプレーできるようになったんだ」

私はきっぱりした顔ができなくなっていた。ぐじゅぐじゅになりそう。やばい。やばい。やばい。私の気持ちが全部木島のほうに向かっていって、吸い込まれて、もう帰ってこれなくなる。あわてて目をそらす。

三軒目の本屋さんで『あぷりこっと』を見つけた。木島は本当に長い間、その表紙を眺めてから、最高裁の判事が判決を言い渡すかのように厳粛に言った。

「似鳥ちゃんだと思う」

私は懲役を言い渡された被告みたいにビビッた。喜びより恐怖だった。なんだか恐い。〝あのコ〟が恐い。あんなにあこがれていたのに、あんなに会いたいと思っていたのに、絵の外にいる〝あのコ〟のことを考えると、猛烈にビビる。

「どんな――人？」

おそるおそる質問を口にしたけど、木島は聞いてなくて独り言みたいにつぶやいた。

「でも、キャラがぜんぜん違う」

「キャラ？」

「雰囲気みたいなの。顔は絶対に似鳥ちゃんだけど、もしかしたら別の人かもしれない」

なんて答えていいのかわからなかった。

「行ってみる？　『ハーフ・タイム』」

木島は尋ねた。

一瞬、私はためらった。でも、うなずいた。

「あそこは、あんまり食いもんは充実してないんだけど、コーヒーはうまいよ。俺、おごるよ。モデルのお礼」

「そんなの、いいよ」

「玲美がうるせえし」

玲美さんのことを思い出すとなんだか自然に笑みが浮かんで、おごられてもいいような気になった。

6

『ハーフ・タイム』というそのカフェは、アール・デコっぽいモノ・トーンの内装で、サッカー選手の写真やカラフルなチーム・フラッグが壁に飾ってある。ハイビジョンのテレビでは外国のサッカーの試合をやっている。常連みたいな五、六人のお客さんはみんなくつろいだ様子でテレビを見たり親しげにしゃべったりしていた。

木島は誰もいないカウンター席をまっすぐに目指した。まんなかへんのスツールに木島と私が座ると、中でグラスに氷を入れていた女の人が目をあげて木島を認めて少しだけ笑った。よく知っている相手に向けるさりげない微笑だ。

〝あのコ〟だった。

私は頭がグラグラした。

まちがいなく〝あのコ〟の顔だけど、でも、木島の絵のほうによく似ていた。通ちゃんの絵よりずっとおとなっぽい。白いニットのノースリーブ、クロップ丈の白いジーンズ。連れの私は、視野にも入れない。でも、つんとしてるっていうんじゃないんだ。

「何にする？」

木島が壁のコルク・ボードのメニューを見ながら言った。

「ジンライム」

私は言った。おなかはすいてなかった。木島はちょっと驚いた目をして私を見た。

「あ、コーヒーがおいしいんだっけ」

通ちゃんと家でよく飲むから、お酒はわりと好きで、今はなんだかソフトドリンクよりカクテルが欲しいと思ったんだ。

「いいよ。じゃ、俺も飲もうかな」

木島はベルギーのビールを注文した。

お酒は、カウンターの彼女が作った。

「明日から合宿なんでしょ？」

木島の前にビールとグラスを置く時に彼女は聞いた。

「そうだよ」

と木島は少しダルそうに答えた。

似鳥ちゃんという人は、木島ととても親しい感じがした。学校でよくしゃべったりする女の子たちの親しさとはまた違う感じで。

合宿のことは聞いたのにまるっきり忘れていて、私は似鳥ちゃんに非難されているような気分になった。この人は、きっと私よりずっと木島のことに詳しいんだ。

私らは、それぞれのお酒を黙って飲む。木島は相変わらず無口だ。

「合宿、どこ行くの？」

私はきっと似鳥ちゃんは知ってるんだろうなと思いながら尋ねた。

「山中湖」

木島は少し面倒くさそうに答える。合宿が面倒くさいのか、こんな会話が面倒くさいのか、わかんない。

「ふだんの練習よりきびしいの？」

「めっちゃキツイよ」

木島は溜《た》め息《いき》をつくように言った。

「でも、進藤くんたちと一緒だから、そういうのは楽しいよね」

「いやァ、別に」

そんなふうに苦笑しないでよ。こういう会話は苦手だ。ほんとに聞きたいことを聞いてるのかどうか、わかんなくなる。黙ってたほうがいいや。

カクテルをすすった。ジンがやけに辛く感じた。かなり速いピッチで飲んでる。頭がちょっとクラクラした。でも、カウンターの中の彼女が〝あのコ〟と同じ顔ってわかった時から、頭の状態はすでにあやしいのだ。あやしい頭で、私は似鳥ちゃんを観察した。通ちゃんになったつもりで見てみた。でも、無理だった。男の気持ちなんてわかんないし、絵描きの気持ちもわかんない。

動作のキレイな人。無意識にしている動作、グラスをそろえる指の動き、注文を受ける時のうなずき方、トレーを持ってテーブル席に歩く時の身のこなし、無駄がなくて、気取りがなくて、しなやかだ。笑い方もそう。素顔みたいな白い顔に、何気なく不意打ちみたいにして浮かぶ。目尻《めじり》が頰に溶け込み、唇がわずかに歪《ゆが》む。唇の脇《わき》の小さな傷が生き物のように動く。目が離せない。

あんまり私が見ているもんで、似鳥ちゃんはやっと視線を合わせてニッと笑ってくれる。親しげな笑顔だった。親しげでも冷たい笑顔だった。私はなんだか死にたいような気がしてくる。この人が私に笑いかけるところをずっと夢見ていたから。通ちゃんの絵の彼女の笑みは、光のようだった。キラキラしていて哀《かな》しい。まるで、天候や季節が変わってしまったようだった。晩夏の青空から、冬の曇天へと。

グラスを空けてしまうと、カウンターに片ひじをついて木島を見た。木島も似鳥ちゃんをずっと眺めていたみたいだ。急に吐き気のように悔しさがこみあげてきた。悔しい？　なんで？　なんで、こんな強烈に。

木島はなんで買ってきた雑誌を彼女に見せないんだろう？　なんで、ずっと黙ったまま彼女を見ているんだろう。木島はあの人が好きなんだろうか？　通ちゃんは？　絵描きはみんな彼女を見てしまうんだろうか。一心不乱に。そうだ。そんなふうに誰かを見てほしくないんだ。木島の目がほかの誰かを追いかけてしまうのがイヤだ。私は彼の視界の外に追いやられて、胸にジェラシーをごうごう燃やしていた。

ジェラシー？

頭だけじゃなくて気持ちもグラグラした。イヤだ。ジェラシーなんて。信じらんない。これから、木島が誰かほかの女の人をじっと見るたびに、こんな胸がごうごう煮え立つようなら、やってらんない。

木島は空の私のグラスを見て、お酒をすすめないで、何か食おうよと提案した。私は食べ物よりもお酒が欲しかった。

「おかわりを」

似鳥ちゃんに勝手に注文する。ハイと言いながら、彼女は必要より二秒くらい長く私を見る。かすかな興味。かすかな気遣い。その反応のかすかさにしびれそうになる。無視されるよりも、ずっとクールな感じがして。

木島も勝手に料理を頼んでいる。ナスのグラタン、ポテト・サラダ、ハーブ・ソーセージ。藍色《あいいろ》の縞《しま》のお皿に盛られてカウンターに出てきた食べ物は、とてもおいしそうなんだけど、私はどうしても手をつける気になれずにジンライムをすすっていた。

「食わないの？」

木島は少し気を悪くしたように聞いた。

「ダイエット中？」

私はただ首を横にふった。駄々っ子みたいだなと自分で思った。感情が壊れているのがわかる。おごると言って連れてきてくれた木島に失礼な態度なのもわかる。似鳥ちゃんの存在をうまく受け入れられない。消化できない。のどもとに大きな塊でつかえているみたいで苦しい。木島が私のことや通ちゃんのことを彼女にちゃんと話してくれないから、私は誰に何を言ったらいいのかもわからない。通ちゃんの姪《めい》だと名乗ることもできない。

　また、もう一杯おかわりして、どんどん飲む。少し気分がよくなってくる。

「あれ、見せて。雑誌」

　私はそう言って、木島のほうに手を伸ばした。木島は本屋の袋をそのまま黙って渡してくれる。中身を取り出して、通ちゃんの〝あのコ〟を見る。それから、目の前にいる似鳥ちゃんを見る。チガウ。木島がさっき本屋で言ったみたいにチガウと思う。でも――。

「似鳥ちゃん」

　木島が声をかけて、私の手から雑誌を奪って彼女に見せた。

「これ」

　彼女は、わずかにたじろぐように眉《まゆ》を上げた。

「これ、似鳥ちゃんでしょ？」

「うーん」

否定も肯定もせずに、曖昧《あいまい》ならなり声で唇をとがらせた。

「なんでモデルになったの？」

ずっと黙ってたくせに、いざ聞く時は木島はやけに単刀直入だ。

「そんなんじゃないよ」

似鳥ちゃんはサラリと答える。雪みたいに冷たい声。

「あの人が勝手に描いてるだけだよ」

あの人という言い方が耳にひっかかった。近くも遠くも聞こえる言い方。どっちでも、なんかヤだ。

「好き？　この絵？」

木島は聞いた。真剣な顔をしてる。なんで、そんな真剣な顔で、そんなことを聞くの？

「いいや」

似鳥ちゃんはゆっくりとかぶりをふった。

「木島くんが描く歪んだような絵のほうがマシだな」

その言葉に木島の顔がはっきりとわかるくらいに歪んだ。彼が描くヘンな落書きみたいに。頭がグルグル、心がグルグル、私は何がなんだかわからなくなった。少しずつ怒りがこみあげてきて、急激に膨張した。ふくらましすぎた風船みたいにパチンとはじけた。

「どこが悪いの？　その絵」

最高にきつい声が飛び出した。

「なんで、そんなふうに言うの？」

私は思わずカウンターの席から立ち上がっていた。似鳥ちゃんをまっすぐにらみつけていた。彼女は驚いて私を見た。木島が私の肘《ひじ》をつかんだのがわかった。バスが揺れた時みたいに。

「通ちゃんは魂を注いで描いてるのに。自分の持ってるいいものを全部入れようとして必死で描いてるよ。誰かの顔をあんなにはっきりと描いたのは初めてなんだよ。それだけ、その人が好きってことなんだよ。大好きだと思って描いてるんだよ」

夢中で言った。

「通ちゃん、出版社の人といつも喧嘩《けんか》して。絵の〝あのコ〟を守るために、色んなこと我慢して。無茶な描き直しも、嫌がらせみたいな注文も。ほんとにほんとに〝あのコ〟を大事にして描いてるのに」

言いながら、言葉がのどにひっかかる。のどが熱くなる。泣きたくなっちまった。

なんか馬鹿《ばか》みたいだ、私。

「私は、ずっと、『あぷりこっと』の絵が好きで、絵の女の子にあこがれてたよ。どこかにいるんなら、会いたいってずっと思ってたんだよ」

「木幡さんの……」

似鳥ちゃんは考え込むような顔でつぶやいた。

「木幡通の姪、村田みのり」

喧嘩を売るみたいな口調で自己紹介した。

木島が私の肘を引っ張って座らそうとしてる。でも、私は座る気はなくて、腕をよじって彼の手を振り払う。

似鳥ちゃんは、かすかに笑った。半ば呆《あき》れたように、半ば親愛の情をこめて。その笑いは、〝あのコ〟の笑いと違うけど、全部違うとは言い切れなくて、とても大人びていて、なんだか私のことを理解しているような感じがした。通ちゃんから何か聞いてるのかな。

「あの絵はね、表紙の絵は、私じゃないよ」

似鳥ちゃんは醒《さ》めた声で淡々と言った。

「あなたもチガウと思ったでしょう?」

思った――けれど、でも、だからって、あの絵をけなしていいってことじゃないよ。

「帰る」

カウンターに背を向けてフロアへ歩き出した時、なんかバランスが悪いなと思った。身体《からだ》のバランスが。

「村田さん」

木島が呼んでる。

ふわふわする足でどんどん出口に向かう。

「待てよ」

木島が大きな声を出す。うるせえ。

7

外の空気はお湯みたいにぬるかった。肺じゃなくてエラが必要だなと思った。息が苦しいよ。足がなんか変だった。膝《ひざ》が壊れてるみたいにくにゃくにゃしてる。何も考えずに歩いていたら、通ちゃんチのほうに向かっていた。木島が走って追いついてきた。

「駅、こっちじゃないよ」

「いいんだよ」

私はぶっきらぼうに答えた。

「歩いて帰る」

「藤沢まで？」

「極楽寺。通ちゃんチ」

「送るよ」

「いいよ」

「よくねえよ。酔ってんのわかってる？　村田さん」

「カクテル三杯くらいじゃ酔わない」

私は言い張った。お酒は強いさ。

「通ちゃんと二人でジンの一本くらい空けれる」

すると木島は黙った。黙ったけど、まだついてくる。

並んで歩いた。まだバスの中にいるみたいで揺れてフラフラして木島がまた腕をぎゅっとつかまえてくれる。

「なんか一日バスに乗ってるみたい」

　フラフラするのが今は気持ちがいい。

「まったく」

　木島は怒ってる。呆れてる。男の子がこんなふうに怒るのっていいな。

「ねえ、さっき、怒ってたでしょ？」

　私は聞いた。

「あの人に絵のこと言われて怒ってたでしょ？」

「それは、村田さんじゃん」

「木島くんも怒ってた。あの人が好きなの？」

　なんで、こんなこと聞くんだろ？　木島は返事をしなかった。でも、ずいぶんたってから、

「俺、前さ、あの店で、似鳥ちゃんの顔、落書きしたことあるんだよ」

　と言い出した。

「あのスケッチブックの絵？」

「あれじゃなくて、学校のノートかなんかにさ。もっとひどい絵だよ。すげえ恐《こわ》い顔になって。それ、見られてさ。似鳥ちゃん、イヤな顔してたよ」

「歪んだような絵……」

彼女の言葉を思い出した。

「そう。それ」

木島は言った。

「俺、似鳥ちゃんのこと好きなんだけど、素敵な人だと思ってるんだけど、絵に描くと恐い顔になるんだよ。自分でもわかんねえんだけど」

やっぱり好きなんだ……。

「だからさ、ズルイと思ったよ。あの絵」

「ズルイ?」

「叔父さんの絵」

「なんで?」

「似鳥ちゃん、すげえ幸せそうな顔してて。俺が描くと絶対に不幸な感じになるのに」

木島の口調はスネた子供みたいで、ちょっとおかしかった。頭の中に熱いガスが詰まってるみたいで、あんまりちゃんと考えられないけど、とても大事な話を聞いてるんだと思った。通ちゃんの描く幸せそうな絵。木島の描く不幸な感じの絵。同じ似鳥ちゃんをモデルにした、ぜんぜん違う絵。モデル本人の強烈な否定的台詞《せりふ》。言葉の内容より、あの冷たい言い方、さげすむような調子のほうがもっと鋭く心に刺さった。毒のある刺《とげ》みたいに。彼女は不幸な絵も幸せな絵も両方キライなんだ。幸せな絵のほうがもっとキライなんだ。

胸がムカムカした。立ち止まった。私、酔ってるのかな？　あんなちょっとのお酒で酔うかな？　でも、マジで気持ち悪いかも。

「大丈夫？」

木島は私の顔をのぞきこむようにして聞いた。

「ぜんぜん平気」

私は無理やりピンと背中を伸ばして、また歩き始めた。

ヒュッテみたいな通ちゃんの借家に向かう急な坂。とことん急な長い坂。上って上ってどこまでも上っていく。空気が私を押し戻そうとする。重い。暑い。酸素が足りない。目がまわる。どうしても足が前に行かない。駄目だあ。我慢できなくなってしゃがみこんでしまった。

木島の手が背中に触れた。

「ぜんぜん食わないでジン飲むの無茶だよ」

背中をさすられるのは気持ちがいい。

「吐いちまっていいよ。ラクになるから」

チガウよ。お酒じゃなくて人に酔ったんだ。悪酔い。

「木島」

やっと声が出た。名前、呼びすてにしちゃった。

「ん？」

「描くの、やめんなよっ」

しばらく間があって、なだめるように「うん」と後ろから返事があった。

「不幸な絵でもいいよ。いっぱい描くんだよっ」

「うん」

「木島の――不幸な絵は、個性なんだぞっ。あれでいいんだよ。私は好きだよ。いっぱい描けよっ」

言いたいことをどんどん言えるのは気持ちがいい。背中をさすられてると眠くなってくる。

「おい、寝るなよっ。村田さん。ムラタッ」

木島のあせった声。

「俺、家わかんねえじゃん」

坂の途中で眠って転がり落ちたら怪我《けが》するなと思った。でも、木島がきっとつかまえてくれるし……。


朝——じゃなくて昼の光だった。リビングのベティーちゃんの壁掛け時計は十一時を指していた。ソファーで寝てる。汗びっしょりだ。窓からギラギラした太陽の光がめいっぱい入ってきていて、床が焼けそうな感じ。むちゃくちゃ暑い。頭バカ痛い。ムカムカする。吐き気と同時にゆうべのことを思い出して跳び上がりそうになった。坂の途中から記憶がないよ。

ソファーに座ったまま動けなくて、また横になろうかとした時、猫の弁慶がやってきて、私の足に頭をこすりつけた。

「あ、おなかすいてるね。ごめんね」

私は弁慶に謝った。昨日、ここ来てないから、弁慶はエサをもらってないんだ。立ち上がろうとした。床が頭に向かって盛り上がってくるみたいな感じがした。ヤバイ……。這《は》うようにして台所まで行くと、エサ皿にドライ・キャットフードがまだ残っている。あれ？　ヘンだなあ。念のためにもっと入れてから、またソファーに這い戻って沈没した。暑いよ……。

眠りこむ前に木島のことを考えた。合宿、ちゃんと行ってるよね？　あいつは酔ってなかったもんね。

台所でカチャカチャ何か音がするんで目が覚めた。頭に響くよ。うるせえよ。コーヒーのにおいがする。いやだ、気持ちわりィ。いつものTシャツに短パン、頭ボサボサ髭《ひげ》チョビチョビの通ちゃんが少し猫背の姿勢でこっちにやってくる。あれあれ？

「気分はどう？」

通ちゃんはテーブルの上にコーヒーカップを二つ置いた。アームチェアに腰を下ろして、カップの一つを手に取った。

「いつ帰ってきたの？」

私は横になったままで聞いた。

「昨日だよ」

「どこ行ってたの？」

「北海道。あちこち」

通ちゃんは簡単に答えて、コーヒーをうまそうに飲んだ。

今回の失踪《しっそう》も一週間コースだったね。私は身体中の力が抜けるのを感じた。ほっとしたんだ。通ちゃんが完全にいなくなっちまうことなんてないってわかってるんだけど、それでも帰ってくると死ぬほど安心するよ。

「飲めば？」

通ちゃんはコーヒーをすすめる。通ちゃんの作るコーヒーはだいたい濃いめだけど、それはいつにもまして地獄の夜のように黒く見えた。こんなもの飲んだら、胃が爆発する……。

「酒のがいい？」

通ちゃんはニヤリとして聞いた。酒ェ？　ぼやぼやしてるとほんとにお酒を出してきかねないんで、私は頭をあげてカップに手を伸ばした。においが強烈。ぞっとする。熱いコーヒーに口をつけると、超苦いブラックは意外と素直にのどを通っていく。おいしいかも。

「あんたね、ツブれる時は自分チ帰りなさい」

通ちゃんは言った。いきなりセッキョかい。

「ここまで担《かつ》ぎ上げるのは大変だから」

「通ちゃんが……？」

「俺ァ、そんな体力ねえよ」

「木島が……？」

「名前は聞かなかったよ」

なんて説明したら、いいんだろう？

「一生懸命謝ってたけどね。やけに人をジロジロ見るね、あの少年は」

なんだか胸がキューッと痛くなった。心臓がしぼりあげられるみたいに。苦しいくらい痛い。痛いけど、嬉《うれ》しい。通ちゃんの口から木島のことを聞くのが嬉しい。

その人をジロジロ見る少年が、私は好きなんだ。

木島が好きだと思った。

どうしようもなく好きだ。

嬉しくて苦い思いだった。このコーヒーよりもっと苦い……。彼には好きな人がいるから。

「似鳥ちゃんに会ったよ」

私は言った。

通ちゃんは驚いたように眉《まゆ》をあげた。

「通ちゃんの絵とずいぶんチガウ人だね」

「そうね」

と通ちゃんは静かに言った。

「俺もあの顔は一度しか見てない」

謎《なぞ》のような言葉。

似鳥ちゃんが通ちゃんの絵について言ったことはしゃべれない。内緒。毒のような言葉を一人で抱えてるのはつらいけど、言えないよ。絶対に。もっと似鳥ちゃんの話をしたかったけど、言えないことが多かったからためらっていたら、謎のようなその一言だけ残して通ちゃんはふっと立ち上がって、台所へ戻ってしまった。私が彼女とどこで会ったのかも聞かなかった。私と木島の関係なんかももちろん聞かなかった。

コーヒーをカップに半分飲んで少し気分が直ったから顔を洗いにいった。洗面台でふと鏡を見た。二日酔いの顔。ひでえ顔だ。木島は、こんな顔でもスケッチしたいと思うかな？　彼は――まだ私を描きたいかな？　ゆうべのことで愛想をつかされてないかな？　もし、木島の目が私を見なくなったらと思うと、それは世界の終わりのような気がした。

どうしよう？

世界の終わりがもう一つ増えてしまったよ。

通ちゃんと木島だ。

とびっきりの好きな人が二人だ。

色んな感情が渦巻いて暴れていて胸が破けそうだ。

弁慶を探して、白いムクムクしたデブの身体《からだ》をぎゅっと抱き締める。猫はそんなふうにされるのがキライなんだけど、弁慶はじっと我慢してくれる。こわい時、つらい時、悲しい時、私は弁慶にすがりついて生きてきた。絵を描く通ちゃんの背中や横顔を見ながら生きてきた。

いい顔になりたい――とふと思った。

木島のスケッチブックに描かれる顔が、もっとキレイになれるといい。目や鼻や口のことだけじゃなくて、それらが作り出す表情、表情を作り出す心。もっとキレイな心になりたい。木島の描く寒い世界の中でリンと明るく光っていられるようないい顔になりたい。

ファザー・コンプレックス

1

進藤がうるせえ。いつものことだけど、朝っぱらから、でかい声でうるせえ。ストレッチ、こいつと組むんじゃなかったよ。俺の身体《からだ》がかたいのは今に始まったことじゃねえだろ？　眠いなあ。ここんとこ、まともに寝てねえもんな。ゆうべは、村田に借りた茂田井《もたい》武《たけし》って明治生まれの挿し絵画家の絵本をずっと見てて遅くなっちまった。その前の夜は描いてて。古いサッカー・マガジン見ながらジュビロのチームメイトをガミガミ怒鳴ってる元ブラジル代表キャプテン、ドゥンガをミリペンで描いた。あの顔好きなんだよな、怒ってる時が特にさ。

調子わりい。俺、こんなにヘタだっけって感じ。リフは続かない、パスはうまく当たらない。身体がすげえ重い。なんか重力の違う星にいるみたいだ。一年の三宅《みやけ》の蹴《け》ったボールをトラップ・ミスして顔面にブチ当てる。マジいてえ。みんな笑ってるし。

少し目ェさめたけど。隣で見てた進藤に「バカヤロウ」と怒鳴られる。「やる気あんのかよ」とも。お前に言われたかねえ。お前は本間さんじゃないんだから。

七月の末、選手権大会の一次予選で大健闘の二回戦敗退のあと、偉大なるＧＫで前キャプテンの本間さんは本当の本当に引退した。本間さんのいない部というのは、ガスの抜けたぬるいコーラみたいだった。ゴールマウスは俺のものになったけど、俺は申し訳ないくらい腑抜《ふぬ》けていた。進藤のテンションの高さがうっとうしいくらいに。

「ピリッとしろよ、木島」

現キャプテンは威張ってる。目が笑ってない。

「露骨にダラダラすんなよっ」

「してねえよ」

「してるじゃねえかよ」

「威張るなよ」

「一つも勝ってないんだぜ、リーグ戦！　わかってんのかよ？」

進藤は新人大会のブロック・リーグの一敗一分けが俺のせいだとでも言うようににらんだ。七里ヶ浜に０対９、青葉商に１対１のスコア。俺のせいでもあるし、俺のせいだけじゃないね、たぶん。

「やめろって」

田代《たしろ》が仲裁にくる。やれやれ——だ。こう眠いと喧嘩《けんか》するのも、めんどいぜ。

一時間目の世界史のノートに、威張っている進藤の顔を鉛筆で描いた。つまんねえ絵だ。怒っていい顔と悪い顔がある。進藤は怒るとすげえつまんねえ顔になる。イイ奴《やつ》だからな。俺も本間さんの代わりにちゃんとキャプテンをやらなきゃってマジんなってる。俺も本間さんの代わりにちゃんとGKやらなきゃってマジんならなきゃ嘘《うそ》だよな。マジになるって絶対的な決心したのにな、俺。

なんだか時間の感覚が麻痺《まひ》してんだよな。夜になって絵のことをやりだすと——見たり描いたりしてると、いつのまにか窓のへんが白くなってたりしてあせる。超夜型の玲美《れみ》が先に眠ってるのもあせる。

俺って、絵ってものが世の中にあるのを知らなかったってつくづく思うよ。描くのは好きだったけどさ、見てこなかったんだよな。好きな画家とかいなかったし。今だって、誰が好きなんてとても言えない。ただ、村田から借りたり、図書館で見たりする画集や雑誌や絵本の中で、すげえ感じるものと感じないものはあるね。こういうの描いてみたいって思ったりもする。どうやって描けばいいのか、ぜんぜんわかんねえけどさ。

とりあえず、今、俺が強烈にひっかかってるのは、村田の叔父さんのこばた・とおるだ。村田に色々〝作品〟を見せてもらったよ。あいつは叔父さんを神様みたいにあがめてるんだね。雑誌の小さなカットまで完璧《かんぺき》にファイルしてて、部屋の壁には額に入れた原画やポスターが飾ってある。

なんてのかな、すげえ風通しのいい絵。線がスマートで徹底的に無駄がなくて、少ない色遣いですっきり描いてある。でも、地味じゃない。強い絵だ。もっと派手な色遣いや激しいタッチの絵と並べても、こばた・とおるのほうがきっと目立つんじゃないかな。ティーカップや椅子《いす》みたいな静物を描いていても、いつも、絵から涼しい風が吹いてくるような感じがする。五月や十月の風だ。気持ちのいい絵だ。悔しい絵だ。持って生まれたセンスってのを思わされちゃうから。例えば、俺が十年、二十年、何万枚の絵を描いても、こんなスースーした印象のお洒落《しゃれ》な絵はできないと思うよ。

でも、俺がひっかかっちまったのは、そういうセンスの問題じゃないんだ。あの問題の絵——似鳥《にとり》ちゃんをモデルにした雑誌の表紙のイラストでもない。こばた・とおるが描いた村田なんだ。絵っていうか漫画。マニアっぽい季刊誌に連載中の『Mのこと』ってエッセイ漫画。『M』は、村田みのりのM。五秒で描けちまいそうなシンプルなカット。もろに村田さ。俺は彼女の部屋で雷に打たれたようなショックを受けて口がきけなくなった。まいったよ。俺、春ぐらいからずっと村田が描きたくてスケッチやらデッサンやら描いてて、でも、ぜんぜんピンとこなくて、そこに、こう、だましうちみたいなシンプルな解答を見せられちまったわけ。違うんだけどさ。Mは、こばた・とおるの叔父さんの目で見た姪《めい》っ子だから。俺の中の村田の印象とはぜんぜん違う。でも、村田を線で描こうとすると、こばた・とおるのシンプルなカットが邪魔する。似てしまうんだよ。引きずられちまうんだよ。信じらんねえよ！

俺がMをちょこちょこ描いてみせると、村田は目を丸くして「すげえっ」と言った。「誰の絵でも、こんなにそっくり真似《まね》られるの？」俺は首を横に振った。違うさ。似せようと思って描いてるんじゃないんだ。めちゃめちゃ引力が強いってこと。俺、地球の引力につかまった月みたいで、ほんとイヤだよ。

教壇の上野の形も声もぼんやりしてくる。窓から入ってくる風はひんやりして秋のにおいがする。何もかもが遠くになる。冷たくなる。気持ちがいい。見えるのは一面、モス・グリーンの色だけ。

それは、夏休みに俺ンチに来た時に村田が着ていた男物のランニング・シャツの色だった。もっとぴったりした黒いランニングの上にすとんと重ねて、ボトムはストレートのジーンズ。よく似合ってた。色あせた感じのあのモス・グリーンが、あれ以来、ずっと俺の中に残っている。

あの日、俺は村田に触れた。ラブ的な要素は一切抜きで。あいつは『ハーフ・タイム』のカクテルで酔っぱらっちまったから、眠りこまないようにどやしつけながら、急坂の上の叔父さんチまで担《かつ》ぎ上げるハメになったんだ。ぜんぜんセクシーじゃないけど、でも、あいつの肌や筋肉や骨格や髪の毛の感じはリアルだった。さらりとして健康で伸びやかで無駄がなくて堅い感じがした。すがすがしい生き物って感じがした。

合宿から帰ってきてから、村田の全身のラフを描いて、美術で使う水彩絵の具をパレットに出してみた。あのモス・グリーンを作ってみたくて。何度も試してから、思い切って、ランニングの部分に色をのせてみた。村田にチョクに触った時より、ずっとドキドキした。

俺は長いこと、できるだけ色を使わずに絵を描いてきた。俺の親父《おやじ》が鉛筆だけで見事にりんごを描ききったのを見た時から、張り合っていたんだ。親父が死んでいなくなっちまったから、余計にこだわり続けていた。禁を破るのは、爽快《そうかい》だった。でも、まだ、まともな水彩画は描いていない。ラフに薄く色をつけてドキドキして終わった。

「木島」

頭に鈍い衝撃。ぼやけた視野に村田が映った。

「マジで寝てんの？」

ここは――学校？

「次、移動だよ。物理教室」

ぎょっとして左右を見まわした。二組の教室はほとんど人がいない。進藤たちもいない。

「あいつらは？」

「行っちゃったよ」

村田も一人だった。

「――なんで起こさねえんだよ」

俺はねぼけた声で文句をたれた。

「起こしたじゃん」

「あ、進藤……のこと」

「田代くんが起こそうとしたんだけど、進藤くんが止めた」

あんにゃろう。まだ根に持ってるのか。朝練のこと。

「寝てないの？　木島」

村田に聞かれて、俺はヘラヘラ笑った。

「ちょっとね」

始業ベルが鳴った。ヤバイ。俺は教科書をそろえると、村田と一緒に廊下を走った。唇をひきしめて真剣に走ってる村田の横顔。何か、こう、どうでもいいような時に、やたら一途《いちず》な感じの姿がいいよね。誰もが似合いそうなブレザーの制服がまるで似合わないとこも。

横浜の漫画専門店まで行って買っちまったコミックスにクソ真面目《まじめ》な横顔でびゅんびゅん走るMのカットがあった。ガキの頃のM。俺、たぶん、タイムマシンで十年前に行っても、村田のことは絶対にわかるな。

2

玲美が家出をした。母さんと喧嘩をして友達ンチに転げこむのはよくあるけど、男ンとこに行くからって置き手紙をして出ていったのは初めてだった。玲美の彼氏はインターネットの音楽サイトで知り合った、バツイチ、コブつきの四十男で、趣味に毛が生えたようなＤＪとネット専門の古本屋を仕事にしてる。俺が彼氏のことを知ったのは火曜日――。玲美と母さんの猛烈な喧嘩に立ち会って、否応《いやおう》なく知るはめになった。

玲美は「結婚する」と言いやがったんだ。彼氏の息子の五歳のカズくんのママになりたいからって。玲美はまだ十五歳だから、ママは笑えない冗談だ。高校を卒業したら結婚する、本気で付き合ってるから邪魔をしないで、泣きながら悲鳴のように叫んでた。母さんは十発くらいビンタを食わせたんじゃなかろうか。すげえ剣幕だった。おじいちゃんが二人を引き離して、俺が母さんを押さえつけてなかったら、玲美は次の日病院送りだったかもしれない。女同士の修羅場だった。母さんがおっかねえのは百も承知だけど、玲美も負けないくらい激しいのには驚いた。その夜、二階の部屋で玲美は朝までずっと泣いていた。完全にヒステリー状態で話なんて何も聞けなかった。でも、俺はどこかで事態をナメていた。子持ちの四十男が玲美みたいなガキを本気で相手にしてるとは思えなかったんだ。玲美が勝手にのぼせて馬鹿《ばか》みたいなことを言ってるだけだってタカくくってたよ。

いなくなったのは金曜日だ。真夜中過ぎても帰ってこなくて母さんがイライラし始めた頃、珍しくきちんと片づいた玲美の机の上に、俺は目つきの悪い黒猫のイラストの封筒を見つけた。宛名《あてな》はなかった。封をしてなかった。中にはやはり目つきの悪い黒猫のイラストの便箋《びんせん》が入っていて、「根本さんのところへ行きます」とだけ丸っこい玲美の字で書かれていた。ノート・パソコンと服が少しなくなっていた。玲美はバイトをしてたけど、貯金なんていくらもないはずだ。家の金には手を付けてなかった。わかっているのは男の名前だけで、連絡先は一切不明。母さんは警察に届けると言ったけど、おじいちゃんが止めた。そのことで二人が争うとがった声を聞いているうちに、おじいちゃんは、もしかしたら、玲美の居場所を知ってるかもしれないとふと思った。玲美が家の中で一番信頼していたのは、生まれてからずっと一緒の母でも兄でもなく、一緒に暮らし出して二年ちょっとの祖父だった。

親子喧嘩ばっか見てる。玲美と母さん。母さんとおじいちゃん。うんざりだ。喧嘩なんて、見せられるよりやるほうがまだマシだ。

土曜の午後は部活を休んだ。明日は大事な試合だから進藤は面白くなさそうな顔をしてたけど、こんな時はしょうがねえだろう、母さんも仕事を休んでるしな。玲美のクラスの友達には母さんが電話をかけ、俺はバイト先のコンビニに直接行ってみた。玲美のPCのメルアドくらいしか情報はとれなかったけど、それでも母さんよりはマシだ。クラスメイトは誰も玲美の居場所を知らないらしい。あのコ、ケータイ持ってないから——それがすべてってふうにあっけらかんと言われたことで、母さんは歯ぎしりして怒っていた。欲しけりゃ自分で電話代を払えという我が家のモットーのせいで、生活必需品のケータイは俺も持ってない。俺はバイトする暇はないし、玲美のバイト代はMDやDVDなんかに消えちまう。

そんなもんかな——と俺は思った。玲美は友達が多くて付き合いをとても大事にしてるのに、こんな時に誰にも連絡をしないものかな？　俺なら——俺ならどうするだろう？　もし家を出なければならないような何事かが起きたら、進藤や田代に連絡や相談をするかな？　わかんね。でも、やっぱり、しないかもな。俺がしないかもって思ったとたんに、逆に絶対に玲美は話をしてるって確信したよ。母さんはだまされているんだ。

母さんは職場の薬局のパソコンを借りて今すぐメールを出すという。俺もどこかでやるようにと命じられて、田代のケータイに電話した。やつら、練習が終わって『ハーフ・タイム』にいるらしい。俺は事情を話して、メールの代送を依頼した。

「マジかよ？　お前、出てこいよ。待ってるからさ。メールの打ち方教えるから自分でやったほうがいいって」

真面目な田代はあわてている。そりゃ、そうだよな。

「別に、一言だから」

俺は言った。

「長文なんて書けないし。電報みたいなもん。頼むよ」

——とりあえず一度帰ってこい。ちゃんと話し合おう。

メッセージそのものより、メルアドを電話で伝えるのが骨が折れた。でも、俺は『ハーフ・タイム』に行きたくなかった。みんなの目の前で玲美に呼びかけのメールを送ったりしたくなかった。あそこには似鳥ちゃんもいるし。

「木島ァ、なんてかさ、もうちょっと胸を打つ文句を考えろよ」

進藤の声が出てきた。うるせえ。

「お前が考えてくれ。そんで、それ送ってよ」

俺は言った。

「お前、冷てえよ」

うるせえ。

「ヨロシク」

俺は電話を切っちまった。

メールが届いても届かなくても、どうでもいい。俺は玲美の胸を打つ言葉なんか思いつかない。面と向かっても、きっと何を話したらいいのかわかんね。

心配してないわけじゃない。

でも、胸糞《むなくそ》わりい。こんな胸糞わりい——なんてのを友達に見せたくない。四十男とマジで恋愛する十五の娘のことを考えるのはイヤだ。十五の娘とこっそり恋愛するコブつきの四十男のことはあんまり考えると殺意を抱きそうだ。玲美は馬鹿だ。三六〇度、どっから見ても馬鹿だ。でも、母さんみたいに頭ごなしに怒っても、たぶん、どうにもなんねえだろ。


その夜、九時過ぎに進藤から電話。玲美あてに田代がメールを送ってくれたという報告と、明日は来られるのかという質問。ありがとうとお礼、行けるよと返事。

「お前、大丈夫なのかよ?」

進藤は電話の向こうで心配そうな、もどかしそうな声で聞いてきた。

「何が?」

俺は突っ放すように白々しく答える。

「色々さあ……」

進藤は色々言いたいことがあるんだろうなと思う。気にしてくれるのも構ってくれるのもありがたいんだけど、俺は素直になれない。自分の中でもやもやしてるものは一人で隠しておきたくて、外にぶちまけたり、友達とわかちあったりできない。昔からそうだった。

「明日は絶対勝とうぜ。負けたら終わりだからな」

力のこもった進藤の声が、嬉《うれ》しいような、うざいような複雑な気持ちがした。

十一時過ぎにまた電話が鳴り、母さんは風呂《ふろ》に入ってたから、三コール目で俺が受話器をあげた。モシモシと子供の高い声がした。

「ネモトカズユキです」

ネモト……？　〝根本さん〟——玲美の……。

「ぼくは、玲美ちゃんのかわりです。玲美ちゃんは元気です。なかよくしてます」

台詞《せりふ》を暗唱するようにガキはゆっくりと話した。

「あ……玲美……そこにいるの？」

俺はやっとのことで声を出した。

「バイバイ」

いきなり電話は切れた。俺はしばらく電話を切られた事実に反応できずに固まっていた。それだけ？　おい、おまえ——ネモト・ナントカ……。ガキの甲高い声ってロボットみたいに冷酷な感じがするな。風呂からあがってきた母さん、電話のベルを聞きつけて珍しく部屋から顔を出したおじいちゃん、二人にむかって、俺はなんと言っていいのかわからなかった。

3

試合場は深山《みやま》学院のグラウンドだった。気持ちのいい十月の晴天で、薄青い空には真っ白なつややかないわし雲がうねうねとどこまでも広がっていく。その空を村田が見ている。空を見ている村田の姿は、空そのものよりもっと涼しい感じがする。試合を見にいってもいいかと聞かれたのはもうずいぶん前のことのような気がする。

俺と村田の関係は、ステディーなものとして学校で認識されていた。もう面倒臭くなっちまって、よほど突っ込んだ質問をされない限り、俺も村田もわざわざ否定しなくなっていた。友達と恋人の境界線について悩んでもしょうがない。村田とのことは、そんな境界線が無意味な何か別次元の特殊なものだった。他人には説明しようがないけど、お互いにはわかっていると思う。もし、村田に本物のステディーができたらって俺は時々考える。でも、その想像はその先へ行かない。村田は恋をしない女の子に見えた。恋ができない女の子じゃなくて、恋などに捕まらない女の子だ。玲美みたいにつまんねえ恋に捕まらない……。村田には、まだ玲美のことは話してない。

今日の試合は、どうしても勝たないといけなかった。それも、できるだけ大差をつけて。ブロックのトップ2に入るためには、勝ち点3を稼ぎ、マイナス9の得失点差を少しでも挽回《ばんかい》しないと駄目だ。去年の新人戦は、ブロック・リーグの二位からシード・代表決定トーナメントを勝ち上がって中央大会トーナメントに初出場したんだ。一回戦で負けたけど、中央大会に出られたことはウチみたいな弱小校にとっては歴史的なことだった。進藤も田代も去年の中央大会にレギュラーで出た。俺は見ていただけだ、ぼんやりと、本間さんの勇姿を。

切羽詰まった雰囲気はなかった。今年は無理だというのは、リーグ戦が始まる前から、みんなわかっていた。いくら進藤がキンキン張り切っていても、だ。でも、今日のチームのモチベーションが低いかというと、そんなことはなくて、後ろから見ていても、フィールド・プレーヤーの身体《からだ》のキレがよく、連係もいいのがよくわかる。何より気合が入ってる。本間さんのおっかねえ面《つら》がなくても、これだけピリッとしまってるのが、俺にはなんだか不思議な気がしたよ。進藤効果？　いや、それだけじゃない。みんな、勝ちたがっているんだ。みんな、不安なんだ。たぶん、そうだ。本間さんのいないチームでやっていくことの不安を消せるのは、ただ勝つことだけだ。勝ちたい。そうさ、俺だって勝ちたい！

負けられないのは、一勝一敗の深山学院にしても同じことで、試合は初めからタフなものになった。相手のボールを奪って相手のゴールにぶちこもうって、ほんとそれだけ。攻撃の型も何もあったもんじゃない。深山のサイドの小宮がライン際《ぎわ》を猪《いのしし》のように突進してくる。速いけどドリブルがまずいから吉田がかすめとって森川に向けてロングボールを蹴《け》り込む。森川は二人がかりでふっとばされてボールを取られ、向こうもFWに向けてロングを蹴ってくる。進藤がガツガツと行く。こんなノーガードの殴りあいみたいなゲームになると、ファウルが増えて審判の笛ばっかり鳴ってる。セット・プレーが多くてイヤだった。ウチはセットのディフェンスがスカだから——俺を含めて。

先に失点したのはウチのほうだった。きっかけはイヤな予感のしたセット・プレーだ。相手のCKにFWの大原が頭で合わせたシュートがゴール・ポストに当たって跳ね返る。そのボールを先にトラップしたのは敵MFの河田で、シュートを打つ寸前に進藤と接触してばったり倒れる。審判の笛が鋭く鳴った。PKだ。進藤にイエロー・カード。そんなにひどくぶつかっちゃいねえよなあ。進藤は怒り狂った顔になったが審判に抗議はしなかった。怒り狂った顔のまま、俺に向かって両手を合わせた。すみませんともお願いしますともとれた。俺は深呼吸した。PKはイヤだった。本間さんが止めてきた鮮やかなPKシーンがハイライトのように次々と頭をよぎる。ウチのDFは決定的なピンチにはペナルティー・エリアの中でさえファウルを犯してもよかった。本間さんがPKを好きだったからだ。PKに強かったのも確かだけど、シーンそのものが好きな感じがした。キッカーとキーパーの一対一。キーパーがもっともスポットライトを浴びるシーン。

進藤め。とっさに忘れちまったか。今のGKが誰なのか。大原が自分でさっさと蹴ってさっさと決めた。そのさっさという感じが最悪イヤだった。大原はよーくわかってる。今のウチのGKが誰なのか……。

でも、この時はまだ序盤だった。まだたった一点のビハインドで、残り時間はたっぷりあった。

二回目のPKの時は、まるで事情が違っていた。

後半、残り五分を切っていた。スコアは2―2。ウチのFKのボールを奪われ、カウンターをくらった。河田の一人旅の中央突破ドリブル。誰も帰れなかった。追いつけなかった。ゴールの前には俺しかいない。一瞬トラップが乱れた瞬間に俺は無我夢中で飛び出した。ボールと河田の足めがけて飛びついた。届かねえっ。かわされた。もう駄目だっ。そのわずかな抵抗の間に進藤が戻ってきて河田にタックルに行った。後ろから足をかけて倒した。ほかにどうしようもなかっただろう。ゴールは無人だった。こぼれたボールは吉田がクリアした。もちろんPKだ。進藤は二枚目のイエロー・カードで退場になった。

絶体絶命のピンチから、わずかながら逃れるチャンスが訪れたのだが、そんなふうに思えなかった。進藤は今度は俺を拝まなかった。ただ、ピッチをあとにしながら、振り返って泣きそうな目で見た。俺を見た。

わざわざトドメを刺されるのだと思った。わざわざ俺がトドメを刺されるのだと思った。俺は何かを信じることはできなかった。自分を。力を。可能性を。奇跡を。進藤の必死の祈りを。

今日、当たっている大原が蹴った。今度は、そんなにさっさとは蹴らなかった。彼にもプレッシャーがかかっているのだと思った。フカしてくれ、と俺は願った。はずしてくれ。大原の足を見つめる。爪先《つまさき》の向きを見る。さっきは逆をつかれた。今度はせめて……。

ダフッたようなキック。力のないボールがゴールの中で巨大にふくれあがって見えた。見えた。届くと思った。でも、かすりもしなかった。

それが決勝点となった。

俺は進藤の目を見られなかった。あいつは泣き声だった。自分のせいだと言っていた。皆に謝っていた。二度のＰＫを相手に与え、退場になったＤＦとして、本間さんのあとを引き継いだキャプテンとして。

「よせよ」

俺は言った。

「謝んなよ」

そこで初めてあいつの目を見た。怒っている目だ。俺を猛烈に怒っている目だ。

「しょうがねえだろう？」

俺は言った。お前は悪くないってつもりで。

「張本人がしょうがねえとか言うなっ」

進藤は吠《ほ》えた。

「お前も謝れ！」

俺は悪い。俺が悪い。進藤より、もっと悪いかも。でも、俺は謝りたくなかった。すまんと言って済むことと済まないことがあって、スポーツのゲームはすまんと言って済むことは一つもないと思う。すまんと言って気持ちを軽くするのは卑怯《ひきょう》だと思う。そのことをうまく言えなかった。黙って苦い思いをかみしめていると、

「とれなかったのかよ？　あれ」

進藤はささやくように尋ねた。

「おい！」

田代がたしなめた。

「見ただろう？　それで負けただろう？」

と俺は言った。

「なんだよ、その言い方は」

進藤は俺のユニフォームの胸元をつかんだ。皆がわっと集まって俺たちを引き離し

た。俺は俺の腕をつかんでいた黒田を振り払うようにして、その場を離れた。

校門のところに、村田がいた。

また、みっともないとこ見られちまったなと思った。別にスーパー・プレーを見せられなくてもいいから、せめて、いい試合を見てほしかった。今は、俺は誰にも見られたくないし、特に村田には見られたくない。声をかけずに通り過ぎようとした。目をそらして急ぎ足で。村田は俺を呼び止めなかった。背中に視線を感じた。もっと足を速めながら、俺は村田の声を恐れながらもどこかで期待してる自分に気づいた。彼女はついてくるだろうか？　まだ、こっちを見てるだろうか？　振り向きたい。確かめたい。知りたい……。角を曲がった。

「きじまーっ」

呼ばれたけど、男の声。振り向くと田代が走ってきてる。村田の姿は見えなかった。まだ校門のところにいるかもしれない。でも、ついてきてはいない。なんだか、世界がぜんぶなくなっちまったみたいな気がした。

4

月曜日の朝は練習をさぼった。進藤とは一日中口をきかなかった。村田のことは視界に入れないようにした。時々見られている気がしたけど、近寄って話しかけてくることはなかった。

「放課後、絶対来いよ」

陸上部の連中と生徒食堂で昼飯を食ってる時、田代がやってきて真剣な声で言った。

「今なら、なんもなかったことにできるからな」

行かないとどうなるんだろう？

「進藤に謝らしたほうがいいんなら……」

田代が言いかけたのを首を振って止めた。

「そんなんじゃねえよ」

「じゃあ、来いよ。あいつも悪かったって思ってるんだよ。お前、妹のこととか色々あったし」

「関係ねえよ」

「何なに？　何かあったの？」

陸部《りくぶ》の加藤が興味を持ったけど、俺も田代も黙っていた。絶対休むなよと何度も念を押して田代は食堂を出ていった。

放課後に行かないと、ちょっとした喧嘩《けんか》みたいなのが決定的なトラブルになるんだなと思った。あたりまえのように部活に出て練習してれば、あたりまえのようにいつもの日々に戻れるのかな？　俺は才能のないＧＫで、皆はそんなの百も承知しながら、俺が本間さんじゃないことに失望しつづける。別にいいんだ。それはいいんだ。ただ、俺はあの二本目のＰＫの時、キッカーが蹴る前からあきらめていた。少しでも自分を信じられたら、きっと取れるボールだった。進藤が言ったようにな。それが悔しい。なさけねえ。恥ずかしい。俺のような人間がサッカーをやることにいったいどんな意味があるんだろう。

マジになるつもりがパンクしちまってる。

部をやめて、暇ンなった時間にひたすら絵を描いていようか？　俺は暇が欲しかったんだ。絵を描くための暇が。絵の才能があるかないかなんて、どうでもいい。一人で勝手に描いていればいいからだ。誰にも迷惑をかけない。誰にも責められない。

ふとテッセイのことを思い出した。勝手に一人で絵だけを描いていた俺の父親を。俺はテッセイみたいになりたくない！　でも、部活に出るエネルギーがなかった。どうしても、どこからかきあつめても出てこなかった。

あれっきり玲美は連絡をよこさなかった。火曜日に、母さんは警察へ行き、今度はおじいちゃんも止めなかった。

警察は玲美を探し出せるんだろうか？　母さんには黙っていたクラスメイトたちはオマワリサン相手になら玲美のことをしゃべるだろうか？　時々、最悪な想像をしちまう。玲美が傷つけられたり、殺されたりして、人気のない山奥に捨てられる想像だ。でも、そんな時は必ず、電話で聞いた子供の高い声が「玲美ちゃん」と呼ぶ。すると、ぐったりしていた玲美は奇跡のように甦《よみがえ》り、子供のところへ走っていく。そして、子供をぎゅっと抱き締めながら言うのだ——恐《こわ》いことなんて何もないのよ。その最後のところで俺はなぜか背筋が寒くなる。

水曜日に登校すると、田代が説得にきた。進藤と三人で話し合いをしたい、今日の練習が終わったら『ハーフ・タイム』で待ってるから、お前が来なくても待ってるからと言う。絶対に行かないと俺は断った。話すことなんか何もなかった。それでも、『ハーフ・タイム』に本当に行かないのはむずかしいことだった。裏切りという言葉が頭の中をぐるぐるまわった。えらい古典的な言葉だ。俺は、江ノ電を長谷《はせ》で降りずに鎌倉まで乗っていった。九時過ぎまで街をウロウロして家に帰ると、母さんが田代くんから電話があったわよと言った。怪しむように俺をにらんだ。返事をせずに二階へ逃げる。

木曜日の朝はマジで憂鬱《ゆううつ》だった。母さんが、なんで朝練に出ないんだと問い詰める。行きたくないからだと俺は答える。母さんは物理のテストで零点を取った時より、もっと、さげすんだ失望した目で俺を見た。何か言ってくると思った田代は俺のところに来なかった。これで終わったというようなほっとしたような脱力したような変な気分だった。これまでお互いに無視しあっていたような村田が今日は何度も俺を見ている。

森戸神社のバス停で降りると、村田がいた。学校の制服で鞄《かばん》を持って。目があった。逃げられないと思った。

「よくわかんないよ」

村田はいきなり言った。それだけ言った。

バスの残していった排気ガスが鼻にしみる。俺は車の切れ目を見て、通りを向かい側に渡った。村田はそのままバス停のところにじっとしていた。まるで、日曜日の深山学院の校門でのシーンの再現だ。待っていても村田は動かなかった。仕方なく、俺はうなずいてみせる。手招きとかするべきかもしれないけど。狭い県道をうなりをたてて走る青いイプサムが村田を一瞬見えなくする。車が通り過ぎたあとに村田は幅跳びの助走のように勢いよく大股《おおまた》でバコバコ駆けてきた。その勢いのよさになんだか俺は感動してしまう。

森戸海岸の浜まで降りていった。海からの風が強かった。季節外れの海水浴場はがらんとしていて、どこかピントがずれているような感じがした。大学生っぽいカップル、二人連れのオバサン、犬を連れた男の子。いつ、ここにおじいちゃんが現れても不思議じゃないと思った。玲美のことを考えた。玲美とおじいちゃんは、よく、夕方にここらを散歩してたっけ。

村田は俺のことなど忘れたかのように目を細めて水平線のほうを眺めている。硬い真っ黒い髪が風になびいて、翼を広げた海鳥みたいな感じがした。今にも、勇ましくきっぱりと空と海に向かって飛び立っていきそうだ。村田と鳥と海と空の取り合わせをいつしか頭に描いている。なるべく少ない線で。ほとんど無彩色だけの淡い色調で。

俺は波打ち際《ぎわ》まで行って、しゃがんだ。引き潮で波打ち際はゴミが目立つ。割れた貝殻や丸い石、プラスチックや缶のゴミ。その雑多なブツを海は運び上げては、じゃぶじゃぶと波でなぶっている。波の打ち寄せては引いていく音が耳に心地好かった。

こんなふうにしてるなら、たぶん一日中でもいっしょにいられる。黙っているのは、すごく楽だ。俺は言わなけりゃいけない色々な言葉をぜんぶ頭からおっぽりだして、波が白く泡だって打ち寄せ、ゴミをくすぐっては茶色く濁って引いていくのを眺めていた。

俺は砕ける波を、村田は彼方《かなた》の水平線を見ながら沈黙したまま——どのくらいの時間がたったんだろう。

「マジになるのに失敗したんだ」

俺はいつしかボソリと言っていた。低い声だし、村田は一メートル以上後ろにいた。聞こえたかどうかわからなかったけど、俺は振り返らなかった。

「ゆうべ……」

村田の声がした。

「進藤くんから電話がかかってきて、木島の居場所を知らないかって」

俺は振り返った。軽い失望と軽くない怒り。

「それで、来たの？」

「チガウよ」

村田はきっぱりと首を横にふった。

「私は、ただ聞きにきたんだ」

村田の視線はまっすぐに俺に注がれていた。

「どうしたの？　って」

頬をぴしゃりと叩《たた》かれたような、転んだ時に手を差しのべられたような、そんな反対の感じが同時にした。

「答えたくなかったら答えなくていいんだ。でも……、私は聞きに行きたかったんだ」

村田の声はいつもみたいにきっぱりしてなくて、少し口ごもったりしてた。まるで、このことを言うのに勇気が必要だとでもいうように。そんなふうに尋ねられたら、答えないわけにはいかないよ。

「絵を描くのがどんどん面白くなって、夜寝れなくて朝練がきつくてさ、イヤだなあってのが進藤にバレバレで、放課後の練習も、なんで毎日あるのかな、もっと時間があったらやりたいことあんのになって」

俺は言葉を探しながらゆっくりと言った。

「でもさ、喧嘩みたいになって部に行かなくなったら、時間あっても絵なんかぜんぜん描いてないんだ」

村田は黙ったままゆっくり小さくうなずいた。

今の俺の状態を説明するには、まるで言葉が足りなかった。この脱力感をどう表現したらいいのか、わかんねえよ。

「木島、大事にしてるからさ」

村田は言った。それしか言わない。

「何を？」

俺は聞いた。

「進藤くんたちだよ」

村田は答えた。

「冗談！」

「ほんとだよ。よくわかるよ」

「よしてよ」

「外から見てるほうが、よくわかるんだって！」

村田は頑固に言い張った。

俺は溜《た》め息《いき》をついた。そんなこと、ぜんぜん、ぜんぜん、わかられたくない。

潮が少しずつ満ちてきたので、俺は波打ち際を離れて村田のそばに行って砂の上に腰を下ろした。村田も隣に来て座った。なんとなく村田の視線を追った。銀色の帯みたいに部分的に鈍く光っている海面。菜島《なじま》の鳥居、細長い突堤、白い灯台……。

話題を変えたくなって、俺は玲美のことを話した。家出の顚末《てんまつ》。村田は黙って聞いていた。

「あいつはファザコンみたいでさ。付き合うのはいつも年上ばっか。タレントとかもトシヨリばっかり好きで」

母親から別れた父親の悪口を——歪《ゆが》んだ愛情に満ちた不思議な悪口を子守歌がわりに毎日聞かされて育ち、その父親に一度も会うことがなかった娘が玲美なんだ。玲美はいつもテッセイのことを知りたがった。俺は一度だけテッセイに会ったけれど、その話を玲美にあまりしてやったことがない。玲美の中には本来父親が占めるべき場所にぽっかりと空洞があって、その穴はまるでブラックホールみたいに人を吸い寄せる。年上のイカレた男たち。おじいちゃんも、そうかもしれない。

「その人と会ったの？」

村田は尋ねた。俺は首を横にふった。

「会わなきゃわかんないじゃん」

「会ったら殺す」

村田が目を大きく見張ったから、俺は笑った。

「冗談だってさ」

「そんな……ふうなのかな、お兄さんって」

なんかしみじみした感じで村田はつぶやいた。

「ウチは姉がいて四人家族で、たぶん外から見ると欠けたとこなんかない幸せな家庭で、でも、ウチのみんなは私のことが嫌いで、昔からほんとに大嫌いで」

村田は吐き出すように苦々しく言った。

「私は家に居場所がなくて、いつも通ちゃんのとこに行ってた。通ちゃんがいなかったら、私は犯罪をやるような人間になってたかもしれない」

俺は驚いて村田の横顔を見つめた。村田ンチは行ったことがあるけど、優しそうなお母さんにキレイなお姉さんがいて、珍しそうに俺を歓迎してくれた。家族のことって、ほんと他人にはわかんねえよ。

夕方になると、風が冷たくなって、村田は時々制服のブレザーの上から腕をこすっていた。ウチでお茶でも飲んでけばって誘ったけど、玲美が帰るまで行かないと言って笑った。すげえ優しい笑顔で、村田じゃないみたいな気がした。とっさに、その表情を頭の中に刻みつけようとする。思いがけないところにふっと生まれてはじけたアブクみたいで、ぼやけた印象しか残らない。残像が全部消えないうちに紙に描きたくなって、学校の鞄からノートと鉛筆を取り出して、薄暗い寒い浜辺で急いでスケッチした。

村田には、無限に表情があるんだな。あたりまえかな。誰にもあるのかな。不思議だ。画家が一人の女を一生描くことってあるみたいだけど、確かに、いくら描いてもこれで終わりってことはないかもしれない。

村田は俺が描くのをのぞきこむようにして見ていたけど、途中から、空との境界がぼやけてきた水平線のほうに視線を移した。すぐそばの横顔を見ると、なんだか、落ちつかない顔つきをしている。もう海鳥みたいじゃなくて、なまなましい人間の顔だ。恥ずかしい——って顔だ。俺は描くのをやめた。俺もなんだか、恥ずかしくなっちまったんだな。

逗子《ずし》行きのバスを待っている間、俺は村田に何か言わなきゃなと困っていた。ありがとうってな言葉だ。村田がバスの中に消えていく時に言おうとして、やっぱり口から出てこなかった。しょうがなくて、ひらひらと手を振った。電気が灯《とも》って青く見えるバスの中に向かって。秋の夕暮れは、もう、どこもかしこも青いインクみたいに冷たくひたひたと静かで、バスが行っちまってから、俺はしばらくその場を動かずに、遠ざかるエンジン音とかすかな海鳴りに耳を澄ませていた。

5

玲美がいなくなってから、家で飯を食うのがマジできつい。おじいちゃんは一言もしゃべんないし、俺も自分から話題を提供して場を繕うなんてタイプじゃないし、二人の黙れる男を前に母さんはかわいそうなくらいイライラしていた。食卓では、玲美がほとんどしゃべっていたんだなと今更のように気がついたよ。玲美がしゃべり、母さんが相づちを打つ。俺がたまに突っ込む。おじいちゃんはやっぱり無言だったけど、玲美の話を聞いている目は穏やかでほのぼのと幸せそうだった。玲美は我が家の潤滑油、エネルギーの源、輝く太陽だった。太陽をなくした地球が滅びるのは時間の問題だ。

土曜日は学校が休みだったから、俺はずっと部屋に引きこもって絵を描いていた。海を背景にした村田の絵を水彩で描いていた。鉛筆のタッチを残すように、水でゆるく溶いた絵の具で薄く塗っていったけど、たくさんの色を使った。色を使うのは楽しかった。本当に楽しかった。俺の描く村田が、こばた・とおるのMに負けてるなんて考えなくてすむくらい……。

パレットを洗いに洗面所へ行った時、仕事から帰ってきた母さんと鉢合わせした。洗面台の中を混じり合って溶けて流れていく絵の具を母さんはイヤな目つきでじっと見ていた。その時は何も言わなかった。口にしたのは、夕食の席だった。俺は食欲がなかったし、描くのをやめたくなかったから、食事はいらないと断った。あとでカップ麺《めん》でも食えばいいや。

「作ったんだから来なさいよっ。食べなくてもいいから、座ってなさいっ」

母さんの声が普通じゃないから、びっくりしてスケッチブックから顔をあげた。母さんは俺の腕をつかんで、引きずるようにして下へ連れていった。おじいちゃんがむっつりした顔でもうテーブルについていた。三つの皿の中身はスパゲッティ・カルボナーラで、あまり料理の得意じゃない母さんのレパートリーの中で玲美が特別に気にいっていたメニューだ。

いただきますとも言わずにおじいちゃんが食べ始め、俺と母さんは手をつけずにじっとしていた。

「サッカー部をやめたの？」

母さんは刃物で刺すみたいにズブッと尋ねた。

俺は曖昧《あいまい》にうなずいた。正式に退部届を出したわけじゃなかった。でも、田代も進藤も、もう俺のことをあきらめたのはわかっていた。

「なんで？」

それは、村田に「どうしたの？」と問いかけられたのとは明らかに違う種類の質問だった。

「うまく言えない」

俺は皿のスパゲッティに向かってつぶやいた。

「何言ってんのよっ。言いなさい！」

俺はまだイタズラを白状しなきゃいけないガキなのかな？

「才能がないんだよ。いいかげんで。いても迷惑なだけで……」

なんてみすぼらしい言い訳なんだ。

「才能がないのと、いいかげんなのは別の問題でしょ」

母さんにずけずけと突っこまれた。

「もともと選手権へ行けるような強豪校じゃないんだから、才能なんてどうでもいいじゃないのよ。子供の頃からやってたのに途中で投げ出すようなことはしないでよ。だいたい、引退まで、もう何ヶ月もないんでしょ？　何考えてるのよ！」

それはそうなんだけど……。頭ではわかるけど気持ちがついていかねえんだよ。

「情けないわねっ」

俺が黙っていると母さんはイライラして叫んだ。

「一つ投げ出すと、何でもかんでも、全部投げ出す羽目になるのよ」

一度火がついたら、母さんは燃え尽きるまで徹底的に怒る。

「責任を持って何も続けられなくて、社会に居場所がなくて、逃げるみたいに絵ばっかり描いてるなんてね」

母さんの声には怒りだけじゃなくて憎しみがこめられてるみたいだった。

「あんたは、テッセイそのものじゃないの！」

その言葉は俺の心臓を直撃した。

カランと音がした。おじいちゃんがフォークを皿に投げ出した音だった。

「いいかげんにしろ」

おじいちゃんは疲れた調子で言った。

「おまえは、そうやって、いつも子供を追いつめる」

しゃがれた苦しそうな声。

「玲美も。だから、出ていったんだ」

母さんはおじいちゃんをにらみつけた。

「黙っててよ!」

そして、また俺のほうに向きなおる。

「テッセイみたいになってほしくないのよ」

祈るみたいに、嘆願するみたいに言う。

「あんたは、ほんとによく似てるからね。どんどんどんどん似てくるからね。人と本気でかかわれないところがあるね。玲美のことでもそう。心配してるのかしてないのかもわかりゃしない。玲美と本気で話し合ったことってある? 何か玲美のことをちゃんと知ってる?」

あんまりだった。かなり当たってると思うだけに、よけい耐えられなかった。俺は席を立った。部屋に戻って、財布にあるだけの金をつめこむと、ジャケットをつかんで家を出ていった。

さみい。十月の夜だけど。行くとこなんてねえし。玲美がうらやましいような気がした。あいつは、少なくともあいつを愛してくれる人たちと一緒にいる――たぶんな……。村田のことが一瞬頭をかすめて消えた。こんな時に村田を呼び出して一緒にいてくれと言えないのが、言いたい気持ちにならないのが、自分でももどかしい、さびしい。なぜだろう？　人と本気でかかわれない――母さんの言葉が耳の中で何度もしつこくガンガン鳴ってる。友達もなくしちまったんだよな。

俺は、今、テッセイになっちまったのか……。あっけないほど簡単に。「テッセイにならない」というのが、母さんが俺に託した唯一《ゆいいつ》のテーマで、俺はいつもそのテーマを壊れやすい卵みたいに大事に胸に抱いて生きてきた。押しつけられただけじゃなくて共鳴しているテーマだった。なんで、こんな簡単に崩れちまったんだ。きっかけは、やっぱり絵なんだろうか。もし、たまたま美術の授業で村田を描かなかったら、俺は何も迷いも悩みもせずに、授業中にくだらない落書きをして、ヘタクソなサッカーをして、お気楽に毎日生きてたんだろうな。

でも、そんなの全部言い訳だ。持ち時間が一日二十四時間なのは皆いっしょなんだから、できることを自分なりにせっせとやりゃーいいんだ。サッカーも絵も。別に両立できなかったわけじゃない。どうすればよかったんだろう？　なんで、こんなふうにコケちまったんだろう？　石もないのに勝手に一人でつまずいてコケたみたいだ。すげえ馬鹿《ばか》みたいだ。

マジで行くところがなかった。いきなり泊めてくれなんて転がりこめるのは、部の連中のところだけだし、俺の世間というのはぞっとするほど狭いのだった。バスを新逗子の駅前で降りて、京急で横浜まで行った。人間、コケた時は街をぶらぶらするしかないんだなと思ったよ。女の子なんか、こんな時につまんねえ男にひっかかってグレるんだろうな。俺もつまんねえ女にひっかかってグレてみようかな。でも、ナンパなんてしたことねえし。知らねえ女としゃべったりするなんて、ぞっとするよ。面倒臭え。そういえば、ずいぶん長いこと、女の子とやってない。部活で暇なしだもんな。カノジョがいれば日曜日に会ってやったりもするんだろうけど。森川は夏休みにもろくに会えずにフラれそうだと泣いてたっけ。

村田のことでは、よく聞かれたよ。まだ食ってねえのかって。あいつ、食えるのかとも。最初の質問をした奴《やつ》は無視して、あとの質問をした奴は蹴《け》り飛ばした。村田には確かにスケベ心が起きないんだけど、でも、誰かがスケベ心を出して近づいたら、俺は絶対にぶんなぐってやる。顔がわからなくなるぐらい、グチャグチャになぐってやる。

『ハーフ・タイム』のドアを開けたのは、十一時を過ぎていた。もう閉店してるはずの時間だった。似鳥ちゃんが一人でいて、最後の後片付けをしているところだった。俺は少し酔っていた。何をしにここへ来たのかは、自分でもわかんね。絶対に誰にも説明できねえ。

「すごい遅刻ね」

と似鳥ちゃんは言った。

「二日？　三日？」

「三日」

と俺は答えた。似鳥ちゃんはわかってる。俺が自分でもわかんないでいる気持ちをわかってる。約束の三日あとの閉店後にこそこそやってくるロクデナシの気持ち。

「なんか飲む？」

と似鳥ちゃんは聞いてくれた。

「いいの？」

「いいよ」

俺が注文をせずにカウンターに座ってぼーっとしてると、似鳥ちゃんは、バーボン・ソーダを作って、コトリと音をたてて目の前に置いた。なんだか、なつかしい味がした。ずいぶん、ここに来なかった。最後に来たのは村田といっしょの時だ。まだ夏の時。

似鳥ちゃんは自分用にもバーボン・ソーダを作り、カウンターの向こうで立ったまま、うまそうにすいすい飲んだ。すごく自由な感じがした。うらやましくなった。

「彼らは、あなたと同じ顔をしてたわよ」

似鳥ちゃんはぽつりと言った。

「え？」

「進藤くんと田代くん」

言葉を切って、俺の目をじっと見る。

「失恋したみたいな顔」

「やめてよ」

俺は素早く言った。うんざりしたように言ったつもりが、すげえきつい言い方になった。

似鳥ちゃんは、ちょっとだけ笑った。

「なんか、私、うらやましい気がするわ」

うらやましい？　冗談じゃなくて？

「フットボーラーの気持ちのつながり方って、昔からすごくあこがれてたの。独特のものがあるわよね」

「どうかな……」

否定的に――でも百パーセントの否定はできなくて、ぼんやりとつぶやいた。

「俺はキーパーだし」

「孤独なポジションよね。でも孤立してるわけじゃないわよね」

似鳥ちゃんはゆっくりと言った。そうだ。まさにその通りだ。孤独だけど孤立はしてない。本当に一人きりの仕事なら、ずっと気楽だ。

「ねえ、似鳥ちゃんは、なんでサッカー好きになったのさ？」

俺は聞いてみた。前にも聞いた気がするけど、答えは覚えてない。たいした返事じゃなかったんだろう。

「木島くんは？　なんでサッカー始めたの？」

質問に質問が返ってくる。こっちの答えは簡単だ。

「俺は、ただ連れていかれたんだよ。親に。ガキの頃、サッカー・クラブに」

「私も、ただ連れていかれたのよ。サッカーの試合に」

ふざけた言い方だけど嘘《うそ》じゃないみたいだった。ちょっとドキリとした。

「彼氏？」

「まあね」

「今の？」

「チガウよ」

似鳥ちゃんは冗談を言われたみたいに豪快に笑った。まるで、これまでに十人以上のBFが彼女を何百というサッカーの試合に連れまわしてヨレヨレにしたかのような笑い方だ。

今日の似鳥ちゃんは、少しいつもと違っていた。自分のことを何も話したがらない人なのに、質問すれば答えが返ってくるような感じがした。バリヤー・オフだ。なんでだろ？　ここが閉店後の店で、俺が群れからはぐれて一人でいるからなのかな？

グラスが空になると、似鳥ちゃんは黙って二杯目を作ってくれた。似鳥ちゃんの昔の男のことを想像した。どんな奴だろうって。今の男のことも想像した。なぜか、特定の男の姿がパッと浮かんできて自分でも驚いた。

ここから近い、いまいましいほど急で長い坂の上に住んでいる……。半ば眠り込んでいる村田を支えて歩かせるよりはマシなので俺は背中におぶってしまった。その山荘みたいな古くて洒落《しゃれ》た家の表札はポーチの明かりでなんとか読み取れた。SUGIMOTO――坂の上、スギモトってウチ――聞いておいてよかった。玄関のドアは少しだけ開いていた。チャイムを鳴らすと、片目のつぶれた巨大な白猫がのっそりと出てきて疑わしげに俺の顔を見上げてヌーと鳴いた。それから、五回くらいチャイムを鳴らすと、ようやく、あの男が出てきた。

幽霊を見たような気がした。テッセイかと思った。よく見ると、どこも似てない。ただ、背格好と年回り、ちょっと猫背な姿勢、無精髭《ひげ》、青黒い顔色、疲れたような気のない目つき……。俺は背中の村田のことをしばらく忘れていた。

――ミンはどうしたの？

静かな声だった。静かだけど、もし、俺が村田に何かヤバいことをしてたら、マジでビビりそうな強い声だった。俺は事情を簡単に説明して、なんだかペコペコと謝って。すると、こばた・とおるはニヤニヤした。人の悪そうな笑い方だった。意地悪だけど下品な感じはしない。しゃべったり笑ったりするごとに、彼からテッセイの幻はどんどん薄れていく。でも、なんだか目が離せねえ。見たことのない種類の男だ。よく、わかんねえけど。雰囲気ですげえ圧倒されて、それが悔しかった。

「こばた・とおる」

と俺はつぶやいた。

「え？」

似鳥ちゃんは、眉間《みけん》にしわを寄せた。

「……と付き合ってるの？」

なんで、そんなこと聞くんだろ？

「ぜんっぜん」

似鳥ちゃんは、殺人犯との仲を疑われたように不愉快そうな声を出した。

「なんで、そんなにイヤそうに言うわけ？」

「イヤだからだよ」

「キライなの？」

「キライだよ」

否定を重ねれば重ねるほど、反対の意味に響いてくるのが不思議だった。

「どこがキライなの？」

「しつこいなあ」

似鳥ちゃんは怒るというよりは呆《あき》れた笑いを浮かべて言った。

「じゃあ、似鳥ちゃん、どんな男が好きさ?」

「もう帰りなよ」

犬にするみたいにシッシッと手を振られる。

「それだけ聞いたら帰るよ」

俺はグラスをカウンターに置くと両肘《りょうひじ》をついて両手であごを支えた。返事は期待してなかった。でも、似鳥ちゃんはまるで用意してある答えみたいにすっと答えた。

「消えない男」

なんだ? SFのタイトルか? しばらく理解できなくて、その言葉が頭の中をグルグルまわっていた。

「どの男もみんな消えたからね」

似鳥ちゃんは自分で説明してくれた。

「男だけじゃなくて、何もかも消えてしまうのよ」

信じられる? と似鳥ちゃんは俺の目の中をのぞきこむようにして、そっと尋ねた。

「何かを好きになると、必ずそれがなくなってしまう。大切なものは、みんな消えてしまう。子供の頃からずっとそうなの。呪《のろ》いでもかけられてるみたいにね」

俺はなんて答えたらいいのかわからなかった。

「それでも生きていけるわよ」

似鳥ちゃんは淡々と言った。

「何も望まなければいいの」

その言葉は俺の中のすごく深い暗い部分に落ちていった。そういう人を知っている気がした。何も望まない人。何も望まずに生きていた人。そいつは、俺の人生からあっけなく消えてしまった。まさに消えてしまった。

テッセイ。俺の親父《おやじ》。俺に似ているらしい親父。

似鳥ちゃんは見慣れた少し歪《ゆが》んだようなクールな微笑《ほほえ》みを浮かべていた。ぞっとするほど魅力的だった。俺は身体《からだ》中が粟立《あわだ》った。何かこうタチのよくないものに徹底的に打ちのめされたような気がした。似鳥ちゃんの目から視線を離せなくなった。こんなふうに誰かを見たことはない、たぶん……。頭の中にはスケッチブックも鉛筆も浮かんでこなかった。彼女の目を見つめながら、俺はただひたすら何かを待っていた。

似鳥ちゃんの白い手がふわりと俺の頭の上に置かれた。子供をなだめる母親のように。同情を示しながら距離を置くように。年上の女であることを誇るように──でも俺は彼女の年はまるで知らない……。似鳥ちゃんの目の色は優しくて少し疲れていて、霧がかかっているようにぼんやりして不穏だった。彼女の手が離れていかないうちにつかまえた。急いで。乱暴に。それから、手の甲に唇をつけた。感謝ではなく、西洋の挨拶《あいさつ》でもなく、全身から込み上げてくる唐突な欲望を伝えようとした。祈りのように。唇から白い小さな手に。

6

横須賀《よこすか》の駅から、永遠とも思える時間を俺たちは歩いた。いくつの角を曲がったのだろう。住んでいる街の闇《やみ》の中で似鳥ちゃんは、まるで迷子になりたがってるみたいに思えた。遠いんだね——と俺は言おうとした。でも声が出せなかった。何か一言でも発したら、魔法が解けてゲームの終わりを似鳥ちゃんに告げられそうな気がした。誘いの言葉はなかった。ただ、店を出てから似鳥ちゃんは俺の手をとり、それがありふれた日常であるかのように二人で帰宅することになったのだ。

いかにも古そうなベージュの壁のアパートの前で、似鳥ちゃんは俺の手を離し、狭い階段を一人ずつ上った。

部屋はかすかにバラのようなにおいがした。似鳥ちゃんがいつもつけてるコロンのにおいだ。青ざめた蛍光灯の光が照らし出す1LDKの部屋は、ほとんど家具がなくがらんとして見えた。俺にはあちこちをよく眺めまわす余裕はとてもなかった。似鳥ちゃんが背中を向けているうちに後ろから肩を抱き締めた。ずいぶん背が小さいんだなと思った。うなじにそっと唇をつけた。似鳥ちゃんはかすかに身震いした。俺はなんだかハッとして腕の力をゆるめちまった。身体が反応したのか、心が拒絶したのかわからなかったんだ。ここまできて、ためらうこともないんだけど。

似鳥ちゃんは俺の腕の中でゆっくりとこちらに向き直った。目の中には、イエスもノーも浮かんでいなくて、俺はなんだか悲しい気持ちになったけど、やっぱり止められなくてキスをした。おでこに。まぶたに。口元の小さな傷に。唇に。似鳥ちゃんの身体の力が抜けていくのがわかった。とても、やわらかい、やわらかい身体だ。

ここは本当に何もない部屋だった。

俺たちが寝ているソファー・ベッド。円いキッチン・テーブル、その上に玲美のとは違うみたいなノート・パソコン。小さなテレビ、その上に使い古した感じの水色と青のメガホンが一つ。チーム・マスコットはとび丸くん。横浜フリューゲルスのメガホンだ。親会社の経営不振の影響で、同じ横浜を本拠とするマリノスに吸収合併され、事実上は消滅したチーム。去年の正月、最後の花道となった天皇杯優勝の記憶はなまなましかった。

消えたチーム。まったく突然、まったく一方的に消えさせられたチーム。似鳥ちゃん、フリューゲルスのサポだったのか。好きなチームはないって言ってたのは、本当であり、嘘でもあったわけだ。

似鳥ちゃんは、もう静かに眠っていた。裸のまま。狭いベッドの中で触れ合っている肌がひんやりと冷たい。こんなに体温の低い女を俺は知らない。身体が感じているようでも、彼女の肌はぜんぜん熱くならない。セックスは二度した。彼女の反応は敏感だった。それなのに、肌だけが雪でできているようにずっと冷たいんだ。この肌を温めた男がいるのかな。燃え上がらせた男が。過去に現在に。そんな男のことを考えても不思議と嫉妬《しっと》は感じなかった。俺はただ彼女の肌からしみこんでくるような冷たい無力感を味わっていた。何も望まなければいいという似鳥ちゃんの言葉を思い出してかみしめていた。

俺は似鳥ちゃんにあこがれていて、彼女に触れることをずっと望んでいて、それは部の連中みんなが同じで、おもいがけずに願いがかなってしまった今、喜びや勝利感なんてなくて、ただぼんやりとほろ苦い。

しょうがねえよな。これは恋じゃないんだから。一夜限りの恋ですらないんだろう。俺はたぶん間違った側に来ちまったんだろう。カウンターの反対側だ。俺が向う側から無様に転げ落ちてしまったから、似鳥ちゃんは手を差しのべて隣に入れてくれたんだ。

ここは、常冬の世界、喪失の世界だ。

似鳥ちゃんは、クールなんじゃなくて、人生の冷気の中で凍りついているだけかもしれない。自由に見えるけど、舵《かじ》もなく錨《いかり》もない、ただの漂流船なのかもしれない。それでも、彼女は素敵だった。彼女が頭を撫《な》でてくれたら俺はその手にキスするだろう。彼女が手をひいてくれたら、俺はどこまでもついていくだろう。そこが自分の居場所じゃなくても。間違った側でも。

似鳥ちゃんを起こさないようにそっと部屋を出た。まだ夜明け前だ。えらい真っ暗だ。道なんてわかるわけがない。あてずっぽうにどんどん歩いた。寒い。寒いけど、駅になんてつかないといいと思う。このまま冷たい暗闇をいつまでもさまよっていれば、何かを考えたり決めたり言い訳したりしなくていい。それでも、歩き続ければ大通りに出て、闇も次第に薄れてくる。黒から青に。青から白に。新しい朝が訪れるというより古い夜が抜けていくというような冷たい白々とした夜明けだった。

京急の逸見《へみ》駅に出て、そこから家に向かった。まっすぐ帰る気になれずに、バス停から海のほうへふらふら行った。浜辺の景色を見たとたんに村田のことを思い出した。無理やり閉じておいた蓋《ふた》がガバリと開いたように、村田の色々な顔や仕草を一気に思い出した。ショックだった。村田のことは忘れていたというよりは、たぶん意図的に心から閉め出していたんだ。

俺は——村田を裏切ったのかな？　似鳥ちゃんと寝たのは、そういうことになるのかな？　俺たちは何も言葉で約束をしていなかった。村田との関係は、どうしても曖《あい》昧《まい》で特殊で、女として意識してるわけじゃないのにトモダチという言葉では割り切れない……。

やっぱり、ゆうべ、村田のところへ行くべきだった。俺を心から心配し、信頼してくれるあいつのところへ。でも、村田のまっすぐで強い気持ちが、ゆうべの俺にはなんだかきつかった。

漠然とした強い不安。何かをなくしてしまったんじゃないかっていう不安。

村田はどうなんだろう？　村田は俺に何を求めているんだろう？　——絵だ。絵だよな。「いっぱい描くんだよっ」あいつが酔っぱらって叫んだ言葉、時々、声の調子までそっくりそのまま思い出す。「私は好きだよ。いっぱい描けよっ」俺たちは絵でつながっている。絵を描けるだろうか？　村田の絵をまだ描けるだろうか？　描けなくなっちまったらどうしよう？　描きかけの水彩……。不安が恐怖に変わる。マジで恐くなった。村田の絵が描けなくなったら、なんか生きててもしょうがないような気がする。

帰ろう。とにかく家に帰って、あの絵を見よう。続きをやろう。そう決めた時だった。

コンクリートの突堤の端にうずくまるようにして座っている人影が目に留まった。長い髪の毛が風になびいている。あのほそっこい身体つきは見間違えようがなかった。玲美だ！　俺は駆け出した。砂に足をとられた。チクショウめ。玲美、と呼んだ。のどがガラガラしてる。もう一度大きな声で呼んだ。

「玲美ーっ！」

7

玲美は壊れていた。身体は傷一つなかったけど、心がガタガタに壊れていた。一目見ただけでも、それはわかったし、何日たっても変わらなかった。口をきかない。ほとんど食べない。眠らない。風呂《ふろ》にすら入るのをイヤがって、三日目にとうとう母さんが無理やり風呂場に引っぱりこんで身体や髪の毛を洗った。玲美が帰ってきてからは、母さんは一度も怒らなかった。何かを無理に聞き出そうともしなかった。どれだけ心配してるのかは目を見ればわかった。それは、もちろん、おじいちゃんも同じで、ほんの一瞬の喜びと安心のあと、俺たちは新しい大きな不安の中に突き落とされたんだ。

俺の一夜の外泊はまったく不問に付された。同じ部屋の中で玲美が壊れているので、絵を描く気にもなれなかった。玲美は荷物を持たずに帰ってきた。いつも部屋にいる時はウォークマンやパソコンに没頭してるんだけど、どっちもないし、あっても表情のない人形みたいな今の玲美が触るとは思えないし。畳に座りこんで膝《ひざ》をかかえて、いつまでもじっとしている。目は開けていても何も見えてないみたいだ。いっしょにいると、息が苦しくなってくる。俺のほうもヘンになりそうになってくる。玲美をぐいぐいゆさぶって、何か聞いたり励ましたり元に戻ってくれと頼んだりしたくてたまんねえ。でも、無駄だった。何度かやっちまったんだけど。

何があったんだろう。男にふられただけで、ここまで壊れるものかな。病院とか連れていかなくていいのかな。とにかく食わねえし。栄養失調とかで死んじまったりしないんだろうか。

俺たちは相談して、とにかく玲美を一人きりにしないように気をつけていた。昼間はおじいちゃんが、夜は俺が、時間のある時には母さんが、マークをした。

一週間が過ぎる頃には、みんなフラフラになっていた。気持ちがきついんだ。ほんとうにまいるんだ。

母さんが仕事を早目に切り上げてきて、ちょっと息抜きしてらっしゃいと言うんで、俺とおじいちゃんは散歩に出ることにした。石原裕次郎の石碑の前から海を見下ろして、そういえば、いつか、ここにおじいちゃんといっしょに来たっけと思った。

「玲美を止められなかったの？」

長い沈黙のあと、俺はおじいちゃんに聞いちまった。

「玲美はおじいちゃんには色々話してたんだろ？　知ってたんだろ？」

おじいちゃんはしばらく答えずに、菜島の小さな鳥居のほうをじっと見ていた。

「止めても、出ていく時には出ていく」

しゃべる気がないのかと思った頃、重たい声でおじいちゃんは答えた。

「押さえつければ押さえつけるほど、反動で遠くへ飛んでいってしまう」

ほうと大きな溜《た》め息《いき》をついた。

「俺は、森下哲生って男が大嫌いだったよ」

テッセイの名前をおじいちゃんが口にするのを初めて聞いた。それもフル・ネームで。

「ボヘミアンきどりでキザでだらしがなくてイヤな男だった。歩美《あゆみ》のまわりをあいつがウロチョロするようになってから、俺はできることは何でもやったよ。脅したりすかしたり、顔が腫《は》れあがるまで歩美をなぐったこともある。別れさせようと思ってな」

そんな話は聞いたことがない。

「歩美は出ていったよ、ここから。このウチから。あの男と勝手に結婚してさんざん苦労した」

おじいちゃんは、またほうと息をついて続けた。

「娘は——息子もそうだが、閉じ込めておくわけにはいかんのだ。話をよく聞いてやって見守ることしかできない。子供が大きくなると、親のできることは本当にわずかになる。親は親、子は子だ。歩美もだんだんわかってくるさ」

娘も孫娘も、男を見る目がなくて、変な度胸だけはあって、家を出て、傷ついて、おじいちゃんは二度とも取り残されたんだ。

「一つもいいとこはなかったの？　テッセイは」

俺は思わず尋ねた。俺に似ている俺の親父《おやじ》。

「あの時は、そう思ったね」

おじいちゃんは少しだけニヤリとしたように見えた。

「わからんよ。ただ……」

おじいちゃんは口調を強めて俺のほうを向いた。

「もう、いいじゃないか。あの男のことは」

そうだけど……。

「俺たちは、もう、いいかげん、あの男から解放されてもいいんじゃないか？　歩美が悪いんだ。いつまでも、あいつのことばかりグチグチ言って」

俺は赤く染まりだした西の空に目をやった。胸の奥がかすかにうずく。

「好きなことをやるんだ」

おじいちゃんは言った。

「最後は自分だけだ。誰かのせいにしたらいけない」

その言葉は、重く、強く、厳しく、俺の心と身体《からだ》を貫いて、背筋をピンとさせた。

——最後は自分だけだ。

取り損なった、取れるはずだったPKのボールの軌道が鮮やかに目の前に甦《よみがえ》った。


その夜、ひさしぶりに、スケッチブックを開いた。描きかけの水彩画は乾いていて紙が少し波打っていた。絵の具のにおいをかぐと、不思議なほど気持ちが落ちついた。

村田には、玲美が戻ってきた日にそのことを話した。良い知らせと悪い知らせと、その両方を村田はしっかりとうなずいて受け止めた。自分の言葉が村田の心の中に落ちていくのが見える気がする。透明で誠実な感じ。それが、快い時とつらい時がある。村田は余計なことは言わない。玲美のことでも安易な慰めは言わなかった。

——でも、よかったね。帰ってきて。

短い言葉にこめられた、ありったけの真剣さ。

その真剣さをもらう値打ちがあるのかな、俺は。

似鳥ちゃんとのことがあってから、村田といる時、妙に気づまりな感じがするんだ。罪悪感——としか言いようがない。村田に悪いことをしたのかどうかよくわかんないけど、でも、知られたくねえな。絶対に。黙ったまま、村田からまっすぐな気持ちをもらうのは、すげえ卑怯《ひきょう》だ。村田にも似鳥ちゃんにも悪い。

玲美のことが落ちついたら、気持ちの整理をする。

絵ができるといい。納得のいく絵が。その時には、自分の気持ちがしっかり固まる気がする。その絵を村田にあげよう。手渡す時に何かを言おう。二人の関係をはっきり形づけるような何かを。

黒い海鳥のような、今にも飛び立っていきそうな、村田を描いている。ただ、静かに浜辺に立っているポーズだけで、そのイメージを表現するのはむずかしかった。

村田の印象そのものがむずかしい。屈折しているのに恐ろしくまっすぐだ。静かなのに激しい。閉ざされているのに開けている。日常の風景に、村田と似ていると思うものを時々見つける。まず、海だ。海そのものというより、急に遮蔽《しゃへい》物がなくなり、その空間の大きさから海があることがわかる——そんな景色。地下から地上にのぼる階段で、出口の形に切り取られて見える空。果てしなく広いところに向かって開けていく景色のイメージ。一枚の紙の上で一人の女の子をリアルに描いて、広く遠く大きく開けていくイメージを出したい。

何もかも忘れていた。部屋にいる玲美のことも。ふと思い出して振り向くと、座っていたはずの場所にいない。ぞっとした。と、次の瞬間、首をまわした反対側の俺のすぐそばに気配を感じる。玲美は絵を見ていた。

俺はおそるおそる玲美の横顔を見上げた。あの感情のスイッチを全部オフにしたような気味の悪い顔じゃなかった。そこには表情と呼べるものがあった。痛い——というのが一番近いかもしれない。なんて声をかけたらいいんだ？　どうしよう？

「描いて」

と玲美は言った。

「絵を描いて」

「わかった」

俺は言った。のどにひっかかったような声になった。

絵に関しては集中力のある俺だけど、この状況で集中するのはさすがにむずかしかった。筆をとってチョコチョコやって、またすぐに玲美の顔を見ちまった。

「お兄ちゃんが絵を描くのを見るのが好きなの」

と玲美は言った。

「子供の頃からずっとよ」

「わかった」

俺はまた言った。泣きそうになったけど、泣いたりしないで描かないといけないと思った。この絵は駄目になるかもしれない、駄目にしたくない、絶対にしたくない。そう思いながら、玲美に見られていることで手が震えそうになりながら、とにかく描いた。

どのくらいしてからか、隣で声がして、玲美が泣いているのがわかって、取り返しのつかないよけいな線をぐしゃっと引いちまった。振り向いていいだろうか。見ないほうがいい。泣かせておいたほうがいい。必死でそのまま描きつづけた。

玲美は一時間くらい泣いていた。

まったく納得のいかない絵が一枚できあがった。

「村田さんはキレイだわ」

泣くのをやめると玲美は言った。

「そうかな」

俺は曖昧《あいまい》に答えた。客観的に見ると、玲美のほうがずっと美人だった。

「魂がキレイだわ」

玲美はそう言った。その感じはわかる。わかるけど、俺は黙っていた。

「あたしは、汚れちゃった。もうだめ」

玲美は聞き取れないような小さな声で言った。

「あたし、死んじゃおうかなって思ったんだけど、おじいちゃんと約束してたから。おじいちゃんより先に死んだら駄目だって言われてるの」

「あたりまえだろ」

俺は思わずどなっちまった。

「失恋だか何だか知らないけど、気安く死ぬのなんのって言うなっ」

「失恋じゃあないの」

玲美はゆっくりと言った。

「根本さんとは今でもとっても愛しあってるの」

俺は何かとんでもないことを怒鳴りださないように大きく息を吸い込んだ。

「じゃあ、何なんだよ？」

俺は聞いた。今日まで、もっと遠回しに、母さんやおじいちゃんや俺が何度も聞いてきたこと。

「カズくんなの」

電話に出たガキ。根本の息子。

「カズくんに……見られたの。あたしたちが愛しあってるとこ」

玲美は口ごもりながら言った。

「ごまかしたし。わかんないと思ったけど。だって、五歳なんだよ。でもね、その時から、カズくんは、すっかりおかしくなっちゃったの。あたしを憎むようになったの。あんなに仲良しだったのに。口もきいてくれない。そばに行っただけで、すごい恐い目でにらむの。ひどいことをいっぱい言うの」

玲美の声がだんだんかすれたようになった。

「どうしたらいいか、わかんなくて。根本さんは怒ったりもしたんだけど。でも、カズくん、だんだん具合が悪くなっちゃって、微熱が出たり吐いたりして……。あたしがヤなんだなって。ストレスなんだなって。あんまりつらくて、あたしは黙って出てきたの」

「それは、たまたま風邪か何かで調子悪くて……。考え過ぎだよ」

フォローしてみたけど、サイテーの話だ。

「ちがうの。わかるのよ。あたし、あんな目で誰かに見られたことない。小さい子供が力いっぱい相手をキライって目をする時、どんなコワイか知らないでしょ？」

　知らねえ。知りたくねえ。

「玲美ちゃんが世界で一番好き、パパよりも大好きって、カズくん言ってくれたのよ。絶対本気だったのよ、あの時は。それなのに、嫌われたのはパパじゃなくてあたしなのよ。なんで？　なんで？　血のつながりって、そんなものなの？　本能みたいなもの？　なんで、あたしだけ悪いの？　あのコの中にあのコのほんとのママが隠れていて、あたしを憎むように仕向けるの？」

「玲美が自分のものじゃなくてパパのものだって、わかったのさ」

　俺は言った。

「お前は子供だと思われてたんだよ。仲間だってさ。それが違うってわかったから、グレちまったんだ」

「ちがうわ。三人ですごく仲良くしてたのよ」

「〝ごっこ〟だよ。おままごとみたいなもの」

「ちがうっ」

「きっと、みんな寂しくて、家族ごっこがしたかったんだ」

「ちがうっ」

「お前が役を間違えたんだ。カズくんのお姉さんの役をやるべきだったんだ」

「ちがうっ。あたしは根本さんと恋をしたのよ」

「優しくて素敵なパパに見えたんじゃないか？　それが一番ポイント高かったんじゃないか？」

「なんで、そんな意地悪ばっか言うの？」

玲美はぽろぽろと涙をこぼした。

「おじいちゃんが言ってた。俺たちは、もうテッセイから解放されなきゃいけないって」

「関係ないでしょ！　テッセイなんて」

「あると思う。俺は」

確信をこめて、ゆっくりとそう言った。

「あの日、俺といっしょにテッセイに会いに行ってれば色んなことが変わってたかもしれない」

玲美は頑固に首を横に振り続けた。

「テッセイは玲美のことを聞いたよ。どんな子って」

俺は遠い記憶を探るように眉《まゆ》をひそめた。

「俺が説明すると、すげえ嬉《うれ》しそうな、なんてのかな、その日、唯一《ゆいいつ》、父親らしい顔になったよ。俺、女の子って得だなって思った。やきもち焼けたくらい」

玲美は何も言わなかった。だから、俺は昔話を続けた。そんなにきちんとは話せなかった。忘れてることも多かった。でも、できるだけ詳しく細かく丁寧に話した。これまで一度も誰にも言わなかったことだ。話しているうちに胸がシクシク痛んだ。俺は、なかなか、この記憶から解放されない。まだ、時間がかかるかもしれない。もう何も言うことがなくなると口を閉じたけど、頭の中では、十歳の時の俺が帰り道がわからなくなったみたいにウロウロまごまごしている。

「やっぱり、あたし、行かなくてよかったよ」

と玲美は言った。

「あたしが行ってたら、二人は絵を描いたりしなかったかもしれないもの」

俺は〝運命〟なんて信じたくないけど。

玲美は村田の絵を手にとってしげしげと眺めた。

「いいなあ」

溜《た》め息《いき》をつくようにつぶやく。

「村田が？」

「村田さんと、村田さんをこんなふうに描くおにいちゃんと両方」

玲美が思ってるほど、それはいいものでも単純なものでもないかもしれない。

「あたしね、もう一生、セックスなんてしない」

玲美は苦々しく宣言した。

玲美がどんなに傷ついているのか、俺には本当にはわからないんだろう。たぶん、それは女じゃないとわからない。女として深く傷ついたことのある女。似鳥ちゃんみたいな女。でも、玲美は傷のない——たぶんないと思う——村田を見ている。まぶしそうに。うらやましそうに。愛情をこめたような目で。玲美は、村田の絵の中から光みたいなものを見つけて、自分の落ちこんだ暗闇《くらやみ》から這《は》い出してきた。

「セックスをしないと、ママになれないよ」

俺は言った。

「そんなもの、なりたくない」

玲美はむくれた顔をする。

「ママになりたかったんじゃないのか？」

玲美はまた泣きそうな顔になったけど泣かなかった。

俺は、十五歳の女の子をハンパに女として扱い、五歳の息子のママを演じさせた男のことは一生許さない。

「ママになれよ、いつか。もっと本当に優しいパパと出会って。玲美ならなれるよ。きっと、いいママになる」

玲美は涙をためた目でぼんやりと俺を見つめた。

「ずっと先の話だよ」

俺は言った。

「まだ、人生、ヤんなるほど長いよ、俺ら。たぶんね」

玲美は笑いもうなずきもしなかったけど、何か答えを探すようにいつまでも俺の顔をじっと見ていたんだ。

8

グラウンドに顔を出すのは、未来世紀の超合金のような心臓が必要だった。サッカー部はランニングを終えたところで、ストレッチの組を作って、個々に身体《からだ》を伸ばしはじめていた。俺に最初に気づいたのは一年のGKの三宅だった。

「木島さんっ！」

三宅は、アルミほどの強度もない俺の心臓が破けるようなデカい声で叫んだ。みんな、いっせいに俺のほうを見て、号令をかけられたようにピタリと動かなくなった。やべえ。こんなの駄目だ。とても言えない……。

一人だけ金縛りにかからなかった男がいて、すっくと立ち上がると、ギラギラしたオーラを放つたくましい身体でのしのしと近づいてきた。なんで本間さんが——引退したはずの本間さんが朝練なんかに出てるんだ？

俺はわざわざ警官に捕まりにきた犯罪者のような気分で、本間さんの前でぽかんと口を開けた。

「何の用だ？」

説明も弁解も無用という、厳粛なまでの簡潔さで本間さんは俺に尋ねた。これは死んじまえと怒鳴られるより始末が悪かった。だけど、俺も腹が据わった。

「長いこと休んで申し訳ありませんでしたあ！」

グラウンド中に響くような大声で言うと、おでこが膝《ひざ》につきそうなほど深々と頭を下げた。

「行方不明の妹が無事に戻りました。キャプテンの許可を得て、練習に参加したいです！」

「制服でか？」

本間さんにユーモアのセンスがあると思ったことは一度もなかった。冗談なのか、嫌味なのか、マジな質問なのかわからなくて、俺はおろおろした。

本間さんの背後から進藤がひょっこり顔を出した。

「着替えてこいよ、木島。時間がねえよ」

「ああ」

俺は口では言い尽くせないほどの大量の感謝をこめて進藤のビーバーに似た愛嬌《あいきょう》のある顔を見つめた。奴《やつ》は特徴のある前歯をむきだしてニヤリと笑った。めいっぱい急いで着替えてグラウンドに走っていくと、もう本間さんの姿はなかった。きょろきょろする俺に進藤は言った。

「それじゃ受験に専念するか――ってさ、本間さん」

「ぼくの指導に来てくれてたんです」

三宅がおずおずした声で言った。俺は本当に恥ずかしくなった。俺は自分のことしか考えてなかった。俺以上に経験のない三宅が一人でGKとして残されてどうするかなんて頭にも浮かばなかった。母さんの言う通りだ。俺はまさにテッセイ並みのぴかぴかのロクデナシになるところだった。でも……。また、いつもの劣等感が襲ってくる。

「本間さんに教わったほうがよかったんじゃないか？」

俺はついつい口に出してしまった。そういう問題じゃない。そういう問題じゃないのに。

でも、三宅は一瞬も迷わずに即答した。

「木島さんがいいです」

俺は苦笑した。まあ、本間さんはおっかねえし……。

「だってね、本間さんは〝できない〟ってことが、わからないんですよ」

三宅は心底困ったように訴えた。俺は思いきり吹き出した。

「そう、そう！　そうなんだよな！」

わかるぜ。

「天才の弱点だよな」

俺と三宅はヒステリックなまでに爆笑した。みんな、笑っていた。進藤も田代も黒田も森川も。佐々木も香川も吉田も。江守も南山も加藤も杉下も。ありがたかった。

幸せとはこういうものだとしみじみと思った。

みんながパス練習をしている脇《わき》で、俺は一人でストレッチをやった。もともと硬い身体はゴチゴチにかたまっていて、ストレッチだけで肉離れでも起こしそうだった。すぐになまっちまうんだな。

チームメイトの顔が描きたくなった。みんな描こう！　一人も欠けずに。遊びの似顔じゃなくて、一人ずつ、ちゃんと一枚の絵にしていくんだ。卒業までにじっくりとやろう。絶対やろう。

オセロ・ゲーム

1

玄関に知らない靴があった。通《とおる》ちゃんのものでも私のものでもない靴。真っ白なアディダスのスタンスミスコンフォート。ちっこいの。23センチくらい？　ぜんぜん覚えがないくせに、なんだか、この靴を知っているような気がした。

リビングには誰もいない。二階の物音に耳をすましてみたけど、ひっそりしている。ここんチにはめったに人が来ない。たまの来客は通ちゃんの仕事相手か友達で、二階に上がったりしないし、特にアトリエに入るのは通ちゃんがいやがる。

なぜか足音を忍ばせて階段をのぼる。悪いことをしてるような気がする。アトリエのドアは、いつものように開いている。閉所恐怖症の気のある通ちゃんは、すべてのドアや窓をあけっぱなしにしておきたがるんだ。

アトリエには二人の人間がいた。通ちゃんと白い服の女の人。似鳥《にとり》ちゃん。一目でわかった。ううん、見る前からわかってた。そうだ、あの靴、通ちゃんの絵の中で〝あのコ〟が履いていたヤツ。似鳥ちゃんは、いつも私がゴロゴロしてるあたりの床で、膝《ひざ》を抱えて体育座りをしてる。白のタートルのセーターにホワイト・ジーンズ。暇そうで眠そうで、とてもくつろいでいた。通ちゃんは仕事机にいる。絵を描いてる。似鳥ちゃんを描いてる。私は部屋の外の廊下で、じっとして息を殺してのぞいていた。夢を見ているみたい。悪い夢。私と猫の弁慶しか入れないはずの部屋に似鳥ちゃんがいる。私のいつもの場所に似鳥ちゃんがいる。

いつかは、こういうことがあるんじゃないかと思ってたよ。まさかって驚くより、ついに来たかって感じ。また足音を殺して階段を降りる。足がうまく動かない。私、なんだって、こんなにコソコソしてるのかな？　中に顔をつっこんで挨拶《あいさつ》したってよかった。大きな音をたてて自分の部屋に入って着替えをしたってよかった。そうしなきゃいけなかった！

制服のまま、家の外に出た。

ショック受けるなんてバカだよね。モデルが画家のアトリエにいるのなんて、あったりまえ。でも、十年以上、三つの通ちゃんのアトリエをうろうろしてるけど、私以外の人を見たのって、『サンカク』を連載中に助《すけ》っ人《と》で来てくれた漫画家の山崎さんのほかには覚えがない。

雑誌の表紙で〝あのコ〟を見た時から予感はあった。彼女はいつかやってくるって。私は〝あのコ〟が大好きだったから、三人で仲良くできるかな――なんて考えたりもしたよ。でも、本物の似鳥ちゃんは〝あのコ〟とは別人。通ちゃんの絵がキライで「あの人が勝手に描いてるだけ」って冷たかったよ。すごく傷ついたよ、私は。なのに、なんで、やってくるんだよ？

極楽寺《ごくらくじ》の駅から電車には乗らずに、なんとなく学校に向かって歩いていた。木島の顔が見たくなったんだ。

外の通りからフェンス越しにグラウンドは見えた。サッカー部はいつもの場所で練習していた。二人ずつ組になってパスの練習みたいなのやってる。木島はすぐに見つかった。なんか、目に飛び込んでくるって感じ。特に騒々しいわけでも、背が高いわけでも、うまいわけでも、へたなわけでもないのに、目立ってないのに、まるで光でも発しているみたいにパッとわかる。わかると胸がじーんとする。不思議。木島がそこにいるってわかるだけで深々と幸せになれるこの気持ちは不思議。

木島は一年生のキーパーの三宅《みやけ》くんと組んでいた。楽しそうな顔。サッカー部の人以外にはめったに見せない無邪気な顔。三宅くんがヘンなところにボールを蹴《け》ると、笑って大声で罵倒《ばとう》しながら取りにいく。

帰りがけにちらっと見ることはあるけど、足を止めてじっくり練習を見学するのは初めてだった。毎日、毎日、これをやってるんだな。走ったり蹴ったり色んな練習。毎日、毎日、少しずつうまくなるのかな？　少しずつ身体《からだ》が強くなるのかな？　わかんないけど、いいなあ。まっすぐ前を向いて進んでる感じがするよ。

私、止まってるかな？　後ろにズリさがってるかもしれないな。通ちゃんの部屋に誰が来たとか、そんなことばっかこだわってると、ほんとにつまんねえバカになりそう。あ、目が合ったかも。こっちに来るよ。やばい。

「どうしたの？」

木島はフェンス越しに話しかけてきた。

「さっき帰ってなかったっけ？」

私はうなずいて、忘れ物をしたって嘘《うそ》つこうとして、とっさにやめた。

「練習、見にきた」

そう言うと、何か告白でもしたみたいに恥ずかしくなった。やばい。やばいけど、あんまり後ろ向きなのは、もうイヤなんだ。

木島はちょっと驚いた顔をした。

「中で見てけば?」

何気なく言ってくれる。その何気なさが、ほのかに嬉《うれ》しくて悲しい。私がハードルでも跳ぶような気分のところを木島はただするりと歩いている。

「土曜日、試合だから、練習もゲームやるよ。紅白戦」

「うん。見てるね」

私が言うと、木島は照れたようにニヤッとして、みんなのところに戻っていった。

校門から入って校舎をぬけて、グラウンドに降りる段々の端に腰を下ろした。ここの風はいつも埃《ほこり》っぽい。でも、すごく気持ちがいい。大きな水色の空の下で運動してる人たちを見る。サッカー部、ラグビー部、陸上部、野球部。なんだかワクワクするね。放課後のグラウンドは私とは関係ないって思ってたよ。別世界。でも、こんなふうに片隅に入れてもらうと、自分の身体の中にも運動するエネルギーが流れ込んでくるみたいだ。

木島を見る。紅白戦が始まるところ。進藤くんと罵《ののし》りあいをしてる。笑いながら。幸せそうだな。よかったな。一ヶ月前くらいに、彼らは喧嘩《けんか》をして、木島は部をやめそうになったんだ。やめなくて本当によかったよ。

木島が大きく足を振り上げて、ボールを遠くに蹴る。ああ、すっげえキレイ。私の胸のもやもやもスパーンと蹴り飛ばしてくれるみたいだ。

2

あれから、通ちゃんチに行ってない。月末に文化祭があって、私みたいにクラブに入ってないヤツはクラスの催し物の準備に忙殺される。私は学校の行事はすべて大嫌いで、特に文化祭は最悪。ハワイアン・カフェなんて勘弁してほしい。ベニヤ板と模造紙でヤシの木を作っている。フラダンス・チームに入れられないためなら、大道具くらい何でもやるさ。木島も一緒。絵の腕を期待されてるんだけど、部活で忙しくて、ほとんど顔を出さないんだ。

いつも、ただ面倒臭くてイヤなだけだったんだけど、今年はそうでもない。自分チに帰ってぼんやりしてるより絶対マシ。いつも、あんまりしゃべらないクラスの子ともフツウに会話できたりする。木島のことをよく聞かれる。女の子たちが私のことをすごくうらやましがってるって知ってびっくりしたよ。木島、人気あるんだね？　付き合ってるわけじゃないんだよって例の説明すると、それでもいいじゃんって言われる。トクベツな感じがするって。そうなのかな？

本当は通ちゃんチに行きたい。学校から歩いていけるくらいに近いし、暗くなってからでも一、二時間なら平気だもの。通ちゃんは、来月の半ばから個展をやるから、もう忙しくてゾンビになってるかもしれない。何も食べてなくて飢えてるかもしれない。冷蔵庫は空で、部屋はどこもゴミだらけかもしれない。画材が足りなくて、買いにいく暇がなくて困っているかもしれない。電話に出なくて、たくさんの人が困っているかもしれない。

すげえ心配。でも、行かないよ。すねてるんじゃないんだ。

通ちゃんチにいると、私はどっかが育たない気がする。木島だけがぐんぐん育っていって、どんどん歩幅が違ってしまって、息をきらして走ってもついていけなくなるかもしれない。どうすればいいのか、わかんない。何をすればいいのかもわかんない。でも、考えないといけないんだ。通ちゃんのいないところで。通ちゃんにヒントをもらったりせずに。通ちゃんの手伝いをして自分も何かをしてるような錯覚をしないで。一人で。

練習試合の相手は、茅ヶ崎《ちさき》の学校だった。とても強いチームで、いつもなら新人戦の真っ最中のはずなんだけど、今年は負けてしまって、ウチ同様暇なんだって。前、深山《みやま》学院に行った時も思ったけど、ヨソの学校へ試合を見にいくのって、なんか緊張するね。須貝《すがい》さんを誘って一緒に来てもらった。二年の森川くんの彼女の三崎さんが一組の友達と三人でもう来ていて、私を見ると大きく手を振って呼んでくれた。村田さーん、こっち、こっち！　三崎さんは大きなピクニック・シートを持ってきていて、はじっこに座らせてもらう。窮屈だけどいい感じ。今日は、コールしようねって約束させられる。二年生をみんなコールしようって。スガちゃんがえらいところに来てしまったという顔をする。

試合前の練習の時に、女の子五人で声をそろえて、二年生の部員の名前を呼んだ。シンドー！　タシロー！　モリカワー！　クロダー！　キジマー！　進藤くんが一番ノリがよくて、大きなリアクションを返してくれる。木島はダメだ。ちらっとこっちを見ただけで、たまんねえなって顔でそっぽを向く。すげえ、おかしい。

「かわいくなーい」

三崎さんは隣の私を肘《ひじ》でこづいた。

「木島ってさァ、なんか、むずかしくない？」

「そういう付き合いじゃないからさ」

私はもう口にタコができそうだ。

「またまたー」

三崎さんは笑う。

「でも、二人でどっか行ったりするんでしょ？」

お互いの家に一度ずつ行った。それから、横浜で本屋めぐりをして美術書や絵本や漫画を買った。東京に出て村上隆と荒井良二の個展をはしごした。

「四回だけ」

私が言うと、なぜか女の子たちはみんな笑った。スガちゃんまで笑った。

「よしよし」

と三崎さんがなだめるように言う。

「一月過ぎたら、木島も少しは暇できるって」

一月に木島は部を引退することに決めている。森川くんも。進藤くんや田代《たしろ》くんは五月まで残る。サッカーをやる木島を見られる時間は、もうあんまり長くない。そう思うと、まわりの女の子たちも他の選手たちもみんなかすんだように見えなくなって、グラウンドのゴールの前にいる木島の姿だけがくっきりと目にうつった。長袖《ながそで》の黒いユニフォーム、ナンバー1。グラウンドで見ると、他の選手より華奢《きゃしゃ》に見えてしまう木島の姿。

試合が始まる。私はサッカーのことはよく知らないんだけど、相手がとってもうまいのはすぐにわかった。ウチの選手たちはほとんどボールに触れなくて、こっちのゴールのそばでばっかりプレーが続く。シュートがガンがん来る。三崎さんたちは悲鳴をあげっぱなしだったけど、私は恐《こわ》くて声も出なかった。

だけど、木島は防いでいた。正面のシュートが多かったけど、取ったり、はじいたり。すごいよ！　今日の木島は前に二回見た時と違っていた。気持ちが逃げてない。闘志っていうのは目に見えるんだね。敵に向かっていく彼の前向きなすごいエネルギーがここまでビンビンと伝わってくる。よく声を出している。みんなメチャメチャ頑張って守ってるよ。しばらくすると、やっと相手のゴールのほうに行けるようになる。ボールが反対側へ行ってしまっても、私はまだ木島を見ていた。目が離せなかった。彼の姿。一瞬も集中を途切れさせない緊張と闘志ではちきれそうな姿。ふと、スケッチブックに向かっている時の姿がオーバーラップした。私の中では、ずっと別々だった二つの木島の姿だ。サッカーをやる木島、絵を描く木島、二つの姿が今一つになった。あの真剣さ、あの集中力、あの熱意。

「惜しかったね」

私が言うと、木島はほうと大きく息をついた。しばらく言葉が出てこないみたいだった。

「善戦したと思うけど」

ようやく、ぽつりと言った。

「大善戦だけど、悔しいワ」

スコアは、1対2。

「勝ちたかった」

「うん」

私はうなずいた。

「勝てっこない相手だけど、勝ちたかった」

「そういう気持ち、見えてたよ。すごいよかった」

心からの言葉だけど、言葉にしてしまうと、ぜんぜん足りない。でも、木島はけっこう嬉しそうな顔して、靴の爪先《つまさき》で地面を蹴った。

試合のあと、みんなに追い払われるみたいにして、私たちは二人になった。茅ヶ崎の駅まで歩き、どこへ行こうかと相談してた時、木島がはっとしたように顔をあげて遠くを見つめた。視線の先のホームに白い服の女の子がいた。

似鳥ちゃんだ。

その時の気持ちは誰にも言えない。汚すぎて言えない。キライなヤツは世の中に腐るほどいるけど、消えてしまえと思うほど強く嫌ったことはない。ううん、キライっていうんじゃないんだ。ただ、つらくて恐くてドロドロする。

挨拶《あいさつ》に行くと思った木島は動かない。すぐに目をそらしてそっぽを向いてじっとしている。

「似鳥ちゃん？」

私は確認でもするように小さくつぶやいた。

「……だね」

木島はどうでもよさそうな声で言う。でも、彼が緊張してるのが私にはわかる。何か漠然とイヤな気持ちになる。嬉しそうに飛んでいってしゃべられるのもイヤだけど、こんなふうに無視するのはもっとイヤだよ。ヘンだよ。なんで？

私は目をそらさずにずっと彼女を見つめていた。電車が来るというアナウンスが響いた時に目が合った。似鳥ちゃんは、まったく表情を変えずに私たちを眺めてから、ほんの少しだけ微笑《ほほえ》んだ。白いミニのニット・ワンピに毛のフードつきの白いブルゾンを着ている彼女は、うんと年上で別世界の人みたいに見えた。

違う車両に乗り込む。席は空いていたけど、私たちはドアのそばに立っていた。

「お休みなのかな？」

私が言うと、木島は無言で首をひねってみせた。

「通ちゃんと会うのかな？」

余計な言葉が思わず口からこぼれた。木島の目がすっと尖《とが》ったように見えた。

「この前、通ちゃんのアトリエに来てたんだ、似鳥ちゃん。いつも、よその人入れない場所なんだけど」

「オトナだからね」

木島はぽつりと言った。

「本当のことなんて言わないよ」

意味わかんない。

「キライって言っててても好きだっての、あるじゃない」

ああ、それなら、わかるけど。

「消えない男が好きなんだってさ、似鳥ちゃん」

木島は言った。

「何それ？」

「いなくならない男だよ」

「それって、通ちゃん、失格だよ。いつだって明日にも消えてなくなりそうな男だもん」

「だから、キライって言うんじゃないの。キライじゃないといけないって自分に言い聞かせてるんじゃないの」

妙に刺《とげ》のある声だった。

「何かあったの？」

思わず聞くと、木島は一瞬ひるんだように見えた。

「別に」

つまんなそうに答えたけど、なんかヘン。いつもの無表情だけど、わざと作ってるように見えた。気のせいかな？　気になるな。

藤沢で降りて、マクドナルドで食事をした。木島を取り巻いてる空気がなんか硬いよ。いい試合をした喜びが、溌剌《はつらつ》とした空気が、似鳥ちゃんと会ってから、どこかに消しとんでしまった。もう一回聞きたかった。何かあったのって。でも、聞けなかった。もう忘れようと思ったけど、あんまり話がはずまなくて、いやでも考えてしまう。何があったんだろう？

木島は、たぶん似鳥ちゃんが好きなんだと思う。失恋？　告白してフラれた？　デートに誘って断られた？　どれもピンとこない。ただ、木島が似鳥ちゃんを好きって気持ちがどこか壊れた感じがするだけ。それは、私にとって〝いいこと〟のはずなんだけど、ぜんぜんそんなふうに思えなかった。なんだか、とても不安になった。わけもなく。しんしんと冷えこむように。

3

教室で、壁に貼《は》る背景の絵を描いている。模造紙を何枚かつなげて、ビーチを描く。美術部の山本くんが観光パンフの写真を見ながら、下書きをしたものに、絵の具で着色していく。五枚の紙がバラバラにならないように山本くんが監督してるんだけど、ぬり絵と違うから、やっぱりヘンなことになりそう。山本くんはあっちこっち飛びまわって文句ばっかりつけてる。山口さんが、全部自分でやったほうが早いじゃんと言いだして、今イチ雰囲気悪い。私の担当の紙が一番ヘタクソな気がする。

「なんか仕事ある？」

木島がひょっこり入ってきて、のんきな声を出した。

「おお、あるある。おおあり」

山本くんは木島を抱き締めんばかりに歓迎する。

「やっぱり写真にしろとか、貼り絵にしろとかイマサラな案が出てるんだよ。どんなもん？」

「別にフツウに描けばいいじゃん」

木島は簡単に言ってのける。そして、私の隣にやってきて「やっていい？」と聞いて筆を受け取った。元になったパンフレットはそれぞれが見本として持っている。木島はそれをちらりと見ただけで、パレットにたくさんの絵の具を出した。青、緑、白、茶色、灰色。まったく迷いのない筆の動きで、次々に紙の上に色を置いていく。瞬《また》く間にすべてが変わっていく。魔法のように南の海辺が現れてくる。みんな、自分の絵のところを離れて、木島が描くのを見物にきた。

「こいつが美術部じゃないんだもんなあ」

山本くんが溜《た》め息《いき》をつくように言いだした。

「俺、掛け持ちでもユーレイでもいいから来てくれってさんざん頼んだのにさ」

「俺、つい最近まで、絵が好きだって自分で知らなかったんだよ」

木島が言うと、山本くんは非難するようになり、他のみんなはブラック・ジョークでも聞いたかのように苦笑した。私は笑えなかった。それ、たぶん、冗談じゃない。ほんとのことだ。木島は何かこう絵を描くことに、わざと背を向けている感じがあった。でも、背を向けていても落書きはとびきりうまかったし、美術の授業ではうっかり本気になってしまうことがあった。木島が〝描ける〟ことは、みんなが知っていた。もしかしたら、木島本人より、まわりのほうがよく知っていたのかもしれない。

「わりィんだけどさ、一枚だけ完璧《かんぺき》に描かれるとバランスとれないから、適当でいいから全部に手を入れてくれない？」

山本くんは頼んだ。木島は一瞬言われてることがわからないようにぽかんとしていた。「そうだね」と言いながら困った顔になった。適当、なんて、木島はできないんだよ。こんなお遊びみたいな絵でも、たぶん。

「全部ちゃんとやってもらったら？」

私は提案した。

「だって、終わんないだろう？　わりィよ」

山本くんは反対した。

「前日までに描けばいいんだろ？　俺、持って帰ってやるよ」

木島は言った。

「いいのか？」

「いいよ」

木島はあっさりとうなずいた。

「どうせ、家でも、いつも何か描いてるし」

「どんなの描いてるわけ？」

山本くんは興味を持ったように真剣に聞いた。

「え？　あ、村田」

木島は何気なく答え、みんなは大きくどよめいた。冷やかすような声で。木島は驚いたように目を見張った。そして、信じられないことに顔を赤くした。木島は山本くんに頭をどつかれ、私は山口さんに背中をたたかれた。顔が火照《ほて》っている。飛び火したみたい。

どうして？　木島は私を好きだとは思うけど、恋はしてないと思ってたよ。私が木島を好きなように、木島も私を少しは好きなのかな？　そんなこと考えてしまうと、もう自分がどんな顔をしてるのかもわからなくなって、ただただ、その場を逃げ出したくなった。本当に逃げ出したのは木島のほうで、あとで取りにくるから絵の具乾かしておいてと言い置いて、さっさと教室を出ていってしまった。

文化祭の当日、二年二組の教室の壁は、美しいビーチに飾られていた。私の作ったヘンテコリンなヤシの木も立っている。教壇を使ったステージでは、フラダンス・ショーが行われていて、ハイビスカスの花飾りと紙花のレイをつけ、ラメ入りのメイクをして、黄色いひらひらのドレスの裾《すそ》から太い脛《すね》をむきだした進藤くんが陽気に腰を振っている。もう一人の男の子は田代くん。あと、前田さんたち女子が三人。喫茶は満席。お客さんは悲鳴と爆笑。ウェイトレスをやっていた私は、グァバ・ジュースやココナッツ・ミルクを紙コップに注《つ》ぎながら、笑ってこぼさないように苦労していた。

ウェイトレスの担当時間が終わると、スガちゃんと一緒に校内をぶらついた。グラウンド脇でやっている一年生の焼きそば屋で三宅くんを見つける。ちょっと迷ったけど寄ってみる。三宅くんは私を見るとぱっと嬉《うれ》しそうな顔になってすごい大盛りのサービスをしてくれた。

「もったいないッスよね、木島さん、一月でやめちゃうの」

ほかほかの焼きそばの白いトレーを手渡しながら、三宅くんはそんなことを言った。

「今度は、あなたの番じゃないか」

私がしばらく考えてから、そう言うと、

「でも、俺、もっと一緒にやりたかったッスよ」

三宅くんはまじめな目をして、きっぱりと言った。

「ありがとう」

と思わずお礼を言ってしまった。言ってから、シマッタと思った。私は木島じゃないのに。こんなでしゃばったこと言うのは嫌いなのに。

「ムラタって、けっこう変わったね」

焼きそばを半分コする約束で交替で食べながら、スガちゃんがふがふがと言った。

「そうかな」

「うん」

スガちゃんは焼きそばのトレーを渡してよこす。

「閉じた感じがなくなったね」

「そうかな……」

木島と仲良くなって、彼を窓口にしたみたいに、色々な人としゃべれるようになった。しゃべるだけじゃなくて、何かこう、つながっていけるようになった。スガちゃんとも前よりうんと親しくなった。

私の心からキライが減って、好きが増えてきた。それは、すごいことだ。ずっと望んでいて、なかなかかないそうもなかったことだ。木島一人を好きになっただけで、明るい濃い色が染《し》みていくようにじわじわと好きが増えていく。世界が広がっていく。でも、もし、これがオセロのようなものだったら、どうなるんだろう？　一番大きな最初の〝好き〟が白から黒になってしまったら、私が木島を好きでいられなくなってしまったら、バタバタと世界がキライの色に戻ってしまうんだろうか。

「変わるって、いいことかな？」

私は焼きそばをわりばしでつつきながら聞いた。

「よく変われば、いいこと。自分がいいと思えば、いいこと」

スガちゃんは半分冗談みたいに答えた。

そんな自信なんてない。今の自分。これからの自分。だけど、止まっているのをイヤだと思ったんだから、変わるって、きっと、すごいいいことだよ。

「木島くんは、どこにいるのよ？」

スガちゃんは尋ねた。

「知らない」

私は答えた。

「なんか、おかしいよね。あんたたちって」

スガちゃんは好意的な笑顔を見せる。外から見ていると、きっともどかしい、おかしい感じするんだろうな。

夜になると、けっこう寒い。もう日が落ちるのも早くて、とっぷり暮れた黒い空に、後夜祭のファイヤー・ストームの炎が透明な赤い不思議な生き物のように揺れていた。火と海はどこか似ている。じっと見ていると、気持ちが遠く遠く飛んでいく。〝自分〟や〝人間〟がどんどん小さく縮んでいき、その小ささがやけに心地好い。眠るような遠い思いにぼんやりひたっていると、ブレザーの袖《そで》を引かれた。いつのまにか木島が隣に来ていた。

なつかしい気持ちがした。ヘンだけど。とてもとても遠い旅をして帰ってきたら、真っ先に会いたい人が出迎えてくれたみたいな。

「描いてる絵、もうじき見せれるかもしれない」

木島は、いきなり、ぽつりと言った。

「けっこう、いい感じでいってるんだ」

彼の顔がよく見えない。ずっと炎を見つめていたから、目がチカチカしている。

「そうなんだ」

期待が胸いっぱいにふくらむ。

「もし気にいったら、あげる」

「ありがとう」

絵ができるのをずっとずっと待っていた。何より楽しみにしてた。嬉しくて、楽しみで、でも、なぜだろう、今は少し悲しい気持ちもする。何かをなくしてしまいそうな悲しい気持ち。木島が絵を描き続けている間は、私たちには強いつながりがある。絵ができてしまったら、彼はもう私をあんなふうに見ることはないんだ。新しいモチーフに彼の目も心も移るのかな。それが別の人なのか、モノなのか景色なのかわからないけど。

それだけ言うと、木島はすぐに行ってしまう。腕をつかまえて引き留めたくなった。そばにいてと言いたくなった。前に一緒に海を見ていたように、大きな炎を隣で眺めていたかった。後ろ姿をずっと見ていた。炎の動きを反映して揺れているように見える木島の後ろ姿。

4

期末テストが迫っていたけど、勉強が手につかなかった。色んな木島が頭の中に湧《わ》いて出てきて邪魔をするんだ。教室の机で背中を丸めてノートに落書きをする木島。暑い森戸神社のバス停でアクアブルーのTシャツを着て私を待っていた木島。スケッチブックを手にして鋭い目で私を見ている木島。試合の終わったグラウンドで進藤くんにユニフォームの胸元をつかまれて喧嘩《けんか》してる木島。クラスのみんなに冷やかされて赤くなってる木島。

なくしたくない、どれもこれも。どうしたら、なくさずにいられるんだろう？　どうして、なくすことばっかり考えてしまうのかな？

「消えない男」という言葉が、ふいに電気でもつけたように頭の中にぱっと灯《とも》った。似鳥ちゃんが好きだという男のタイプ。胸がざわざわする。なんだろう？　この強烈に不安な感じ。切ない感じ。

消えない男なんていないよね。どんな男だって消える。私たちの時間は限られている。どんな人生も必ず終わる。生涯を添い遂げて自分のほうが先に死んでしまえば、消えるのを見なくて済むけれど。似鳥ちゃんの望みはそういうことなのかな？　私の願いはそういうことなのかな？

よくわからない。

消えない男——。

猛然と似鳥ちゃんに会ってみたくなった。消えない男の話を聞いてみたい。大事な人が消えてしまうのが恐い時にどうしたらいいのか聞いてみたい。似鳥ちゃんは答えを知ってるだろうか。

特別な話をしなくてもいい。例えば、木島のことや通ちゃんのこと。しゃべらなくてもいいんだ。見るだけでもいい。あの白い服の好きなクールな人、通ちゃんの絵とは違う、くすんだ、ものうげな印象の人をもう一度ゆっくり眺めてみたい。

夕食のあと、こっそりと家を出た。もし、いないのが親にバレても通ちゃんチに行ったと思うだろう。

長谷《はせ》の駅からお店への行き方がよくわからなくて、さんざんウロウロしてしまった。やっと、それらしいお店を見つけたけれど、中に入るまで自信がなかった。ああ、やっぱり、ここでいいんだ。覚えている。

水曜日の夜八時、お客さんはけっこう入っていた。テーブル席はいっぱいで、カウンターしか空いてなかった。似鳥ちゃんはカウンターの中で忙しそうにカクテルを作っていた。私は空いている席に腰掛けて彼女を見た。目が合った。一瞬とまどったような表情を浮かべてから、彼女はいつものようにうっすらと笑った。親しみと冷ややかさを同じくらい相手に伝えるあの笑い方は独特だ。彼女が着ている白いセーターは霜か粉雪を思わせる。すぐに消えてしまう冷たいもの。

この人は、きっと何もかもが消えてしまうと思っているんだ。聞かなくてもわかるよ。積もらずに消える雪のように、どこにも心を留めずにサラサラとサラサラと生きているんだ。でも、通ちゃんが描いた彼女は、そんな粉雪みたいなはかなさじゃなくて、もっと暖かい生き生きとした光を放っていた。そんな絵の中の彼女を通ちゃんは一回だけ見たことがあると話していた。

「何を飲む？」

似鳥ちゃんの声。胸にしみるようなアルトの声。お店の人みたいじゃない言い方。

「ジンフィズ」

私は注文した。

「ジンが好きなのね」

似鳥ちゃんは言った。

「きっぱりした味で好き」

前にもジンのカクテルを頼んだのを、この人は覚えているんだろうか。

「木島くんは？」

似鳥ちゃんの口から木島の名前を聞くと、なんだか胸が焼けるように熱くなる。私は黙って首を横に振った。似鳥ちゃんは軽くうなずいた。私が一人で来ても二人で来ても、この人は気にもとめないのかな？

聞きたいことはたくさんあった。だけど、聞いてよさそうなことはほとんどなかった。

似鳥ちゃんは忙しそうだった。テーブル席のほうからもオーダーが入り、カウンターの奥の調理場にミモザ・サラダやミートケーゼの注文を伝える。シェーカーに氷、ジン、レモン・ジュースを入れていく。氷とアルコールと果汁がぶつかりあう音を聞きながら、彼女の手元を見ていた。小さな手だと思った。私よりきっと小さい。

スライス・レモンにチェリーを添えて、よく磨かれたタンブラーで出してもらったジンフィズは冷たくて、きっぱりした味でとてもおいしかった。なんだか偏見があって女の人が作るカクテルをおいしいと思ったことないんだけど、似鳥ちゃんのお酒はよかった。

壁際《かべぎわ》のテレビからサッカー中継の音が響いていた。選手はみんな外国の人みたいだった。カウンターに一人で来ている大学生っぽい男の人がテレビのことを似鳥ちゃんとしゃべっている。似鳥ちゃんはそんなに面白くなさそうな顔つきでお客さんの話を聞いている。また、テーブル席のほうからドリンクの注文がきて、似鳥ちゃんは洋酒の並んだ棚からウィスキーみたいな瓶を取り出す。テレビでゴールが決まったみたいで、店の隅からどっと歓声が起こる。カウンターの男の人は舌打ちする。似鳥ちゃんはテレビに目をやって、なんとなく微笑する。いつのまにか、グラスが空いている。

——何も食わないでジンを飲むの無茶だよ。

頭の中で、木島の声がした。今日、酔っぱらっても、木島は助けてくれない。お酒をやめて、木島がおいしいと言っていたカフェラテを注文した。チビチビなめながら、わけのわからないテレビをぼんやりと見ていた。何をしてるんだろうと思った。こんなところにいても、似鳥ちゃんのことは何もわからなくて、もちろん、木島のことも通ちゃんのこともわからない。

二時間くらいたっただろうか。だいぶお客さんは減っていて、カウンターには私のほかにカップルが一組いるだけになった。似鳥ちゃんはグラスを拭《ふ》いている。仕事をしている人は素敵に見える。やらなければならないことをちゃんとやってる。帰って勉強しなきゃと思った。私は無駄なことばっかりしてる。

「お勘定、お願いします」

と言うと、似鳥ちゃんはハイと言いながら顔をあげて私のほうをじっと見つめた。何か忘れ物を思い出したというような眼差《まなざ》しだった。とまどったように瞳《ひとみ》が揺れた。いつも身にまとっている冷ややかな無関心のベールを脱ぎ捨てたみたいな似鳥ちゃんは、奇妙になまなましく人間臭く見えた。

「木幡《こばた》さんの漫画を読んで、あなたのことを知ってるわ」

レジを打ちながら、不意にそんなことを言った。

「とてもよく知ってるような気がする」

その言葉は素直に胸にしみとおった。嬉《うれ》しい——ような気がした。不思議な関係だ。似鳥ちゃんは通ちゃんの絵に、私は通ちゃんの漫画に描かれている。

「木幡さんは、ロマンティストよね」

代金を告げてから、似鳥ちゃんはぽつんと言った。私は財布を片手に持ったまま動作を止めてしまった。

「もう、自分でも忘れてしまったような、なくしてしまったような、昔の私を見つけてきて絵に描いてしまうんだものね」

その言葉には、前にここで聞いた時のような否定的なニュアンスはまったくなかった。似鳥ちゃんがそれ以上しゃべらないので、私はお札を差し出した。小銭がチャラチャラ鳴る音。渡されたお釣りとレシート。ヘンな感じ。お金払いながら、こんな話を聞くのって、ヘン。何か言いたかった。でも、何を言ったらいいのかわからなくて、帰る気にもなれなくて、ぼうっと立っていた。

「私ね、木幡さんが個展に私の絵を出したいと言うから、それなら、今の私をちゃんと描いてって頼んだのよ」

似鳥ちゃんは秘密を打ち明けるようにそっと言った。

「初めてモデルみたいなことしたわ。アトリエに行ってじっと動かないでいるの。苦痛だったな。動かないでいるのがじゃなくて描かれるのがね。私は、やっぱり絵を描いてもらうのは好きじゃないわね。心をのぞかれるような気がしてイヤだな」

そうなのか……。私はうなずいた。そして言った。

「私はイヤじゃない」

似鳥ちゃんはわかってるっていうふうにうなずいた。

「でも、それは、描く人が木島だからかもしれない」

その言葉に似鳥ちゃんはハッとしたように少しだけ身を引いた。

「通ちゃんは私を漫画にして遊んでるけど、絵には描かないんだ。私を絵に描きたがるのは木島なんだ」

通ちゃんではなく、木島の名前を口にすると、静かな水面に石を投げこんだような気分がした。

「そうか……」

と似鳥ちゃんは言った。のどにひっかかったような声だった。私たちは、しばらくお互いの顔を見たまま、黙っていた。似鳥ちゃんは、私が一人でお店に来たことをやっぱり気にしているんだね。どうでもいいとは思ってないみたいだね。

何かあったの？　木島と。何があったの？

似鳥ちゃんは、通ちゃんが好きなんじゃないの？

聞きたい。聞けない。

「ありがとうございました」

プライベートのカーテンを閉ざしたように急にお店の人に戻ってしまった似鳥ちゃん。

「あのね」

カーテンの隙間《すきま》からのぞくようにして声をかける。

「あのね、通ちゃん、アトリエによその女の人を入れるの、初めてだと思うよ」

「そうなの？」

似鳥ちゃんは意外そうに眉《まゆ》をあげた。

「うん」

私は深々とうなずいた。

「とてもトクベツなことだと思うよ」

すると、似鳥ちゃんは笑った。おかしそうに。悲しそうに。オトナの人の顔だ。トクベツなんて信じられないという顔のように見えた。

5

『ハーフ・タイム』に来る前より、もっと胸の中がざわついていた。どこかに着いてしまうのがイヤで、ただ、夜の中をぶらぶら歩いていたくて、駅と反対方向に行ったら、足が勝手に通ちゃんチに近づいていた。長い坂道の下で立ち止まった。あの日も、やっぱり『ハーフ・タイム』から、ここまで歩いてきたっけ。木島と一緒だった夏の夜。でも、今、私は一人で、シラフで、風はすごく冷たい。

どのくらい、ここに来てないのかな？　通ちゃんチで似鳥ちゃんを見つけてから、まだ半月ちょっと？　すごくすごく長い時間が過ぎたような気がする。こんなふうにしていれば、通ちゃんチに行かないのがあたりまえみたいになるのかな？　通ちゃんなんて人がこの世にいないみたいになるのかな？

ならないっ、と強く思った。そんなふうにはならない。私の中から、そんな簡単に通ちゃんは消えない。消えない？——自分のモノローグにハッとして思わず身震いが出た。

消えない男？

バカバカしい。

おなかでも痛いみたいにその場にしゃがみこんでしまった。

消えない男じゃん、通ちゃん。

消えないよ、私の中からは。何日、何ヶ月、何年会わなくても。通ちゃんがどこにいて何をやってても。それを私が知らなくても。ぜんぜん連絡なくても。この世にいなくなってても……。そこまで考えると、じわっと涙が出てきて、バカバカしいって、また思った。

でも、村田みのりから木幡通という引き算はできないよ。なんか、もう、私の一部だもん。通ちゃんだけ引き抜いたら、私がバラバラになっちまう。ガキの頃から通ちゃんを栄養みたいにして育っちまったんだもの。

通ちゃんチに行くとか行かないとか、そんなの、たいした意味はないかもしれない。自分だけの秘密のお城のように、あらゆるヤなものから逃れる要塞《ようさい》のように通ちゃんチに入りびたるのも、意地みたいにぜんぜん行かなくなるのも、たぶん、どっちもすごく子供っぽいことなんだ。

坂の上を見上げた。

でも、今夜は行かない。

通ちゃんは消えない――そのことを似鳥ちゃんに教えてあげたい。でも、チガウな。それは、私だけの話で、似鳥ちゃんには関係ない。通ちゃんにすら関係ない。

極楽寺から江ノ電に乗ってゴトゴトと揺られながら、ずっと考えていた。

奇妙な考え方だった。逆さまの考え方だった。私は好きな人がいなくなることばかりを考えていた。相手のことだけを考えていた。明日にも煙のように消えてしまいそうな通ちゃん。絵が完成したら目も合わなくなってしまうかもしれない木島。一番問題なのは、私の気持ちなのかもしれない。怯《おび》えてばかりいる私の気持ちだ。

好きという気持ちを宝物のようにしまいこむのをやめればいい。それは、例えばどういうこと？　どうすること？　例えば、木島にきちんと気持ちを伝えること。似鳥ちゃんは通ちゃんに言ったじゃないか。今の私を描いてくれって。そうしたら、通ちゃんはアトリエを開放して彼女を招き入れたじゃないか。それが二人にとって、どんな意味があるのかわからないけど、私には幸福なささやかな奇跡に見えるよ。

木島は通ちゃんとは違う。ガキの頃からそばにいた叔父さんとは違う。もっと一緒にいたい。一緒に色々なものを見たい。一緒に色々なものとぶつかりたい。もっと木島のことを知りたい。消そうと思っても消えないくらい大きな存在になりたい。お互いに、なりたい。完成した絵を見せてもらう時に、私からそう言おう。

もっと一緒にいたい。

消えない女になりたい。消えない男になってほしい。

何かを一生懸命にやりたくて、試験前でそれしかないから珍しくマジで勉強したよ。好きな科目だけね。三年になると受験のことばっか考えないといけないんだろうな。進路については漠然と決めている。実技のない美術系の学部に行きたい。絵は描けないけど、絵のそばにいたいから、研究とかプロデュースとかそういう方面。多摩美の芸術学科とか東京造形大学の比較造形専攻とか。木島はどうするんだろう？　美大を目指すのかな？　彼の絵の才能はすごいと思うけど、受験となるとまた別問題なんだよね。木島って勉強できたっけね？　特にできるともできないとも印象ないや。

試験期間中はあんまり顔合わせることもなくて、たまにしゃべる時、試験のこと「どう？」って聞くと、たいてい「ダメ」って笑ってる。

試験の最終日の前の夕方、家には誰もいなくて、私は台所でジンジャーエールを飲んで休憩してた。電話が鳴ったからペットボトルを片手に出た。もしもしと呼びかけても何もしゃべらない。いたずら電話？　切ろうとした時、なんかかすれたような低い小さな声が聞こえた。男の人の声。ミンって言った？　もしかして。よく聞こえなかったけど。

「通ちゃん？」

受話器の向こうはずっと沈黙している。

「通ちゃん？」

やがて電話は切れてしまった。何？　今の？　聞き違い？　通ちゃん、私のとこに電話なんてかけてこないよね。でも、それは、私がしょっちゅう通ちゃんチに行ってるから必要がなかったわけで……。電話かけてみようか？　いや、それくらいなら行ったほうがマシ。通ちゃん電話嫌いだし、忙しい時は特にマジに。お母さん、留守で助かったなと思いながら、コートをひっかけて外に出た。ベンキョあるけど、まあいいや。もし、あの電話、通ちゃんだったら、なんかヤバイ感じするもん。

極楽寺の駅からはほとんど走っていた。階段の途中で足ががくがくして走れなくなった。十二月の風がビュービュー吹いてるってのに、私は汗をかいていた。通ちゃんチ。この季節にはさすがにドアは開いてない。鍵《かぎ》もかかってる。合鍵で開けてドキドキしながら中に飛び込んだ。色んなにおいがした。締め切った部屋にこもるにおい。猫のトイレ、ｅｔｃ……。

通ちゃんはリビングのソファーにいた。ギョッとした。寝てるの？　ヘンな格好。片腕がダランと垂れ下がっていて、頭も半分ずり落ちかかっている。ふくらはぎに後ろから触るものがあって、悲鳴をあげそうになった。猫の弁慶だった。いつも物静かな猫がしきりに私の足に頭をこすりつけながら、うるさくニイニイ鳴く。

「どうしたの？」

私は聞いた。通ちゃんに聞いてるのか弁慶に聞いてるのかわかんない。人間も猫も答えない。通ちゃん、呼吸が速い。息が苦しそう。そっとおでこに触ってみたら、焼けそうに熱くてビックリした。病気だよ。こんな寒いとこに何も掛けないで寝てたらマズイよ。どうしよう？　こういう時、どうするんだっけ？　救急車を呼ぶの？　違うよね？

部屋の暖房をつけて、二階の通ちゃんの寝室から毛布をおろしてきて掛けた。弁慶がずっとついてきて鳴いてるからエサをやった。エサ皿も水入れもからっぽ。通ちゃん、だいぶ前から悪いのかな？　ずっとソファーに倒れてたのかな？　さっきの電話、やっぱりそうかな？　あんまりつらくてウチにSOSを出したのかな？　ドライフードをバリバリ食べる弁慶をぼんやり見ながら突っ立っていた。薬は？　食べ物は？　お医者さんは？　私、看病ってしたことなかったんだ……。

ソファーのところに戻って通ちゃんをじっと見つめた。同じ格好で苦しそうな息をしながら眠っている。何か言ってくれないかな？　何が欲しいとか、どうしてほしいとか。恐《こわ》い病気だったら、どうしよう？　しばらくそうして見ていたら、どんどん胸がつぶれそうに心配になってきた。何かしてあげたいのに何をしたらいいのかわからないんだ。私にできないことかもしれないんだ。だって、ソファーじゃしんどそうなのに、二階のベッドに連れていってあげることもできないもん。

火のようなおでこにもう一度手を当てる。手で冷やすみたいにそのままにしてると、通ちゃんはうっすらと目を開けた。

「だいじょうぶ？」

急いで、ささやくように聞くと、

「ああ」

と通ちゃんは言った。ひどいガラガラ声。ガガと聞こえる。

「なんか、ひさしぶりじゃん」

笑ってる。私は泣きたくなる。

「どっか痛い？」

「のど」

「お医者さん……」

「いいよ。なんか薬買ってきてよ。食い物と」

「風邪？」

「うん。窓開けたまま、ここで寝ちまったらしいんだ。冷凍人間だよ。声も出やしねえ。バカだよなあ。こんな時にさ」

あと十日くらいで個展だ。いつも、個展の絵を描くのを嫌がってぎりぎりの突貫工事になっちまうんだけど、今回は珍しく気合入れてレギュラーの仕事の合間にちゃんとやってた。新作、三十点。

「あと何枚？」

「三枚ってとこ？　雑誌が二つあるんだよ。ほかにＦＡＸ来てたでしょ？　取ってきて」

電話のところに行くと、旧型ＦＡＸの感熱紙がぞろぞろ伸びている。溜《た》め息《いき》が出る。ちぎって丸めて通ちゃんのところに持っていく。渡したくないなと思う。通ちゃんは本当に具合が悪いみたいで、ＦＡＸ用紙を持つ手がぶるぶる震えている。

「駄目だよ。そんなんじゃ絵なんて描けないよ」

私は言った。

「仕事なんて全部断って寝てなよ。私が電話して断ってあげるから」

「断れるヤツは断るよ」

通ちゃんはダルそうにそう言うと目を閉じた。

「薬頼むよ。熱下がるヤツ」

またすうっと眠りに引き込まれていくみたい。部屋が暖まってきてやけに暑いなと思ったらコートを着たままだった。

風邪の薬を三つ、それから果物、ゼリー、缶詰め、パンなんかを買って、大急ぎで戻った。通ちゃんは眠っている。起こしたほうがいいのかどうか迷いながら、そばについていると、電話がジンジン鳴った。バカヤロ、こんなに熱があるのに、そんなにいっぱい仕事したら通ちゃんが死んじまうじゃないかと怒りながら受話器をあげると、仕事の人じゃなくてお母さんだった。お母さんは私よりもっと怒っていた。シケンとベンキョと騒ぐお母さんの言葉の合間になんとか通ちゃんのことを伝える。

「とにかく、帰ってきなさい」

お母さん、恐い声、命令口調。

「ダメだよ。通ちゃん、一人にしておけないってば」

「大丈夫よ。オトナなんだから。必要なものは買ってきたんでしょ？　ついてたってしょうがないわよ」

しょうがない？

「ソファーから動けないみたいなんだよ」

「ただの風邪よ。いいから帰ってらっしゃい」

「イヤだっ」

私は断固として言った。帰せるものなら帰してみろ。お母さんには、一番大切なことが何かいつもわからないんだ。絶対にわからないんだ。

「わがまま言わないの！」

なんで、これがわがままなの？　私は返事する気力もなくなって黙っていた。電話を切ってやろうとした時、

「それじゃ、私がそっちへ行くから」

あきらめたようなお母さんの声がした。

「私が通を見てるから、あなたは家へ帰りなさい」

お母さんは一時間くらいで本当にやってきた。ビックリした。お父さんやお姉ちゃんを置いて来るとは思わなかったよ。私の試験って、そんなに大事？

「まったく、いつまでも独りでいるから。面倒見てくれる女の人くらいいないのかしら？」

お母さんは苦しそうな通ちゃんをろくに見ずにちらかった部屋ばかり眺めてぶつぶつ言った。少し片付けておけばよかったかな。いつも、もうちょっときれいにしてお

くよ。でも、音たてたりするのイヤだったんだ。

「掃除とかしないで、ちゃんと看病してね」

私は頼んだ。お母さんは返事をしないで溜め息をついた。さびしくなった。不安になった。

「お母さん、昔は、子供の頃は、通ちゃんと一緒に遊んだりしたんだよね？」

なんで、そんなこと聞いたんだろう。私とお姉ちゃんも仲悪いからキョウダイに幻想とか持ってないさ。でも、お母さん、弟のこと、一度も大事だと思ったことないの？　私、もし、お姉ちゃんがすごい熱だして倒れてたら、やっぱり心配でそばを離れないと思うよ。

お母さんはぜんぜん笑いたくないって顔で少しだけ笑った。

「早く帰りなさい。ちゃんと勉強するのよ」

悲しかった。お母さんは、たぶん、ちゃんと通ちゃんの世話をしてくれる。私よりずっと適切に。お母さんにはお母さんの優先事項があるんだろう。例えば、弟の病気より娘の試験みたいな。でも、わかってやんない。

「いつまでも独りでいるから」「面倒を見てくれる女の人くらい」お母さんの愚痴っ

ぽい言葉が耳によみがえった。白い服の似鳥ちゃんが亡霊のように目の前にふっと浮かんだ。通ちゃんのアトリエで膝《ひざ》をかかえて退屈そうに座っていた白い姿。『ハーフ・タイム』まで歩いていったのは、本当に馬鹿《ばか》なことだった。お客さんはそんなにいなくて、そんなに忙しそうじゃないカウンターの似鳥ちゃんに、通ちゃんが熱出して倒れた話なんかしたのは、信じられないくらい馬鹿なことだった。

「私は明日が試験で、お母さんに強制送還をくらって」

独り言みたいにぼそぼそと言った。

「通ちゃんて半分死んでても電話なんてかけてくるような人じゃなくて、仕事のこともあって、よっぽどきつかったんだと思う。お母さん、ただの風邪って言うけど、そんなのわかんない」

似鳥ちゃんは真面目《まじめ》な顔で聞いていて、通ちゃんの病状を色々質問してくれた。熱は何度？ いつから？ 吐いたりした？ 私は答えられなかった。

「今年の風邪は熱が高くて、おなかにくるみたい。インフルエンザじゃないといいね」

似鳥ちゃんは言った。淡々と言っても心がこもっているように聞こえる。少し気持ちが落ちついてくる。

「ものすごい迷惑なのわかってるけど、お仕事終わったら、通ちゃんチに行ってみてくれませんか？」

私はいきなり切り出した。馬鹿なガキの頼み。

「お母さん、いらっしゃるんでしょう？」

静かに聞き返される。賢いオトナの返事。

「そんなに長くはいないと思う」

お母さんが明日の朝まで通ちゃんチにいるとは考えられなかった。でも、それは逆に言うと、似鳥ちゃんに朝までついていてあげてくれと頼んでいるようなものだ。バッグからキーホルダーを取り出して、通ちゃんチの合鍵を苦労してはずした。

「私から看病を頼まれたって」

鍵をカウンターに置いて頭を下げた。

「お願いします」

本気で通ちゃんの心配してくれる人にそばについていてほしい。それは、もしかしたら、今夜だけって意味じゃなくて……。

似鳥ちゃんはカウンターの上の鍵を危険物でもあるかのように身動《みじろ》ぎもせずにじっと見つめていた。やがて、小さな白い手がすっと動いて鍵をつかんだ。

「いいよ」

優しい目で笑った。優しいけれど、どこかが痛むような目でもあった。通ちゃんの描く絵の中で知っている目だった。やっと、〝あのコ〟に会えたのかなと思う。

人は変わっていくけど、それでも、まったく別の人間になるわけじゃなくて、忘れてしまった気持ち、なくしてしまった笑顔がふいに甦《よみがえ》ることがあるのかもしれない。似鳥ちゃんの微笑《ほほえ》みが一枚の美しい絵のように、いつまでも頭の中に残っていた。通ちゃんの苦しそうな顔も時々浮かんでくる。

これでよかったのかな？　やっぱり間違えたかな。ものすごく馬鹿なことしたかな？　私は自分の不安や心配を誰かに押しつけたかっただけなのかもしれない。通ちゃん、怒ったらどうしよう？　変なおせっかい焼かれるの大嫌いだから。私、大事なものをなくしちまったかな？　愛や信頼というようなもの。それは、鍵のように一晩だけ預けるというわけにはいかないのだ。リレーのバトンのように受け渡すわけにもいかない。

風が冷たい。耳、ちぎれそう。何かが動いている。変わっていく。留まらずに走っていく。乱暴な風のように。私。私のまわりの何もかもが。風に向かってぐいぐい歩いた。もっと吹け。びゅんびゅん吹け。強く吹け。

6

十二月十五日から始まる木幡通の個展は、『カオ』というタイトルがついている。吉祥寺の渡辺さんのギャラリー『ほら貝』の企画展だ。初日の土曜日、ギャラリーについた時は、もう完全に日が暮れていた。木島の部活が終わるのを待って一緒に来たから。

あと一時間くらいでオープニング・パーティーが始まる。狭いギャラリーには結構人がいっぱいいて、なんだかバタバタざわざわしている。渡辺さんが忙しそうに動きまわっている。通ちゃんはまだ来ていないみたいだ。

制服姿でアディダスのスポーツバッグを持った木島はなんとなく緊張している様子だった。私もそうだ。木島と一緒に通ちゃんの個展を見るっていうのは、すごいことのような気がする。

二人とも黙ったまま、一つずつ絵を見ていく。私はどれもアトリエで見ているけど、ギャラリーにずらりと飾られると違った感じで目に映る。入口からすぐのよく目立つ場所に似鳥ちゃんの絵があった。あの時の絵だ。背景は描いてないけど、通ちゃんのアトリエで膝を抱えて座ってる絵。雑誌に描いていたのとはだいぶ雰囲気が違う絵。微妙な表情がよく出ている。描かれるのはキライと言っていたモデルの心が。

「絵が変わってる」

木島はぽつりとつぶやいた。もちろん、彼にはわかるはず。

「今の似鳥ちゃんだって」

私は言った。

「雑誌の絵は昔の自分だから今を描いてくれって頼んだんだって」

「ふうん」

思わず木島の顔を見てしまった。いつもの無表情っぽい顔で、何を考えてるのかわからなかった。あまり長く足を止めずに彼は先へ進んでいく。私はついていく。

通ちゃんの絵。色んな人の顔。リアルな顔。三歳くらいの女の子から、八十歳くらいのおじいさんまで。顔だけのアップ、上半身像、全身像、どれも一人だけで描かれている。モデルを使ったのは似鳥ちゃんの絵だけで、ほとんどは写真を撮って描いたものだ。この個展の企画が決まってから、暇があると写真家に商売替えしたみたいに一眼レフのカメラを持って街に出かけていた。

絵の雰囲気はそれぞれ違う。モチーフに合わせて一つひとつの世界を作り出している。モノクロのペン画、にじんだような水彩とパステル画、油絵みたいに厚く塗ったアクリル画。でも、どれも一目で通ちゃんの絵だとわかる。たぶん、絵のスタイル自体は変わってないんだろうな。何を美しく感じるかという画家の目も。変化があるとすると、それはまさに顔だ。個展のタイトルの『カオ』。顔の訴えてくるもの、顔に刻まれているもの、顔から透けて見えるもの。心、日々の積み重ね、においのようにほのかに伝わってくるその人の存在感。

木島が足を止めて長い間見入っていたのは、三歳くらいの女の子が、コンビニだかスーパーだかのお菓子の棚の前に足を投げ出して座りこんで、半透明の緑のラムネの容器を口にくわえて天井を向いている絵だった。女の子のまわりの床には白いラムネ菓子が点々と散らばっている。うっかりこぼしてしまったのか、わざとばらまいたのか、わからないけど、どっちにしても、その子は素晴らしく堂々としている。世界が彼女から始まっているというふうに。時間すらも支配しているというふうに。レトロな色遣いの水彩画。

「いいな、これ」

木島はつぶやいた。私もこの絵は大好きだ。

「戸塚のどっかのスーパーだって。写真撮ったあと、すっげえにらまれたらしいよ、この子に」

「わかる」

木島はニヤッとしてうなずいた。

「なんか似てねえ？　村田に」

「え？」

「こんなガキじゃなかった？」

「覚えてないよ」

木島はまだニヤニヤしながら先に進んでいく。不思議な気持ちがした。木島のことをずっと昔から知ってるような奇妙な錯覚。

通ちゃんはパーティーの始まる時間ぎりぎりにやってきたので、口きく暇なんてなかった。短い変なスピーチをやって、それからは仕事の人がいっぱい通ちゃんを取り囲んでしまって、とても近づけない。私は顔見知りのイラストレーターの人や出版社の人に時々声をかけられる。木島を見て「へえ？」ってふうに笑われるのがイヤだった。テーブルにお料理も出ていたけど、私たちは何も食べなかった。結局、通ちゃんと何も話さないままギャラリーを出た。

「ごめんね。今度ゆっくり紹介するね」

「うん」

木島は何か思い出したように笑った。

「覚えてっかな、俺のこと」

「覚えてるよ」

酔っぱらった私を木島が通ちゃんチに担《かつ》ぎ上げてくれた時に、一度だけ二人は顔を合わせているのだ。

「やっぱ、すげえ」

木島はしみじみと溜《た》め息《いき》をつくように言った。

「絵？」

「うん」

「今回は気合入ってたから。死んでも描くって感じで」

通ちゃんが丸四日間三十九度の熱がひかずに、それでもフラフラしながら夢中で仕事をしていたことを木島に話した。

「もっと余裕見てやっておかないのが悪いけど。熱なんて出すほうが馬鹿だけど。でも、なんか、通ちゃんのあそこまで必死のボロボロの姿って見たことなくて」

感動した。心配した。私のほうが倒れそうになるくらい。まともに話すらできなかったんだよ。

試験が終わってすぐに駆けつけると、家の中はきれいに片づいていて、通ちゃんは青黒い病気の顔で仕事机に向かっていた。寝ていろと言っても無駄だった。私の合鍵は玄関の靴箱の上に置かれていて、似鳥ちゃんは確かに来てくれたんだろうけど、通ちゃんにそんなことを聞ける雰囲気はなかった。最後の一枚が仕上がったのが、今朝の三時過ぎ。私はまだ似鳥ちゃんにお礼も言ってない。

通ちゃんとよく行くインドカレーの店で木島と食事をした。店長が『ほら貝』の渡辺さんと知り合いで、居心地のいい小さなお店だ。私は色んな野菜が入ったもの、木島は激辛のひき肉カレーを頼んだ。あまり話はしなくて、熱いカレーをもくもくと口に運んでそれぞれに色んなことを考えているみたい。絵のこと。通ちゃんのこと。似鳥ちゃんのこと。私たちのまわりには、いつも影のようにこの二人がたたずんでいる。目に見えないもつれた糸のようにからまっている。糸をほどくためにはきっとたくさん話をしなきゃいけなくて、でも、それってむずかしいよ。例えば、合鍵の話を木島にしても、彼は黙って聞いているだけかも。その話の展開も結末も私は知らないし。

「絵ね、俺の絵、できてるんだ」

食後に紅茶を飲みながら、唐突に木島が言い、私はグラスのヨーグルト・ジュースをこぼしそうになった。

「でも、今日はイヤで」

木島は壁に飾られている真鍮《しんちゅう》の象神のお面のほうに目をやった。

「持ってこなかったよ。すげえ悔しくなりそうな気がしてさ。木幡さんにかなうわけないの当り前なんだけど、考えるのも失礼なんだけど。今日は、自分のことは忘れて、ひたすら見るだけにしたかったんだ。純粋に見たかったんだ」

通ちゃんという糸を、木島がぐいと引っ張る。

「見れた？」

少しドキドキしながら尋ねる。

「見れたよ。うまく言えないけど、ボコボコに殴られたみたいによかったよ」

変な表現だけど、わかる気がした。

「比べたりしないよ」

私は言った。

「一つひとつ向き合うだけだから。絵って」

そんなんで研究の道に進めるんだろうかって不安になるけど、私はほんとにそうなんだ。心も身体《からだ》も全部使って、吸い込むみたいに、吸い込まれるみたいに見るんだ。いいなって思う絵、好きな絵はどれもこれも。

目が合った。木島のそんな目は見たことがない。強い熱い目だ。気持ちがあふれている目だ。絵を描くために鋭く観察する時より、もっと深く私を捕らえてしまう。身動きできなくなった。時間が消えてしまった。世界も消えてしまった。通ちゃんも似鳥ちゃんもいない。木島だけ。真空の虚無の闇《やみ》の中に、ぽっかりと木島が一人だけ。

「俺、村田が好きだよ」

そのたった一人は不意に言った。そして、自分の言葉に自分で驚いたみたいにビクッと肩を揺らした。

「どんどん好きになる。きっと、もっと好きになる。自分の気持ちみたいなの、どんなふうに言ったらいいのかわからなくて、絵ばっか描いてたけど、絵じゃないと伝わらないって思ってたけど」

照れた子供みたいにパッと笑った。

「言っちゃったし」

不思議だ。そんなふうに言ってもらえるなんて夢にも思ってなかったのに、木島の気持ち、知っていたような気がした。何か答えなきゃと思いながら、なかなか言葉が出てこなかった。

「私も」

やっと唇を動かした。かすれたような小さな声しかでなかった。緊張して、あまりに気持ちが高ぶって身体がガタガタ震えてきていた。木島の顔を見ていられなくなって、象神ガネーシャと目を合わせてしまった。そのおそろしいご面相をどのくらい見ていたのだろう。胸の鼓動が少しおさまってきて、やっと木島のほうに向きなおると、彼はとても幸福そうな顔をしていた。好きだと言ってもらえる喜び。好きだと言って喜んでもらえる幸せ。気持ちを打ち明ける時に言おうと思っていた言葉は、たぶん、何もいらない。心にしまっておこう。消えない女になる決心。消えない男にする決心。あふれるばかりに幸福なのに、一つだけ心にひっかかっていることがあった。似鳥ちゃんのこと。似鳥ちゃんという目に見えない糸を引っぱって、からまったものをほどいてしまいたい。聞かずにいると、いつまでも忘れられずに彼女の影が私たちについてくるかもしれない。一方で、黙っていたほうがいい、忘れてしまえ、と強い声が頭の中で鳴り響いた。私の口は動いていた。

「木島は似鳥ちゃんが好きなのかと思ってた」

木島の目が揺れた。まばたきが多くなって、落ちつかない顔つきになった。

「俺ら、みんなさ、部の連中、あこがれてたんだよ、似鳥ちゃんに。アイドルみたいな感じでさ。スケベな話もよくしたし。でも、マジで口説こうとか思ってるヤツはいなくってさ」

早口で説明する。

「それだけ？」

私が聞くと、木島はうなずいた。ただ、ほんの一瞬、うなずくのが遅れた。短い、でも、見逃せないくらいの一瞬の間。

「嘘《うそ》……だよね？」

私は自分が止められなくなっていた。こんなふうに、問い詰めるのイヤだ。でも、嘘つかれるのイヤなんだ。

「言わなきゃいけない？」

木島のこの顔、どこかで見たことがある。ミスして負けた試合で、進藤くんに罵《ののし》られている時に、こんな苦しそうな顔をしていた。

「もう、俺の中では終わってることで。卑怯《ひきょう》かもしれないけど、村田には絶対に……」

木島の言葉は、突然、とぎれた。そして、しばらくしてから、突然、私の目を見て言った。

「俺、似鳥ちゃんと寝たんだ。一度だけ」

頭を吹き飛ばされたような気がした。

「恋とか、そんなんじゃない。なんか、ほんとのことじゃないみたいだった。俺、村田に悪いと思ったよ。ちゃんと付き合ってるわけじゃなかったけどさ。絶対知られたくなかった。誰にも言ってないし。言うつもりなかった。俺、たぶん、あの時から、ずっと村田のこと考えてた。女の子として考えてた」

聞いたらいけなかったんだ。言わせたらいけなかったんだ。私たちは恋人同士じゃなかったんだから、つい最近でも前のことは聞いたらいけなかった。わかっていたのに我慢ができなかった。開けてはいけない扉。

「わかった」

私は言った。

木島の顔。苦しい顔。痛い顔。不安な顔。私を心配するような顔。私のことだけを考えている顔。私のことを好きな顔。信じられる。信じている。でも——。

私は席から立ち上がった。お金を払わなきゃと思って財布を出して、指がうまく動かなくて小銭をバラバラ落としてしまった。木島が拾ってくれる。何か言ってる。頭の中がマグマのように熱くてドロドロ溶けていて、普通の言葉も理解できない。一刻も早くここから出ていきたくて、お札をテーブルに置いて小銭は無視して出口に向かった。

7

どうしても、自分チには帰れなかった。いいんだ。通ちゃんは個展の時は友達と飲み歩いて帰ってこないだろうから、一人でいられるさ。

私、馬鹿《ばか》みたいだ。似鳥ちゃんは、私のことをどう思っていたんだろう？　鍵《かぎ》なんか渡しにいって……。馬鹿だと思ったんだろうな。こっそり笑っていたかな？　心の中は竜巻に襲われた部屋みたい。バラバラ。崩壊。修復不可能。乾ききって涙も出てこない。

せっかく、好きって言ってもらったのにな。

どうしたらいいかわからなかった。暴れたりしたいかも。誰かをぶんなぐったり、お皿やコップを投げて割ったり。酔っぱらってやろうと思ってお酒を探したけど、アイリッシュ・ウィスキーしかなかった。ストレートで飲むと猛烈に辛かった。

オトナは嫌いだ。恋人でもない男の子と簡単に寝たりしてしまう。男の子は嫌いだ。悪かったとか言うけど、それなら最初からしなきゃいいんだ。

あんまり辛いから今度は水割りにして飲んだ。この前通ちゃんが倒れていたソファーに座って、隣に来た弁慶の長い毛を指に巻きつけて遊びながら飲んだ。猫は嫌がって逃げていく。ちっとも酔えない。おなかが冷たくていっぱいになるだけで。ヤケ酒なんて、おいしくない。通ちゃんは今頃おいしいお酒を飲んでいるんだろうな。世界中の人がキライだ。通ちゃんまでキライだ。馬鹿な自分が一番キライだ。ああ、やっぱり、オセロ・ゲームだな。少しずつ増やした白が全部黒になってしまうんだ。バタバタバタバタバタバタ。真っ黒。まっくろけ。

いつのまにか寝たのかな？　布団《ふとん》が掛かってるよ。頭を持ち上げると誰かが中で工事を始めたようにガンガンとうるさい。通ちゃん、帰ってきたんだな。起きるのイヤだな。人生を続けるのもめんどいな。だから、そのまま寝ていた。また眠ってしまったみたいで、目が覚めた時は部屋は薄暗くなっていた。通ちゃんはまだ寝ているみたいだ。そうだよね。三日間くらい眠り続けても不思議じゃないさ。

たくさん眠ったせいか、二日酔いは思ったほどひどくなかった。料理でもしようかな。何もしないより、何かしてるほうがマシだ。

冷蔵庫の在庫を確かめて、ビーフ・ストロガノフを作り始めた。通ちゃんがいつ起きてきても食べられるもの。栄養のあるもの。タマネギやマッシュルームをとんとんスライスしていると、なんとなく少し気分がよくなってくる。大鍋《おおなべ》で煮込んでいる間にご飯を炊いて、簡単なサラダを作る。フレンチ・ドレッシングも作る。オリーブオイルとビネガーの瓶を出したところで、通ちゃんがひょっこり顔を出した。なんだか笑いたいみたいな顔してる。

「何さ？」

私は機嫌の悪い声で聞いた。

「タフだね」

通ちゃんは言う。

「俺の秘蔵のモルトをガブ飲みして。料理をシャンシャン作ってるし」

「ジンがなかったんだもん」

ドレッシングの味見をして塩を足す。振り向くと、まだ通ちゃんは同じところに立っていた。

「今日はギャラリー行かないの？」

「行かない」

しんどそうな声。そうだよね。

「間に合ってよかったね」

と言うと、

「お世話になりました」

と真面目《まじめ》な顔で頭を下げる。なんかヘン。

通ちゃんから改まってお礼を言われたことなんかなかった。仕事や家事の雑用をいくらやっても。今度だって私がしたのは似たようなことなのにね。風邪で倒れて気が弱くなっちまったの？　それとも、まさか、そう、似鳥ちゃんのこと？

「私、何をしたかな？」

声に力がない、自信がない。

「前に、渡辺さんに言われたよ。おまえは、みのりちゃんに甘えてるってね」

通ちゃんはゆっくりと言った。

「俺が甘えられてるんだって答えたんだけどね」

「そうだよ」

私はうなずいた。

通ちゃんは黙ってしばらく私の顔をじっと見ていた。穏やかな目だった。優しいとも言えるような。通ちゃんがそんな優しい目なんてしちゃっていいのかな？　ヘンな感じ。気持ちの上のほうではなんだか落ちつかないのに、底のほうではすごく落ちつく。

そのうちに、通ちゃんは何かを思い出したようにふっと笑って言い出した。

「熱でもうろうとしてて、気がつくと、そのたびに違う人がいるんだ。夢だとばっかり思ってたよ。玄関で鍵を見つけるまではさ」

緊張した。息を止めた。

「ミンなら、そんなとこ置いていかないだろ？」

うなずいた。

「なんで、彼女を呼んだの？」

その質問は、今答えるには、あまりに痛すぎた。でも、通ちゃんはけっこうマジな目をしてる。

「アトリエで見かけたから。似鳥ちゃんは、通ちゃんのことをとても好きなんだって思ったから」

そこまで答えて嘘つきのような気分になった。だって、似鳥ちゃんは木島と……。

二日酔いがぶり返したようにものすごく気持ちが悪くなった。

「お母さんは意地悪で信用できなくて、誰かについてて欲しいって思ったから」

吐き気を飲み込むようにして、言葉を続けた。

「俺、姉さんに薬飲ましてもらったのなんて、何十年ぶりかな？」

通ちゃんは楽しそうにそう言った。通ちゃんが、ウチのお母さんを「姉さん」と呼ぶのも何年ぶりだろう？

今日の通ちゃんは、ほんとになんかヘンだ。まだ酔っぱらってるのかもしれない。個展の絵を描き終わって、嬉しさのあまり頭がイカレちまってるのかもしれない。とても大事なことを話しているのに、肝心なところだけ触れていないみたい。

「ねえ、通ちゃん」

呼びかけたけど、なんて聞こう？

「頭がおかしくなりそうなほど誰か好きになったことある？」

通ちゃんは真面目な顔をしている。でも、笑いをこらえているってわかる。

「あるよ」

本当に？

「その人、今でも好き？」

「昔のことだよ」

「嫌いになったの？　どこかで好きが嫌いに変わった？」

「さあ、どうだったかな。そんなに白黒はっきりしてなかったと思うな」

通ちゃんは首をかしげた。

「グレイ・ゾーンでフェードアウトってとこかな」

フェードアウト——消えたのか。なんとなく消えたのか。イヤだな。

「いつも、そんなふう？」

「色々」

通ちゃんは澄ました顔で、ザルで水切りをしているレタスを一枚つまんで口に入れた。

「今は？」

私はまだ塩の瓶を手に持っていて、その質問をすると思わずぎゅっと握り締めてしまった。

「今は好きな人いる？」

通ちゃんは味のないレタスをしゃくしゃく噛《か》んでいる。まずそう。イモムシみたいだ。

「鍵は、ちゃんと持っててくれよ」

それって、もしかして、答え？

「なんか聞きたいことがあったら、惚《ほ》れた男に聞いたらいいよ。俺に聞くなよ」

顔がカッと熱くなった。通ちゃんにも関係あるかもしれないから……。ああ、チガウな。私と木島のことと、通ちゃんと似鳥ちゃんのことは、まったくチガウんだな。いくら似鳥ちゃんがダブッていてもチガウんだな。

私は何を通ちゃんに聞きたかったんだろう？　恋の話。落ち込んだ穴から手を引いて連れ出してくれるような明るい強い恋の話。でも、もし聞かせてくれても、それは通ちゃんの話。人の話。私の話じゃない。通ちゃんが似鳥ちゃんを好きだと言って二人が恋人同士だとわかっても、それは私には関係ない。

鍋の味を見た。塩が足りなく感じる。料理ができる頃は、何もかも、めちゃめちゃ辛くなってるかも。通ちゃんの真似《まね》をして小さなレタスを一切れ取ってかじってみた。まずい。

今日、木島は試合だった。冬季地区大会のトーナメント第一戦。もし負ければ、木島にとって最後の公式試合になるゲーム。相手の藤沢南は強くて、たぶん勝てないはずだから、何があっても見にいくつもりだった。もう負けてしまったのかな。木島は今日、いいプレーができたかな。ゆうべのことはダメージにならなかったかな。なったらイヤだ。でも、ならなくてもイヤだ。

試合の結果、知りたい。

絵が見たいな。完成した絵。私の絵。

木島、今何してんのかな?

リビングの年代物のレコード・プレーヤーで、ジョン・コルトレーンの『EVERY-TIME WE SAY GOODBYE』が鳴っていた。静かな澄んだソプラノ・サックスが胸にしみこむみたい。足を止めてしばらく聴きいっていると涙が出そうになった。

「帰るね」

私はソファーに寝ころがって目を閉じている通ちゃんに声をかけた。

「飯は?」

通ちゃんは少し驚いたように目を開けた。

「いらない」

「あんなにどうするんだよ?」

「冷凍、冷蔵、どうとでも」

私は答えた。

「誰か呼んで一緒に食べたらいいじゃん」

「ナマイキ」

通ちゃんはまた目を閉じた。

外はもう暗かった。木島はきっとサッカー部の人たちと一緒にいる。もしかしたら、『ハーフ・タイム』にいるのかもしれない。似鳥ちゃんと笑ってしゃべってるかもしれない。胸がキリキリする。

階段を三段降りて、チガウと思った。木島はお店には行くかもしれないけど、似鳥ちゃんと笑って話せたりしない。そんなこと、できるくらいなら、茅ヶ崎の駅で似鳥ちゃんを見かけた時に、もっと普通にしてられたはず。私に何かを気づかれたりしなかったはずだよ。あいつは、とにかく、ぶきっちょで神経が細いんだ。オトナになっても、〝グレイ・ゾーンでフェードアウト〟なんて芸当、きっとできない。

そういうとこ、好きなのかもしれない。

ゆうべ、木島が言ってくれた言葉を思い出していた。

「俺、村田が好きだよ」「どんどん好きになる」「きっと、もっと好きになる」「たぶん、あの時から、ずっと村田のこと考えてた。女の子として考えてた」木島の声で一つひとつ思い出して、言葉が頭の中を何度もかけめぐった。身体《からだ》が熱くなる。心も熱くなる。でも、似鳥ちゃんのことを考えると、また吐き気がしてくる。

どうしたらいいか、わからない。

通ちゃんは、聞きたいことは、惚れた男に聞けと言った。でもね、聞いたら、このザマなんだよ。

しょうがないか。私は――私たちは、グレイ・ゾーンではやっていけない。オセロのゲームはまだ終わったわけじゃない。真っ黒のボードの上に一個も白がないわけじゃない。まだ、ひっくりかえせる。木島を嫌いになったんじゃない。はじっこの見えない巨大なボード。人生のボード。恋のボード。

明日は、何かが変わるかもしれない。

いつか、電話をかけられるかもしれない。試合のこと聞くために。絵を見せてって言うために。

たぶん、いつか。

明日？　明後日？　一週間後？　わかんない。いつか、いつか……。

極楽寺の駅に続く道に出た。クソ寒いけど、夜の海が見たくなって、稲村まで歩こうと決めた。

七里ヶ浜

絵を描いている。

今、村田の姿や仕草や心のことなんかを思い出すのは、マジきつい。絵描くなんて自虐行為《じぎやく》だ。自己嫌悪《けんお》やら後悔やらで、椅子《いす》にじっと座っていられねえのに。

言うんじゃなかったぜ。あったりまえ。一度死ななきゃ直らない馬鹿《ばか》だよ。どんだけ疑われてても口を割ったらだめだって。99パーセント、クロだと思われてても、口に出して認めたらだめだ。わかってたんだけどさ。俺が思ってたほど村田ははっきり勘づいていたわけじゃなかったし。マジ驚いてた。信じられないって顔で。なんてアホなんだ、俺は。

誰にも説明できないし、理解もしてもらえないと思うけど、あの時、とにかく、俺は嘘《うそ》がつけなかった。村田というのは、そういう女の子だ。この世に二人といないような女の子だ。

お互いに好きだって確かめあって、さあ、これからって時に、底無しの落とし穴に転げ落ちちまった。俺はまだ真っ暗な穴の中をすごい勢いで落下し続けてる気がする。村田はどうなんだろう？　すごく傷つけたのは間違いない。俺を好きだと思ってくれた気持ちのぶんだけショックはデカいはず……。俺は好きな女の子のために嘘をつく度量もねえんだな。一度死ね。

でもさ、ＮＧってことで、もう一回、あのシーンをやれたとしても、やっぱり俺、同じことするかも。村田に嘘はつけないんだよ。だから、嘘をつかなきゃならないようなことを絶対にしないことだ。これからは。

これからが――あるのかな？

あるさ。

俺はあきらめない。どんなことがあっても、あきらめない。どれだけ時間がかかってもいい。どれだけ冷たくされても、怒られても、嫌がられてもいい。俺はあきらめない。絶対にあきらめない。

村田を描いた水彩画は、やっとなんとかイメージに近いところまでできた――と思ってたんだけど、木幡通《こばたとおる》の個展を見てきて、なんかイヤになった。まだダメだよ。いきなり、木幡さんみたいな絵が描けるわけはないんだけど、とにかく、もっと違うのを描きたくなったんだ。俺の中の村田はもっともっとキレイだ。一筆描くごとに胸いてえ。描きながら泣きそうになる。めめしくて死にたくなる。

でも、紙の上にだんだん村田ができてくると、何もかも忘れてしまう。今のどん底の関係すら。

木幡通は、なんで村田の絵を描かないんだろうな。この前の人間ばっかり描いた個展に、村田の絵が一枚くらいあってもよさそうなもんだ。漫画はあるけどさ。描かないでいてくれて助かってるけどさ。村田は、比べたりしないって言ってくれて、それは本当だと思うけど、俺、漫画の村田にすら引きずられたから、イラストで見たら、無抵抗で真似《まね》しちまうかもしれない。いつか聞いてみたいな、村田の絵を描かないワケ。

木幡通の個展の翌日にあった試合は、3対5で負けた。藤沢南相手に、三点もよく取ったと思う。攻撃陣、よくやったよ。DF陣は五点取られたわけだけど、五点もっていうより、五点しかって感じだよな。ふた桁《けた》失点であたりまえだったもんな。これで、俺のサッカー人生は終わった。や、おおげさだけど。たぶん、もうやらないだろう。

その夜は、二年の部員みんなで横浜まで出て、ひたすら飲みまくった。村田が応援に来なかったわけを聞かれたり、二人の関係をつっこまれたりで、まったく、できてほやほやの致命的な傷口をぐいぐい広げられて、きつかった。しゃべっちまいそうになったよ。酔ってるし。あれこれあれこれ。似鳥《にとり》ちゃんのことまで。やばいぜ。きついし、むかつくし、最低だよ。それでも、こいつらともうサッカーできないんだって思うと、今夜が終わらなければいいって。マジで。進藤は笑ったり泣いたりで忙しい。どっちの上戸なんだよ。田代《たしろ》はからみ酒で、なんだかブチブチブチブチ言ってたけど、誰も聞いてなかったな。俺は森川と一緒に歌っていた。アカペラで、色々、KinKi Kidsとか氷川きよしとかアニメの歌とか。黒田はいきなり路上で脱いでパン一になるしさ。

ひでえ二日酔いだった。その次の日が終業式で。

村田を見た。一度も目が合わなかったけど。でも、この世には、ちゃんと変わりなく村田がいるんだなってわかって、なんだかほっとしたよ。声はかけられなかった。まだ、何言っていいかわからない。謝るしかできないし。謝って済むことじゃないし。厳密に言えば、〝浮気〟じゃないから、謝るのもおかしいし。なんて、やっかいなんだろう。

冬休みに入って、もう部活も出なくて、毎日絵を描いていた。ふと思いついて、木幡通の個展にもう一度行くことにした。最終日だった。もしかしたら、村田に会うかもしれないな。会ったら、どうする？ 目が合わないとか言ってる場合じゃない。そろそろ伝えないといけない。俺はあきらめないって。

村田の絵は、永遠に完成しなさそうだ。

でも、ここ一週間、ずっと描いていたスケッチブックを持った。もし、村田に会ったら、見せよう。木幡通の絵の前でもいい。どんなにみすぼらしく見えてもいい。これが、今の俺の絵。一度見てほしい。まだまだ終わりじゃないってことも知ってほしい。見てくれるかな？ わかんねえ。恐いや。だけど、会うって決まったわけじゃないし。

午後の早い時間帯に行った。村田も木幡さんもいなかったけど、お客さんはけっこう来ていた。人気あるんだよなあ。この前は、なんだか緊張しちまったよな。村田と一緒だったし、パーティーとかあって。村田は関係者と色々知り合いで、なんだか偉い感じがしたな。別世界だったな。きらびやかで。あれがプロの世界ってわけで。

今日のほうが、じっくり見られそうだ。入口の近くの似鳥ちゃんの絵をじっくり眺める。村田が、今の似鳥ちゃんとか言ってたっけな。いいよな、この似鳥ちゃん。この絵を見て、まだジェラシーとか欲望とか感じるんだからさ、俺、イヤんなるよ。たぶん、そんなだから、村田にバレちまったんだよ。

雑誌なんかに描いてるイラストの仕事より、ここにある地味な感じの絵のほうが好きだった。木幡通みたいなプロの絵描きも、あれこれ悩んだり困ったり落ち込んだりしながら絵を描くのかな？ どんどん進化していくのかな？ や、そんな偉そうなことはわかんないけど。でも、すげえと思う。ほんとに思う。たぶん、村田は彼の絵が最高に好きなわけで、そのことには妬《や》けるよなあ、めちゃめちゃ妬ける。いつか、俺の絵を一番好きになってもらえる日がくるだろうか。

ギャラリーを出て、吉祥寺の駅へ向かう道で、すれ違いざまに肩をたたかれた。ぼんやりしていたから、ぎょっとした。あれ？ 木幡通？

「こんにちは」

木幡通は、毎日、家のそばですれ違ってるご近所みたいにさりげなく声をかけてきた。

「あ、今、個展行ってきて……もう一回」

俺は言った。こっちは、ぜんぜんさりげなくなんかなれない。

「そりゃ、どうもありがとう」

けっこう嬉《うれ》しそうな顔をするんだな。

それにしても、俺をよく覚えていたなあ。一度ちらっと会っただけなのに。やっぱり絵描きって、顔の記憶力がいいのかな？

彼の視線が俺の持っているスケッチブックのへんにある。ドキリとした。やばいよ。デカい袋が見つからないから、もうむきだしで持ってきちまったんだけど。

突然、とんでもない考えがひらめいた。

「これ、村田に渡してもらえませんか？」

俺はスケッチブックを差し出して頼んだ。

「前に見せる約束をしていた絵なんです」

木幡通はスケッチブックをうさんくさい目つきでじろじろ見た。

「なんで、自分で渡さないの？」

俺は顔が赤くなるのがわかった。この状況をなんて説明したものか？　喧嘩《けんか》？

木幡通は何かを面白がっているかのようにニヤニヤした。

「ミンは、ヤケ酒を飲んでたけど、けっこう元気だよ」

声までニヤニヤしてやがる。

「最近、あんまり俺ンとこ来ないから、家に電話してみなよ。俺はパシリはやりたくないから」

「すいません」

チクショウめ。恥ずかしくなった。本当だ。自分で渡さないでどうする？

「見ていい？」

木幡通は俺が引っ込めたスケッチブックに急に手を伸ばした。ぞっとした。彼がスケッチブックをぱらぱらめくっている間、足元の地面が消えてなくなったような頼りない気持ちがした。息ができねえ。本間さんがベンチで俺のプレーを見ていた時より、もっと緊張する。俺の描いた村田を木幡通が見てるんだからさ！

「ふうん」

木幡通はうなるように言った。

「俺には、こういうふうには見えないな、ミンは」

頭がクラクラした。すげえショック。冷や汗が出てきた。

「面白いね」

え？

「君にはミンがこういうふうに見えるんだね」

え？

「すごくキレイな女の子だ」

汗びっしょりだ。寒いってのに。

「木幡さんは、なんで村田を描かないんですか？」

俺は額の汗をぬぐいながら、おそるおそる攻撃に出てみた。

「なんでかな？　考えたことないな。ミンを絵にしようって」

木幡通は少し眉《まゆ》を寄せて考えるようにして答えた。

「身近すぎるのかな。照れ臭いね。漫画のほうがいいね。ちょっとズラして」

困った顔をしている。

鼓動が速くなった。

この人は、やっぱり、ものすごく村田が大事なんだって思った。もしかしたら、自分で気づいてないくらい。

木幡通は急につまらなそうな顔になると、スケッチブックを閉じて差し出し、すたすた歩き出した。俺は思わず後ろ姿を振り返ってしまった。

黒い革ジャケ。少し猫背。

忘れられない昔の記憶が浮かんで、すぐに消える。

テッセイに、もし絵の才能があったら、木幡通に少し似てただろうか？　似てねえよな。っていうか、絵の才能あったりしたら、それ、テッセイじゃねえし。

なんだろう、この気持ち。

負けたくない。少なくとも気持ちだけは負けたくない。俺のほうがもっと好きになる。俺のほうがもっと大事にする。村田のこと。

もっと、いい絵を描く。木幡通より。

負けたくない。

才能なんてあるかないかわかんねえけど、やってみるよ。

吉祥寺の駅で電話を探した。やれやれ。こんな電話を駅の公衆電話からかけなきゃならない俺って、みじめ。ケータイもなけりゃ、自分の部屋の電話すらない。でも、仕方がないよな。暇も金もねえんだからさ。これから、もっとなくなるんだし。

美大に行きたいって話は、一度、母さんにした。サッカー部の引退の時期を決めた十一月の頃だ。腹をくくってマジに話したせいか、思ったより反対されなかった。チャレンジは一回、浪人はなし、できれば国立に行けと言われた。無理だってばさ、そんなの。でも、美大受験の予備校に通う金は出してくれるってことになって、とにかくやってみるしかない。

美大に行きたいって思ったのは、あまりに、俺が絵のことに無知だから。何がやりたいのか、どんな可能性があるのか、方向すら見えてないから。絵のことだけを考えていられる四年間が欲しいと思った。ただ、それは、ウチの経済状態からすると、とんでもない贅沢《ぜいたく》だ。玲美《れみ》もいるし、学資を全部母さんに頼るのは厳しいから、やっぱり夜学か専門学校ということになるかもしれない。どんな環境でも、絵は描けると思う。

ふとテッセイの部屋を思い出した。自分の描いた油絵で埋め尽くされた殺風景な部屋。ずっと描いていたんだな。ただ自分のために。誰にも求められず、評価もされず、それでも、ただただ描いていたんだ。そのことを、今、初めて、肯定的な気持ちで思い起こした。もしかしたら、テッセイは、母さんやおじいちゃんが言うように、ただの〝負け犬〟じゃないかもしれない。死ぬまで、好きなことをやり続けた一途《いちず》な男なのかもしれない。

電話に出たのは、お母さんのようだった。ちょっとお待ちくださいと言われたから、村田は家にいるんだろう。電話、出てくれるかな？　駅の構内の公衆電話は、まわりがわんわんとうるせえ。失敗した。どっか静かそうな茶店でも入ればよかった。

「もしもし」

雑音を突き抜けるようにして村田の声が聞こえてきた。声に感電したみたい。村田だよ！

「もしもし」

うまく声が出ねえよ。

「俺、今、吉祥寺にいるんだけど」

「木幡さんの個展にまた行って……」

「さっき、道で木幡さんに会って」

「村田は家にいるんじゃないかって言うから」

ずっと沈黙。

「スケッチブック持ってきたんだ。もし、村田に会えたら、見せたいと思って」

何かしゃべってくれないかな？　まだ怒ってるのかな？　もう嫌われたのかな？　もう駄目なのかな？

「どっかで、会えない？」

俺は最後のチョコレートを食べてしまった遭難した登山者のような気持ちになった。もう何もない。手持ちのものはない。与えてもらえなければ飢えて死ぬだけだ。

「木幡さんが絵を見てくれたよ」

それでも、俺はまだしゃべっていた。あきらめてたまるか。草や木の皮を食ってでも生きのびないと。

「すげえ嬉しかった。村田がキレイだって言ってくれた。真面目《まじめ》に見てくれたよ。俺、ほんとに嬉しかったよ」

「よかったね」

やっと、しゃべってくれた。思わず溜《た》め息《いき》が出た。でも、また、すぐ沈黙が訪れて、俺はそれ以上しゃべることを思いつけないまま、度数の減っていくテレカの赤い表示を見ていた。20、19、18……。

「七里ヶ浜にいる」

突然、村田は言った。

「え？　七里ヶ浜？」

聞き返したけど、それには返事をせずに村田は電話を切ってしまった。

七里ヶ浜？　七里ヶ浜の駅？　それとも、海のこと？　あそこって、何もない長い浜辺だよな。十二月の海。ただ寒いだけの場所。どこにいるのか、何時に来るのか、何も言わなかった。わかんねえな。行ってみないと。駅か海かも、わかんねえ。ほんとに来てくれるのかな？　きっと来る。村田が来るというのなら、本当に来る。急がなきゃな。ここからは遠い。

江ノ電が腰越《こしごえ》を出て左にカーブを曲がったとたん、相模《さがみ》湾が車窓いっぱいに広がる。胸がすくほどデカい景色だ。ここが七里ヶ浜だ。よく晴れていて、サーファーの姿も見える。村田があそこにいるかもしれないって思うと、じっと座っていられなくなり、ドアの近くまで行って外を眺めた。観光客みたいだよ。

鎌倉高校前の次の駅が七里ヶ浜だ。電車が止まると、緊張した。プラットフォームに村田の姿はなかった。どうしよう？　村田んチからここまでは三十分かからない。俺は二時間近くかけてやってきた。だからって、俺のが後とは限らないんだけど。なんか、ここで待っていても無駄な気がする。ただの勘だけど、駅じゃない、海だろう。

村田の言う「七里ヶ浜」って。

行合川《ゆきあいがわ》の橋を渡り、さんざん信号に待たされてから134号線を越えて、海に面した大きな駐車場の入口からあたりを見おろした。浜にほとんど人はいない。見える範囲に村田の姿はない。駐車場もガラガラだ。いつもより青く見える海に黒い点のようにサーファーが散らばっている。冷たい風に身をすくめた。海からの風だ。特別に風の強い日じゃないけど、海のそばはこんなもんだ。間違っても、待ち合わせをするような場所じゃない。

でも、村田だから……。

右には江ノ島。左遠方に伸びる海岸線は逗子、葉山、俺んチのほうだ。どうしようか？　なんか、俺、ここって、ピンポイントでわかんねえみたい。葉山に引っ越してきてからは、部活に忙殺されてて観光スポットなんて知らねえし、海に行きたければ家のそばにあるし、学校から行くと稲村、由比ヶ浜になっちまうし。

駐車場の奥まで入って、もう一度下を見下ろした。左のほうは、駐車場の先も砂浜が細くて、歩きにくそうだ。右は——ずっと広い砂浜が続いている。誰かいるかな？　人間のシルエットが一つ、二つ……。目をこらす。サーフボードを抱えている——チガウ。犬を連れてるみたい——チガウ。もっと遠くに、ほんとに点にしか見えないあたりに、誰かいるようだ。ドキドキした。行ってみるか。

小動崎《こゆるぎさき》の向こうに富士山のシルエットがぼんやり浮かんでいた。雲のようにも見える。丸い階段を降りて浜に出る。海草のにおいが急につんと鼻にくる。砂浜の起伏で遠くが見えなくなる。点のような人影が見えなくなる。砂に足をとられて歩きにくい。急に不安がこみあげてきた。こんなことして、ほんとに村田に会えるんだろうか？　波打ち際《ぎわ》を歩いた。砂の色が濡《ぬ》れて変わって、日に照らされて銀色に光っているあたり。波が砕けて白い泡になって広がる。その泡の届かないぎりぎりのところに、足跡を刻みながら、できるかぎり早足で歩いた。ここまで来ると、また遠くが見えるようになる。点のような人影も見えるようになる。でも、なかなか大きくならない。あれが、村田じゃなかったら、どうしよう？　歩くのがもどかしくて走り出した。ここで会えなければ駄目だ。今日でないと駄目だ。もう一度電話して約束して——そんなの駄目だ。

しばらく走ると身体《からだ》がカッカと熱くなった。江ノ島大橋が少しデカくなったかな？　点のような人影は、まだわからない。もしかして、向こうも動いているのかな。まさか、走っちゃいねえだろうな。スピードをゆるめて、後ろを振り返る。村田が後ろにいそうな気もしてくる。一歩進むごとに離れていたら？　後ろに気を取られて迷っていたら、根のついた大きな海草にぶつかって転びそうになった。チクショウ。考えてもしょうがねえや。走れ、走れ。

白いロングボードを抱えた小肥《こぶと》りのサーファーが海からあがってきて行く手をさえぎる。不思議そうな顔で俺を見る。男。白髪混じり。四十代？　黒いアザラシみたい。水冷たくねえのかな？　なんで俺が走ってるのか不思議だろうな。俺も不思議だよ。なんか部活のランニングみたいにペース作って走ってるけど、ジャージじゃないし、スケッチブック抱えてるし、邪魔だな、これ。邪魔だと思ったら、悲しくなった。なんのために、ここに来てるんだ。絵を見せるためじゃないのか？

あの点のような人影、少しはっきりわかるようになった。一人でいる。犬は連れてない。ボードも持ってない。性別や背格好はまだわからない。小動崎の方向に歩いているみたいだ。きっと村田だ。村田であってくれ！

茶色い大きな犬を連れた女の人とすれ違う。髪の長いエレガントな人。俺を見て微笑《ほほえ》んでいる。フサフサした毛の巨大犬が、嬉《うれ》しそうに俺をおっかけてくる。頼むよ。遊んでるんじゃねえんだよ。女の人の声が鋭く「ラウル！」と呼ぶ。犬はたちまち向きを変えて、飼い主のほうへ戻っていく。

走る。走る。走る。不思議がられても笑われても犬に追われても、とにかく走る。あの点に追いつくまでは走る。ペースをあげた。大きな波が足元で砕けて、靴が濡れた。冷たい風をどんどん吸いこんで、少し胸が痛くなる。足が重い。砂が靴にからみつくようだ。

軽快にライディングしてきたサーファーが途中で無様にコケる。横目で見ながらザマミロと思う。ここらは、サーファーの数が多いな。

前を見る。

あれは、女だ。女の子だ。村田だ。間違いない！

大きく息を吸いこんでスピードをあげた。全力で走る。ほんとうに、村田だ！

ぐんぐん近づいていく。

「むらたァ！」

叫ぶと、マジで呼吸が苦しくなった。

「むらたァ！」

それでも、もっと大きな声を出した。

ゆっくりと歩いていた村田が振り向いた。

驚いた顔。

なつかしい村田の顔。

まっすぐに俺に向けられた視線。

キレイな目。

最後にとばしたから、めちゃめちゃ息があがった。やっとつかまえたのに、しゃべれやしない。はあはあ言いながら、ただ村田を見ている。村田もただ俺を見ている。でも、いい目だ。怒っていない、冷たくない、俺を拒んでない——たぶん。

なかなか口きけねえから、スケッチブックを黙って渡した。村田も黙って受け取って、開いた。ここ二ヶ月くらいで描いた絵。ラフだけのもの、ざっと色つけたもの、ちゃんと仕上げたもの、色んなのがある。見てほしい絵は、そんなに多くない。水彩画、三枚。

十月の森戸海岸のが二枚。海を見て立ってる姿を斜め後ろから描いたヤツ。浜に座っているのを横から描いたヤツ。ほんとは、この時制服だったんだけど、村田の私服姿が描きたくて、ジーンズに黒い細身の長袖《ながそで》Tシャツにした。もう一枚は、学校の校庭、文化祭の後夜祭、かがり火を見ている横顔のアップ。

俺が自分で一番好きなのは、海を見て立っている絵だ。前に見せようと決めていたもの。これが、やっぱり、今の一番の絵だ。村田も、最後まで見てから、この絵に戻ってきた。長い間、じっと見ていた。

木幡通に絵を見られている時とは、まるで違う緊張があった。この絵を気にいってもらえなかったら、もう死ぬしかない。でも、ただ、今、こうやって見てもらえてるだけでも死ぬほど嬉しい。

「これ、あの時だね」

と村田が言った。俺はうなずいた。

「でも、服が違うね」

「横浜の本屋へ行った時、村田が着てたヤツ」

「よく覚えてるね」

「そういうカッコ、似合うから。ジーンズ」

今日も村田はジーンズだった。ざっくりしたえんじのタートルネック・セーターに男物みたいな黒い大きなダウン・ジャケットを羽織っている。

「私じゃないみたいだ」

村田はスケッチブックを見ながらつぶやいた。少しして、またぽつりと言った。

「でも、私だね」

俺は何も言えなかった。絵のことは何も言えない。見て感じてもらえるものが、すべてだ。

「ありがとう」

と村田は目を上げて俺の顔を見て言った。

「好き？　その絵」

俺はどうしても、その言葉が欲しくて聞いた。

「うん」

村田はうなずく。また、絵に視線を落として、

「すごい好き」

小さな声で答える。

「でも、あんまり色んなことあって。ただ、絵として見れない。一枚の絵として、いいとか悪いとか、そんなふうに見れない」

「いいよ。批評とかしてほしいんじゃないし」

俺は言った。

「受け取ってほしいだけ」

絵を。俺の気持ちを。

「うん」

村田はうなずく。村田が真面目な顔でコクリとうなずくのを見るのが好きだ。

強い風が吹いてきて、村田の髪の毛をバラバラにする。初めて村田を絵に描いた時

より、ずいぶん長くなったな、髪。

「俺、ずっと描きたいから、村田のこと」

俺は言った。

「できたら、一生描きたい。おばさんになって、ばあさんになるまで描きたい」

「すごい」

と村田は言った。今日初めて、微笑《ほほえ》みらしきものが彼女の顔に浮かんだ。夜明けの光みたいだ。まぶしい。水平線から昇ってきた太陽の最初の輝きだ。

「いい？」

俺は聞いた。

「描いてもいい？」

今度こそ、本当に村田は笑った。そして、言った。

「じいさんになっても、いい絵を描くんだよ」

なんて、長い遠い道程だろう。

なんて、長いかたい約束だろう。

俺たちは、子供みたいに指切りげんまんをした。

氷でできているみたいに冷たい村田の指。

ここで会えたのが奇跡みたいな気がした。絶対的な運命のような気もした。浜から階段をのぼって134号線に出ると、鎌倉高校前の踏切が見えた。ずいぶん遠くまで走ってきたつもりだけど、駅にするとたった一つなんだな。なんか笑っちまうな。村田に聞いてみようか。いつから浜にいたのか。なんで、浜で会おうと言ったのか、駅から遠ざかるように歩いていたのか。

でも、聞かなくてもいいかもしれない。

たぶん、俺たちは、こんなふうに、ここで出会う必要があったんだ。もう一度。改めて。奇跡のように。運命のように。

十年後〜あとがきにかえて〜

『黄色い目の魚』というタイトルのお話を初めて書いたのは、大学二年の時です。当時所属していた児童文学サークルのガリ版印刷の創作&評論集に載せたもので、黄色い目をしたガラスの魚と性格の悪い女の子の交流を描いた短編でした。

ところで、私が編集長として指揮を取ったサークル誌の印刷は前例がないほどオソマツで、大抵の作品の評価が「かすれていて読めねえぞ」というものでした。ただ、サークルの同学年の友達がこのタイトルを痛く気にいって「わくわくするねえ」と心から誉《ほ》めてくれたので、なんだかイイモノを書いたような不埒《ふらち》な錯覚を起こしていました。

『黄色い目の魚』を二度目に書いたのは、それから十年後です。くだんの短編が、そのタイトルと共に忘れがたく、新たなイメージを派生させて長編の構想になりつつありました。構想というより、まだ幾つかのイメージの断片の寄せ集めに過ぎませんでしたが。これが順当に長編として育たなかったのは、内的必然性ではなくて外的要因でした。

当時、私は新米の物書きになっていて、三十三人の書き手によるアンソロジー『新潮現代童話館』の原稿を依頼されていました。そうそうたるメンツに混ぜてもらっていたので、正直、えらいこっちゃという気分でした。乏しい持ちネタの幾つかを試し、ことごとく誤爆、玉砕。締切も近づいたある朝、布団《ふとん》の中でウツウツとしていると、何かがやってきました。大学時代の短編から長編に育ちつつある例の世界でした。一つのエピソードがぐんと立ち上がって短編の骨子《こっし》になりました（一番初めの短編とはもちろん別物、アカの他人ではないけれど、ハトコのように遠い間柄です）。まあ、早い話が、私はこのネタを〝使ってしまった〟のです。

こうして、『黄色い目の魚』は世に出ました。そして、短編からはみだしたエピソード、キャラクター、イメージが真昼の亡霊のように心の中に棲《す》みつきました。さて、また十年後です。『新潮現代童話館』は既に絶版になっていました。『黄色い目の魚』を収録して本を作りたいというのは、実のところ長年の夢でした。亡霊どもがカタカタと古い骨を鳴らして私をせっついていたのです。雑誌に連作短編を掲載しながら、亡霊を成仏《じょうぶつ》させるという無謀な試みにトライして、思った以上に苦しみました。十年という時間のギャップ、新たに生まれたイメージとのバランス。大学時代からの十年と、プロになってからの十年の年月はまるで質の違うものでした。疲れる仕事でした。でも、貴重でかけがえのない仕事でした。

単行本化の夢がかなったわけなのですが、いざ短編を並べてみると、さすがに十年前の作品は微妙に違います。文章や話のリズムなどが。でも、今、書き直すと壊れてしまう気がして、細かいところをいじっただけで、そのままの姿で残しました。もし、読んでいて違和感を覚えられたら、ごめんなさい。全《すべ》てがここから始まったので、削るわけにも変えるわけにもいかなかった作者のわがままをお許しください。

ようやく亡霊たちから解放されて晴れ晴れ——となったはずなのですが、実はまだ書ききれなかったエピソードやイメージが……。今回は若い人たちのお話になったので、オールダーたちがそのぶん寡黙《かもく》になりました。どうしましょうか。また十年後に……？？？

佐藤多佳子

二〇〇二年九月

解説

角田光代

この本を買って、読み出したときのことを、今でも覚えている。池袋の大きな本屋で、タイトルと表紙に惹《ひ》かれて買い、そのまま西武池袋線に乗り、待ちきれなくて取り出して、ページを開いた。あっという間に物語世界にひきこまれ、乗客の姿も、窓の外の景色も、車内放送も、ぜんぶ消えた。

十歳の悟《さとる》、妹の玲美《れみ》。母親の歩美《あゆみ》、父親のテッセイ。数ページ読んだだけで、登場人物たちが、知っている人たちみたいに生き生きと動きはじめる。

実際に、出会ってしまったのだと、読み進むうち、私は幾度も実感することになる。最初のページでひきこまれた瞬間、現実にだれかと会うみたいに、私は出会ってしまったのだ。悟に、玲美に、歩美ちゃんに、テッセイに。

第一章、ものごころついてから悟がはじめて会う父親、テッセイは、彼を江古田に連れていく。そのとき、次は江古田、という車内放送が聞こえ、私はぱっと顔を上げ、ぼんやりあたりを見まわした。物語と、自分のいる場所が、ごちゃまぜになって、軽く混乱していた。自分が物語のなかにいるような、隣の席にテッセイと悟が座っているような。

その日、私は江古田で用があったのだった。どんな用事だったのか、江古田でだれに会ったのか、そんなことはまったく覚えていないのに、西武池袋線のなかで読んだこの小説の第一章だけは、本当に、昨日のことのように思い出せる。テッセイが悟を連れていく居酒屋も、テッセイの住む安アパートも。

この小説は、そんなふうに、現実の記憶よりも断然強く心に残ってしまう種類のものだ。

第二章、もうひとりの主人公、みのりが登場する。第一章に強く吸引されたあとでは、少々戸惑う。悟は？　歩美ちゃんは？　幼い玲美はどうなったの？　と、きょろきょろしてしまうのだが、やっぱりそれも一瞬だ。一瞬後には、気が強そうで不機嫌な、中学生のみのりと、私は出会ってしまうのだ。自由人、といった風情《ふぜい》のみのりのおじ、通《とおる》ちゃんや、おとなしいクラスメイトにも。

むかつくことばかり、好きより嫌いが多く、気に入らないことがあるとすぐ絶交してしまうみのりと、正反対の（つまりトイレに連《つる》んでいくような）中学生時代を送った私は、ああ、この子が私と同じクラスにいたら私も絶交されるなあ、と思いつつ、けれど、どうしようもなく、みのりのことを好きになってしまう。みのりの潔癖さ、強さ、正直さ、不器用さ。憧《あこが》れるように、好きになってしまう。私はここで、深く考えてしまう。作者は、いったいどんな魔法を使っているんだろう？

ここまでの二章で、私たち読み手は、この小説に登場する主要人物ほとんどすべてと出会っていることになる。彼らは——悟もみのりも、テッセイも通ちゃんも——出会ってすぐに好きにならざるを得ないような、特殊な人たちではない。ずば抜けて頭がいいわけでもないし、とろけるようなやさしさを持ち合わせているわけでもない、ヒーローみたいにかっこいいわけでもなく、魅力的な美男美女というわけでもなさそうだ。どこにでもいそうな、もしくは、どこにでもいる人たちより何倍かはやっかいそうである。関わると面倒そうである。なのに、気がついたら好きになっている、どうしようもなく惹かれている。じりじりと読み進みたくなるのは、解決すべき謎《なぞ》があるからでも、空が落っこちてくるような事件があるからでもない。好きになってしまったからだ。どうにも魅力的な彼らから、目が離せなくなるのだ。

だから、第三章で、高校生になったみのりと悟が出会うとき、ちょっとびっくりするくらい、うれしくなる。ああ、よかった、出会ってくれて。現実に自分が大切な人と出会ったときみたいに、心底そう思うのだ。私たち読み手は、とうに作者の魔法にかかっていて、読み終えるまで逃れられない。いや本当は、読み終えてからも、なのだが。

高校生になったみのりと悟の物語は、湘南《しょうなん》を舞台に進んでいく。第三章以降には、この年代についてまわるものごとの、まるごとすべてが、緻密《ちみつ》に、ていねいに、端折《はしょ》ることなく描かれている。家族の問題、将来のこと、現在の学校生活、友だちとの関係、垣間《かいま》見える大人の世界、それから、だれかを大事だと思う気持ち、恋のようなものと、ほんものの恋。

右を向いても左を向いても、何かしらやっかいごとが待ち受けている悟とみのりの日々が、それでもどこかしら風通しよく、涼やかに思えるのは、たぶん、湘南という場所も関係あるんだと思う。バスに乗って、もしくは歩いた先に海が広がっている。その解放感が、開け放たれた窓みたいに、小説全編に心地よい風を送り続けている。

そんななか、みのりと悟は、自分たちを取り囲む問題のひとつひとつから、逃げ出さず、ごまかさず、斜に構えることもなく、真っ向からぶつかっていく。読んでいる私が痛みを覚えてしまうほど、彼らは真剣で、真摯《しんし》だ。

彼らの真剣さの裏には、いつも二人の大人がいる。

みのりには、おじさんの通。悟には、十歳ではじめて会った父親、テッセイ。この二人は、悟が最初に持った印象のとおり、よく似た部分を持つ。ものごとに縛られず、やりたいことをやりたいようにしかできない、ゆえにまっとうとは言いがたい大人。二人はどうしようもなく、この自由な大人たちに、縛られている。彼らのようになりたい、なりたくない。彼らのことが好きだ、嫌いだ。彼らのことを認めたい、認めたくない。相反する気持ちが、二人のなかをぐるぐると渦巻いている。

覚えがある人には、じつによくわかると思うんだけれど、自由な大人、というのは、子どもにとって非常にやっかいな存在だ。たいてい、親戚《しんせき》のなかにひとり、そういう人がいる。放浪癖がある、定職を持っていない、自分の好悪《こうお》に馬鹿《ばか》正直である、てっとりばやくいえばまっとうではない。子どもはそういう大人に、なぜかしら、惹かれる。惹かれて近づくが、そういう大人はたいてい子どもを子ども扱いしないので、子どもは、自分が大人なのか子どもなのかわからなくなり、大人の部分と子どもの部分をアンバランスに持ったまま、成長してしまったりする。

ところがみのりと悟は、自分たちが彼らのそばにいたらやばい、と本能的に察しはじめる。

「通ちゃんチにいると、私はどっかが育たない気がする」と、みのりは思う。「俺たちは、もうテッセイから解放されなきゃいけない」という祖父の言葉を、悟は妹の玲美に言う。

最初にこの本を読んだとき、通ちゃんとテッセイ、この二人の大人の存在が、みのりと悟を成長させ、強くさせるんだと思っていた。けれど何度か読み返していくうち、違うんじゃないか、と思うようになる。

自由で風変わりな大人のそばにはりついていたらだめだ、と思わせるのは、みのりにとっては悟であり、悟にとってはみのりなのだ。悟が、ひやかされてもからかわれてもみのりの絵を描き続けるのは、テッセイのようになりたくないという気持ちばかりではなく、やっぱり、みのりがみのりだったからだし、みのりが、たくさんの嫌いのなかから「好き」を見つけだしそれを守ろうとするのは、そんな悟に触れたからだ。

もし二人が出会わなかったら、彼らは、身近な大人に拘泥《こうでい》するのをやめなかっただろう。悟はテッセイを卒業できず、みのりは通ちゃんチから抜け出せなかっただろう。出会ったことによって、ぐるぐる渦巻く自分の感情すらも、二人は目を凝らして見つめ、そこからなんとか、出ていこうとする。よぶんなものをなんにも持たない自分自身になってみようとする。

叶《かな》えられないのを承知の願いだけれど、もしできるならば、私はこの本を、高校生の私に手渡してあげたい。逃げることとごまかすことに長《た》けていたそのころの私は、みのりや悟と出会って、現実に知り合うように出会って、そうして知るだろうから。マジになることはかっこわるくもこわくもない、マジを突き詰めても私たちはなんにもなくすことがない。高校生のときの私が、まさにだれかに教えてほしかったことを、だれかと話したかったことを、この小説は、正しく伝え正しく聞いてくれるに違いない。

どちらかというとみのりたちの親に近しい年齢である私には、彼らを取り巻く大人たちの存在も、非常に興味深かった。作者の、脇役《わきやく》である大人の描き方の巧妙さには驚いてしまう。通ちゃんとテッセイばかりではない、似鳥《にとり》ちゃん、悟の母親や祖父、みのりの母親。じつに簡潔に、まるで横顔だけをちらりと見せるかのように書く。その横顔があまりにも印象的なので、読み手は、全貌《ぜんぼう》を見てしまったように錯覚する。かっこいいだけではないし、意味不明なだけでもない、不器用さや弱さやかたくなさをちゃんと持った彼らは、やっぱり十六歳という年齢を経験して、今、そこにいる。作者はここでも魔法を駆使して、私たち読み手と、脇役である彼らをも、出会わせてしまう。

だから、最終章で、ほっと胸をなで下ろしたのもつかの間、すぐに彼らのその後が気になりはじめる。似鳥ちゃんと通ちゃんはどうなったのか。祖父と歩美は？　みのりの両親とみのりの関係は？　作者によるあとがきを読むと、いつかそう遠くない日に、彼らにも再会できるかもしれない。そのときが本当に、心から待ち遠しい。

先に、作者の魔法は、読後も私たちをとらえて離さない、と書いた。読み終えても、私たちの内側には、みのりと悟と、それから、思わず再会を願ってしまう大人たちが住み着いてしまう。現実の友人たちとそうなるように、この先、ずっといっしょに日々を送っていくような気分になる。なんて強い魔法、なんてすごい小説なんだろう。出会えてよかった、みのりにも、悟にも、このものすごい小説にも。

（平成十七年九月、作家）

この作品は平成十四年十月新潮社より刊行された。

佐藤多佳子著

しゃべれどもしゃべれども

頑固でめっぽう気が短い。おまけに女の気持ちにゃとんと疎い。この俺に話し方を教えろって？「読後いい人になってる」率100％小説。

佐藤多佳子著

サマータイム

友情、って呼ぶにはためらいがある。だから、眩しくて大切な、あの夏。広一くんとぼくと佳奈。セカイを知り始める一瞬を映した四篇。

佐藤多佳子著

神様がくれた指

都会の片隅で出会ったのは、怪我をしたスリとオケラの占い師。「偶然」という魔法に導かれた都会のアドベンチャーゲームが始まる。

角田光代著

キッドナップ・ツアー

産経児童出版文化賞フジテレビ賞
路傍の石文学賞

私はおとうさんにユウカイ（＝キッドナップ）された！ だらしなくて情けない父親とクールな女の子ハルの、ひと夏のユウカイ旅行。

角田光代著

真昼の花

私はまだ帰らない、帰りたくない――。アジアを漂流するバックパッカーの癒しえぬ孤独を描いた表題作ほか「地上八階の海」を収録。

川上弘美著

おめでとう

忘れないでいよう。今のことを。今までのことを。これからのことを――ぽっかり明るくしんしん切ない、よるべない十二の恋の物語。

江國香織著
きらきらひかる
二人は全てを許し合って結婚した、筈だった……。妻はアル中、夫はホモ。セックスレスの奇妙な新婚夫婦を軸に描く、素敵な愛の物語。

江國香織著
こうばしい日々
坪田譲治文学賞受賞
恋に遊びに、ぼくはけっこう忙しい。11歳の男の子の日常を綴った表題作など、ピュアで素敵なボーイズ&ガールズを描く中編二編。

江國香織著
つめたいよるに
愛犬の死の翌日、一人の少年と巡り合った女の子の不思議な一日を描く「デューク」、デビュー作「桃子」など、21編を収録した短編集。

江國香織著
ホリー・ガーデン
果歩と静枝は幼なじみ。二人はいつも一緒だった。30歳を目前にしたいまでも……。対照的な女性二人が織りなす、心洗われる長編小説。

江國香織著
流しのしたの骨
夜の散歩が習慣の19歳の私と、タイプの違う二人の姉、小さな弟、家族想いの両親。少し奇妙な家族の半年を描く、静かで心地よい物語。

江國香織著
すいかの匂い
バニラアイスの木べらの味、おはじきの音、すいかの匂い。無防備に心に織りこまれてしまった事ども。11人の少女の、夏の記憶の物語。

湯本香樹実著

夏の庭
— The Friends —

死への興味から、生ける屍のような老人を「観察」し始めた少年たち。いつしか双方の間に、深く不思議な交流が生まれるのだが……。

湯本香樹実著

ポプラの秋

不気味な大家のおばあさんは、ある日私に奇妙な話を持ちかけた――。『夏の庭』で世界中の注目を浴びた著者が贈る文庫書下ろし。

北村 薫著

スキップ

目覚めた時、17歳の一ノ瀬真理子は、25年を飛んで、42歳の桜木真理子になっていた。人生の時間の謎に果敢に挑む、強く輝く心を描く。

北村 薫著

ターン

29歳の版画家真希は、夏の日の交通事故の瞬間を境に、同じ日をたった一人で、延々繰り返す。ターン。ターン。私はずっとこのまま？

北村 薫著

リセット

昭和二十年、神戸。ひかれあう16歳の真澄と修一は、再会翌日無情な運命に引き裂かれる。巡り合う二つの《時》。想いは時を超えるのか。

清 邦彦編著

女子中学生の小さな大発見

疑問と感動こそが「理科」のはじまり――。現役女子中学生が、身の周りで見つけた「不思議」をぎっしり詰め込んだ、仰天レポート集。

黄《き》色《いろ》い目《め》の魚《さかな》

新潮文庫　さ-42-4

平成十七年十一月一日発行
平成二十三年六月十日十三刷

著者　佐《さ》藤《とう》多《た》佳《か》子《こ》

発行者　佐藤隆信

発行所　株式会社 新潮社

郵便番号　一六二―八七一一
東京都新宿区矢来町七一
電話　編集部(〇三)三二六六―五四四〇
　　　読者係(〇三)三二六六―五一一一
http://www.shinchosha.co.jp

価格はカバーに表示してあります。

乱丁・落丁本は、ご面倒ですが小社読者係宛ご送付ください。送料小社負担にてお取替えいたします。

印刷・大日本印刷株式会社　製本・株式会社大進堂

ISBN978-4-10-123734-3 C0193